THE CANNING SEASON

ブルーベリー・ソースの季《き》節《せつ》

ポリー・ホーヴァート／目黒 条［訳］

ハリネズミの本箱

早川書房

ブルーベリー・ソースの季節《きせつ》

THE CANNING SEASON
by
Polly Horvath

Translated by
Jo Meguro
First published 2005 in Japan by
Hayakawa Publishing, Inc.
This book is published in Japan by
arrangement with
Farrar, Straus and Giroux, LLC
through Japan Uni Agency, Inc., Tokyo.
さし絵：横川ジョアンナ

アーニー、エミー、ベッカ、キーナ、ザイダに

目次

登場人物《とうじょうじんぶつ》

ラチェット……主人公。十三歳《さい》の少女

ヘンリエッタ……ラチェットのお母さん

ティリー
ペンペン（ペネロペ）｝……森に住む双子《ふたご》のおばあさん

マートル……ティリーとペンペンの知り合い

マディソン……妊婦《にんぷ》

ハーパー……マディソンの姪《めい》。十四歳

ドクター・リチャードソン……医《い》師《し》

ハッチ……テニスの先生

プロローグ

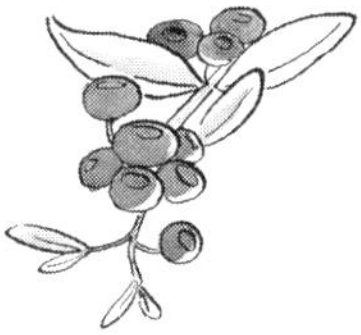

ラチェット・クラークは、お母さんのヘンリエッタといっしょに、フロリダ州《しゅう》ペンサコラにある薄暗《うすぐら》くてせまいマンションの一室に住んでいた。そこは地下二階《かい》で窓《まど》がなかった。もし窓があったとしても、ミミズだの、イモ虫だの、得体《えたい》の知れないおそろしい虫だの、そんなものが見えるだけだろう、とラチェットは思っていた。住人たちが、暗くなってからマンションの裏庭《うらにわ》にこっそり出てきて埋《う》めた死体を、幼虫《ようちゅう》たちがむさぼり食《く》っているんだろう。そんなおそろしい世界が、寝室《しんしつ》の薄い壁《かべ》一枚《まい》へだてたすぐ向こうに広がっているのだ。

ラチェットはいつもあまり眠《ねむ》れなかったが、ヘンリエッタはちがった。ヘンリエッタは枕《まくら》に頭をのせた瞬間《しゅんかん》にすぐ、ものすごく大きないびきをかきはじめるのだった。ラチェットは心配だった。ヘンリエッタはハントクラブでウェイトレスをしたり、よその家を掃除《そうじ》する仕事をしたりして、いつもへとへとに疲《つか》れて帰ってくるのだ。ラチェットはときどき、夜中に虫たちが壁に穴《あな》をあけて部屋《へや》に入ってきて、ヘンリエッタの耳を通って頭蓋骨《ずがいこつ》の中に入りこんでしまう夢《ゆめ》を見た。そして夜中に目をさまし、小さな虫たちが壁《かべ》にせっせと穴《あな》を掘《ほ》っている音が聞こえないか、と耳をすました。この夢があまりにもほんとうらしく思えてきて、朝起きたときヘンリエッタの耳をこわごわとのぞきこみ、虫がいた跡《あと》はないか、小さな穴があいていたりしていないかと、目をこらしてさがすこともあった。目をさましたヘンリエッタはその様子《ようす》に気づくと、「そんなふうにじろじろ見ないで。そんなお行儀《ぎょうぎ》じゃ、ペンサコラ・ハントクラブには連《つ》れていってあげられないわよ。みんなにうすバカだと思われるでしょ！」と言った。

ペンサコラ・ハントクラブには、乗馬やテニスや水泳のための施設《しせつ》や、豪華《ごうか》なクラブハウスがある。ヘンリエッタはここ十三年間、このハントクラブにあこがれて生きてきた。会員になりたくてたまらなかったのだ。馬なんか持っていないし馬に乗れもしないのに、乗馬をする人らしく見えるように、乗馬用のキュロットや鞭《むち》やヘルメットなどを買いこんできた。

「ペンサコラ・ハントクラブ！」と言いながら、ヘンリエッタは乗馬用の鞭をわきにはさんで家の中を歩きまわった。黒い乗馬ブーツをはいていたが、大きすぎて、ほとんどひざまできていた。ブーツの上はしから肉がはみ出て、まるでニーソックスの折《お》りかえしのように見えた。あまり優《ゆう》雅《が》な様子とはいえなかったが、さいわい、ヘンリエッタはあまり自分の足もとを見おろさなかった。そして、自分が上品《じょうひん》に見えると信《しん》じこんでいた。

「今日のわたしはどうかしら、ラチェット？」とたずねられたとき、もし「ほんとうに上品ね」

と言わなかったら、ヘンリエッタは冷《つめ》たくだまりこくってしまうのだった。

ある夜、闇《やみ》が迫《せま》ってくる時刻《じこく》（それは、地下二階にいるとフロリダのほかの場所よりずっと早かった）に、ラチェットとヘンリエッタはグレープソーダを飲みながら、テーブルの前にぼんやりとすわっていた。部屋《へや》の中は静《しず》かだった。ヘンリエッタは、ふだんほとんど家にいなかったし、友だちはひとりもいなかった。ラチェットは友だちを作ってはいけないと言われていた。

「ラチェット、そんなふうにスプーンを持っちゃだめよ！　ハントクラブ！　ハントクラブ！」とつぜん、ヘンリエッタが言った。そして、いつもの文句《もんく》をまた唱《とな》えはじめた。「すばらしいハントクラブ！」

「そう、ハントクラブ！」ラチェットはいつものように答えた。

「なんてすばらしい！」

「そう！」

「ハントクラブがなければどこに行く？」

「行く場所なんてどこにもない」

「ほんとうにすばらしいところ」

「そのとおり！」ラチェットは必死《ひっし》でそう言ったけれど、あっという間《ま》にヘンリエッタはもとどおりのぼんやりした目つきにもどっていき、家の中はまた静かになってしまった。

ハントクラブが豪華《ごうか》ですてきな場所だということを、ラチェットは赤ちゃんのころから聞かされてきた。お母さんといっしょに行ってみたいなあ、と思っていたが、ヘンリエッタに言わせれば、ラチェットの肩甲骨《けんこうこつ》の上には〝あれ〟があるんだからいっしょに行くことはできない、もし行ったりしたら自分がなにを言われるかわからない、ということだった。「それとね、あなたに別《べつ》の名前をつければよかった」とヘンリエッタはため息をついた。「あなたのお父さんのせいなのよ」

「お父さんが名前を選《えら》んだの？」ラチェットはたずねた。

ヘンリエッタは、いらだったように肩《かた》をすくめた。「わたしは若《わか》かったのよ。若いときにはみんな、そういうばかなことをするもんなの」

ラチェットはお父さんに会ったことがなかった。ラチェットが生まれてすぐ、とっとと逃《に》げてしまったのだ。

「出産《しゅっさん》のときはひどい思いをしたわ。あんな目にあうなんて。生まれてしまうまでなにも食べさせてもらえなかったのよ。どんなにおなかがすいていても、ただヒーフーヒーフー呼吸《こきゅう》をしろって言われるばっかりで。わたしは呼吸なんかしたいんじゃなくて、ハンバーガーが食べたかったの！　で、出産が終わって、やっと食べ物を持ってきてくれたと思ったら、出てきたのは最悪《さいあく》なものだった」

「なにが出たの？」

「ラチェット、そんなのおぼえてないわよ。たぶん、チキンのクリームソース煮《に》でしょ。病院の夕食にはいつもそれしか出ないんだから。病院の人は別《べつ》の名前で呼《よ》んでるかもしれないわよ、たとえばハム・ソテーだとか、ソールズベリー・ステーキだとか。でも、どんな名前だろうが、じつはぜんぶ、チキンのクリームソース煮なのよ」

ラチェットはよだれをたらしそうになった。チキンのクリームソース煮みたいなものは、長いあいだ食べていない。ハム・ソテーやソールズベリー・ステーキというのも、すごくおいしそうな感じだ。ヘンリエッタが新しい乗馬服を買ってからというもの、ふたりはずっとグレープソーダしか口にしていなかった。

「それでね、とにかく、わたしは『この赤《あか》ん坊《ぼう》を早くどこかに持ってって、かわりにチキンのクリームソース煮を持ってきて』って言った、そうしたら車椅子《くるまいす》に乗せられて、赤ん坊を産《う》んだばかりの母親が七人もいる大部屋《おおべや》に連《つ》れていかれた。もちろん、文句《もんく》を言ってやったわ。大勢《おおぜい》の女たちといっしょになんか暮《く》らしたいんだったら、コミューンで共同《きょうどう》生活でもしてたわよ。病院じゃなくて、宗教《しゅうきょう》団体《だんたい》の隠《かく》れ家《が》でみんなに囲《かこ》まれて出産《しゅっさん》してたわよ。頭にきて、何度も何度もナースコールのボタンを押《お》しつづけてやったら、しまいに大部屋から出してもらえた。看護師《かんごし》たちはわたしのことを、ちょっと頭がいかれてると思ったのね。まあ、一日じゅう病院にいて、あんな気のめいるようなにおいをかぎつづけてたんだから、あのときはほんとうに頭がいかれてたのかもしれない。で、たったひとつだけあいてた個室《こしつ》に移《うつ》された。なぜあいてたかっていうと、ちょうど配管《はいかん》工事をしてる途中《とちゅう》だったからなのよ。職人《しょくにん》たちは『たのまれたことだから』って言ってそのまま工事をつづけてた。看護師《かんごし》が腕《うで》っぷしの強い人に助けを求《もと》めにいってるあいだに、わたしは職人たちに向かって、自分の胎盤《たいばん》をちぎって投げまくって、追っ払《ぱら》ってやったわ」

「え？　なにをちぎって？」ラチェットはたずねた。

「ほんとうは、夕食のトレーにのってたチェリー味のゼリーだったのよ、でも、工事のやつらにはわからなかったんでしょ。急いで逃《に》げてった。子どもを産《う》んだばかりの女性《じょせい》の部屋《へや》に男の職人たちがいるなんて、信《しん》じられないわよ。とにかく、ああよかった、ってため息をつこうとした、ちょうどそのとき、窓《まど》の敷居《しきい》の上に置《お》き忘《わす》れてある工具が見えた。まったく、まだ不幸はつづくのかって思った。だって、真夜中にだれかが忘れ物を取りにドスドス病室に入りこんでくるってことでしょ。でも、工具がそこにあることにすぐ気づいたわけじゃなかったの、最初《さいしょ》のうちはあなたのお父さんと名前のことで大げんかしてたから。ラチェット、あのね、赤ちゃんを産むっていうのはたいへんなことなのよ。だって、おなかから出てきたあと、その子をいったいどうしたらいいのかなんて、だれも教えてくれないんだから。なのに赤ちゃん、気がついたらもうそこにいるんだもの！　それだから、産んだばかりの子どもを公衆《こうしゅう》トイレに置き忘れる母親が続出《ぞくしゅつ》するのね。だって、四六時中《しろくじちゅう》赤ちゃんの世話なんていやに決まってるもの。その後の育児のことを考えたら、名前をつけるなんて楽な部分なのに、あなたのお父さんはそんなこともできなかったの。わたしはユージェニーって名前がよかったのに、お父さんは『スティンコ《くさい子》がいい。スティンコって名前をつけよう』って言いつづけてた。ふざけすぎでしょ。産後《さんご》で疲《つか》れてるわたしに向かって、ひどすぎると思わない？　それから、『でなきゃファートはどうかな？ファート・クラーク！』とか言ってた。

わたしはイヴォンヌがいいって言って、お父さんはベルチ《げっぷ》がいいって言《おなら》った。もう、おもしろければなんでもよくなっちゃって、聞く耳を持たなくなってた。そのとき、窓《まど》の敷居《しきい》にある工具に気がついたの。『敷居の上にあるラチェット、だれが忘《わす》れたのかしら？』ってわたしはきいた。でも、もちろんお父さんがまともに答えるわけはなくて、こう言いかえした。『あれはラチェットじゃない、レンチだ』でも、わたしは見た瞬間《しゅんかん》にラチェットだって思ったのよ。それでまた言いあいになって、お父さんはどなりはじめた。すごく気分屋で、ぜんぜん予想《よそう》もつかないときに爆発《ばくはつ》する人だったの。すごくこわかったわ、ほんとに。あれがレンチだって認《みと》めないんだったら、ベッドを動かして窓辺《まどべ》にくっつけるぞ、ってわたしを脅《おど》した。それでハンドルをまわしてベッドを傾《かたむ》けて、わたしを窓の外に放り出す、って。わたしは無視《むし》してやったわ、雑誌《ざっし》を持って、ポロの話を読んでるふりして。あの人がかんしゃくを起こしたときは、無視するほうがいいの。

『ラチェットよ』とわたしが投げやりにつぶやくと、お父さんはベッドのハンドルをまわして、頭側《あたまがわ》をギコギコ持ちあげていったんで、わたしはつるつるした病院のシーツの上を滑《すべ》って窓から落ちそうになった。そう、シーツのことだけど、病院のシーツって、患者《かんじゃ》をベッドから落とすために、ポリエステルだかナイロンだか、そういうつるつるした合成繊維《せんい》でできてるの。病院じゃひと晩《ばん》じゅう、ドシン、ドシンって音が聞こえるのよ。入院患者《かんじゃ》の九十パーセントが、夜中にコップの水を取ろうと寝返《ねがえ》りを打って骨折《こっせつ》する。骨折しない十パーセントの人たちは、水がそこに置《お》いてなくて、もらえる見こみもない、ということに絶望《ぜつぼう》して死ぬ。

『とにかくレンチだ』お父さんは言った。

『ラチェットよ』とわたし。

『レンチだ』とお父さん。

　わたしの脚《あし》が開いている五階《かい》の窓《まど》から滑《すべ》り出て、ガウンがめくれ、むきだしの脚が風の中にぶらさがったちょうどそのとき、看護師《かんごし》が悲鳴をあげながら走ってきた。『まあ、クラークさん！　だんなさんも！　新鮮《しんせん》な空気を吸《す》いたいなら、車椅子《くるまいす》に乗って外に出ればいいでしょう！』

　それから看護師はわたしをひっぱって部屋《へや》にもどし、また同じまちがいをくりかえさないよう、窓をぴしゃりと閉《し》めた。わたしがまた雑誌《ざっし》を読むふりをしつづけたんで、お父さんは怒《いか》り狂《くる》って、またもやとんでもなく凶暴《きょうぼう》なことを始めようとしていた。そのとき、だれかが廊下《ろうか》で『待合室でハバナ葉巻《はまき》を配ってる』と叫《さけ》んだんで、それを聞いたお父さんは走って出ていった。入れかわりに、女の人が出生届《しゅっしょうとどけ》の用紙を持って病室に入ってきたの。わたしは用紙をひっつかむと、ファーストネームとミドルネームの欄《らん》に〝ラチェット！　ラチェット！〟と書きこんだ。そういうわけで、あなたはラチェット・ラチェット・クラークって名前になったのよ。あ、ところで、あなたは今夜メイン州《しゅう》に行くのよ」

メニュート夫人《ふじん》の首がちょん切れた

「えっ、どこに行くって？」ラチェットは、ぎょっとして息をのんだ。
「メイン州《しゅう》」
「メイン州？」ラチェットは叫《さけ》んだ。「どうしてわたしがそんなとこに行くの？」
「またいとこの、さらにいとこの、ティリー・メニュートとペンペン・メニュートのところで、あなたは夏休みをすごすの。短く〝おばさん〟って呼《よ》んでもいいわよ。わたしはティリーおばさん、ペンペンおばさんって呼んでたし、わたしもおばさんたちに姪《めい》って言われてた。だからあなたも姪ってことでいいんじゃないの。〝お母さんのまたいとこのさらにいとこのティリー〟なんて呼べないでしょ、あまりにも長すぎて。要《よう》するに、遠縁《とおえん》の親戚《しんせき》かなにかなのよ。わたしもほとんど忘《わす》れてたんだけど、昔、夏休みをそのおばさんたちのところですごしてたんだった。あなたももう、ひとりで泊《と》まれる年になったし、ただで行ける場所をほかに思いつかないし」

「今夜行くの？　どうして前から言っといてくれなかったの？」

「びっくりさせてあげたほうが喜《よろこ》ぶかと思って。さあ、急ぎましょう、行くのに二日もかかるんだから。列車とバスのチケットを取っといてあげたわ。列車で寝《ね》るのもいいもんよ。ガタンゴトンっていう音を聞いたりとか、まあいろいろと楽しいわ。はい、ここに出発時間が書いてある。さあ、急いで、コートを取って」

「でも外は暑《あつ》いのに」ラチェットは言った。

「メインは暑くなんかないわ。学校で習わなかったの？」ヘンリエッタは地上の駐車場《ちゅうしゃじょう》に出る階段《かいだん》をどんどんのぼっていった。そして、自信《じしん》ありげに車を運転していったが、じつはどう行くかぜんぜんわかっていなかった。駅になんか行ったこともなかったのだ。どうってことないわ、地図があるんだから、とヘンリエッタは思った。だが今までに、ペンサコラの中の決まった道以《い》外《がい》は走ったことがないので、数分後にはもう道に迷《まよ》っていた。思いどおりの道を走っていないことに気づいたヘンリエッタが、あせってしまってもう少しで歩行者をひきそうになり、赤信号を無視《むし》して爆走《ばくそう》したので、ラチェットはおそろしくなってシートで身を縮《ちぢ》めた。そのとき、ラチェットのスーツケースを家に置《お》いてきてしまったことにヘンリエッタが気づいた。

「もう遅《おそ》い」ヘンリエッタは言った。「気づくのが遅すぎたわ。あーあ。じゃあしょうがない、荷物《にもつ》は送るわね。もし忘《わす》れなければ」コンビニに寄《よ》って、駅の場所を教えてもらい、ようやく駅にたどり着いたときには、列車はもう出発寸前《すんぜん》だった。

「親戚《しんせき》がいるなんてことも知らなかった」ホームを急いで歩きながら、ラチェットは言った。
「わたしが夏休みに行ってたころから、あの人たちはもうおばあさんだったのよ。今ごろじゃ棺桶《かんおけ》に片足《かたあし》つっこんでるでしょうね。ペンペンは太ってて、いつ見ても陽気な人よ。ティリーは肛門括約筋《こうもんかつやくきん》みたいに見える人」
「え、なにみたいに見えるって？」ラチェットはそうたずねたけれど、答えを聞く前に車掌《しゃしょう》にせかされてしまい、列車に乗りこんだ。ラチェットとヘンリエッタはさようならを言わなかった。ヘンリエッタがだいぶ前に、自分の家族は〝こんにちは〟

も〝さようなら〟も、ほかのどんなあいさつも苦手《にがて》だった、と言っていたっけ。ラチェットがふりかえったとき、ヘンリエッタがなにか叫《さけ》んでいる声が、動きだした列車の音をバックに聞こえた。

「なあに？」開いているドアから、ラチェットはどなった。

「〝あれ〟はいつも隠《かく》しとくのよ！」ヘンリエッタはそう叫ぶと、駐車場《ちゅうしゃじょう》にもどっていった。

ラチェットは、お母さんが帰っていく姿《すがた》を、見えなくなるまでずっと見つめてから、客車の中に入っていった。乗客たちはもう、顔を窓《まど》ガラスに押《お》しつけたり、頭をがっくり落としてうなだれたりという姿勢《しせい》で眠《ねむ》りはじめていた。女の人のとなりの席《せき》があいていなかったので、ラチェットはぐっすり眠っている男の人のとなりにすわった。その人の上着のえりには、ちょっぴりよだれがたれていた。ラチェットは、お母さんから離《はな》れてしまったのがつらくてたまらなかった。まるで、泥《どろ》にはまった長靴《ながぐつ》を、ベチャッと大きな音をたてて引き抜《ぬ》いたような別《わか》れだった。でも、お母さんはこういう気持ちを軽蔑《けいべつ》するだろう、と思った。こんな弱《よわ》っちいことでどうする。ラチェットはひざをそろえて、手をその上にのせ、メインに着くまでほとんどずっとそのままの姿勢でいた。

ティリーは小さくて、とてもとてもやせた人だった。ペンペンは、ヘンリエッタが言ったとおり、丸々太った陽気な人で、髪《かみ》は短く切った白髪《しらが》なのだけれど、それほど年寄《としよ》りには見えなかった。ティリーより若《わか》そうに思えたが、じつは同《おな》い年《どし》なのだそうだ。待っていた車に乗りこむとき、ティリーはまずこう言った。「わたしたちは双子《ふたご》なんだよ。いっしょに生まれて、いっしょに育って、生涯《しょうがい》いっしょに生きて、そして予定ではいっしょに死んでいくことになってる。要《よう》するに、あなたのお母さんに説明《せつめい》したように──まったく、あの人ときたら──」

「わたしたち、すごくへんぴな場所に住んでるの」前の席《せき》からラチェットに笑顔《えがお》を投げかけながら、ペンペンがさえぎった。

「もしわたしたちが死んでしまったら、ラチェットはすごく困《こま》るだろう、ってヘンリエッタに言おうとしたんだよ！　だけどいつものとおり、聞いちゃいなかったよ」ティリーは運転用の手袋《てぶくろ》をはめながら、不機嫌《ふきげん》そうに言った。

ティリーは、電話帳《でんわちょう》二冊《さつ》とクッション一個《こ》を重ねた上にすわってもまだ、どうにかハンドルごしに外が見えるくらいの座高《ざこう》しかなかった。ラチェットは後部座席にすわっていた。外は真っ暗だった。真っ暗どころか、夜空もメインの森も、黒く濃《こ》く、まるで石油のように見え、てらてらした七色の虹《にじ》が表面に浮《う》かんできそうな気がした。自分がどこにいるのかラチェットには見当もつかなかった。切符《きっぷ》には〝デイリー〟と書いてあったけれど、ヘンリエッタは、おばさんの家は〝ディンク〟の先にあると言っていた。流れていく道の明かりをながめながら、ラチェットの頭の中で、デなんとかという地名がごちゃまぜになっていった。走っていくうちに、わずかな明かりさえ見えなくなり、ラチェットは、もうこれ以上《いじょう》この旅路《たびじ》を目で追えないほど疲《つか》れてきた。でも、疲《つか》れてはいても、せめて目を開いてまっすぐにすわって、失礼《しつれい》だけはないようにしよう、とがんばりつづけた。

「電話でお母さんに言おうとしてたのは、わたしたちのうちどちらかになにかがあったら、あなたが困《こま》ってしまうだろう、ってことなんだよ」ティリーはつづけた。

「もちろん、この車の運転ができるようになれば別《べつ》よ」

「ヘンリエッタは……」

「わあ、見て、クマよ！」ペンペンが言った。

ラチェットは、クマを見ようと窓《まど》ガラスに顔を押《お》しつけたが、どこまでもつづく闇《やみ》のほかにはなにも見えなかったので、もとの姿勢《しせい》にもどった。道はどんどんせまくなっていった。ペンペンは、エチケット袋《ぶくろ》を〝万一のために〟用意してあるけどだれかほしい人は？　ときいた。ラチェットは手をのばして、ひとつもらった。しかし、ティリーの運転のせいでちょっとむかむかはしていたものの、その袋を使う必要《ひつよう》なんかなかった。袋を手でひねったり、またもとにもどしたりして、もてあそぶだけだった。ティリーは時速三十キロでのろのろ走った。そして、闇の中になにかいると思いこんでは急ブレーキをかける、というのをやたらとくりかえした。そのたびに、ペンペンが首をのばして四方八方の安全を確認《かくにん》してから、「ティリー、発進して」と言い、ティリーは車を走らせる。が、またなにか幻《まぼろし》を見て急に止める。何度も何度も同じことをくりかえし、そのうちやっと、〈グレン・ローザ荘《そう》〉という表札《ひょうさつ》のある門のところで車は止まった。

メニュート姉妹の屋敷《やしき》は広大で、古いれんがで作られていた。てっぺんにはとんがり屋根がならんでいて、それが屋敷を囲《かこ》む高い松《まつ》の木といっしょに、広い星空に突《つ》き出ていた。ティリーが車をとめた正面の庭には、下にある海岸の岩に波がぶつかる音が聞こえていた。ラチェットは眠《ねむ》くてよろよろと家に向かって歩いていった。四十八時間も旅をして、そのあいだほとんど寝《ね》ていなかったので、足を動かすのがやっとだった。

「崖《がけ》から落ちないで」ペンペンがラチェットのシャツの、肩甲骨《けんこうこつ》のあいだあたりをつかんで、そう言った。ラチェットはあまりに疲《つか》れていたせいで、はるか下で白いしぶきをあげている波が目に入っても、自分がそこに落ちそうになっていたんだと気づいても、別《べつ》におどろきもしなかった。ただ、ペンペンの手が自分のシャツをつかんでいるということにおどろいて、とっさにその手を振《ふ》り払《はら》った。シャツの薄《うす》い布《ぬの》を通して、ペンペンの手が〝あれ〟にさわってしまったかも。でもそうだとしても、ペンペンはまったく顔に出していなかった。ラチェットはもう一度足もとを見おろしてから、白い石を敷《し》いた庭の中の散歩道《さんぽみち》を通って、家に向かって歩いていった。疲れすぎていて、まわりの風景《ふうけい》などは目に入らなかった。眠りに落ちるときにラチェットが思い出したことといえば、大きな、曲がりくねった階段《かいだん》をのぼっていったことと、案内《あんない》された部屋《へや》で寄《よ》せては返す激《はげ》しい波の音が聞こえていた、ということだけ。どうして波の音がずーっと聞こえてるんだろう？　とラチェットは思った。どうして静《しず》かにならないの？　そう思いながら、服を脱《ぬ》いで下着だけになり、そのまま眠ってしまった。

「今いちばんさしせまった問題は――」翌朝《よくあさ》、ラズベリー添《ぞ》えワッフルを食べながらティリーが言った。家じゅうに大量《たいりょう》のラズベリーが入ったかごがたくさんあって、そこらじゅうで腐《くさ》りはじめているようだった。「服だ。正確《せいかく》に言うなら、夏服だね、ペンペン」

「水着もね」ペンペンが言った。

「ショートパンツも」

あと下着も、とラチェットは思った。

「歯ブラシも持ってこなかったんだね！」ティリーが怒《おこ》ったように言った。「まったく、ヘンリエッタは……」

「もっとラズベリーをいかが？」ペンペンがティリーの言葉をさえぎって、テーブルの向かいの席《せき》から大きなボウルをさしだした。

「よく眠《ねむ》れたかな？」ティリーがたずねた。

「はい」とラチェットは答えた。今までの人生でいちばん深く眠ったかもしれない。地上にある部屋《へや》で寝《ね》るのは生まれて初めてだった。土の中にいる虫の心配もしなくてよかった。夜中に目をさまし、ぼんやりした目で見ると、八角形の窓《まど》の前で、水玉模様《もよう》のある透《す》きとおった黄色いカーテンが、海からの風に吹《ふ》かれてはためいていた。窓があるんだ！　とラチェットは思った。お母さんに電話して報告《ほうこく》したい気持ちだった。夜を照《て》らす月の光の中で、はためいているカーテン。

寝《ね》ないでずっと見ていよう、と思ったが、疲《つか》れすぎていて無理《むり》だった。眠《ねむ》りながら、ラチェットは心を落ち着けてくれる波の音に身をまかせた。そのリズムはラチェットの無意識《むいしき》の中に入りこんで、ひと晩《ばん》じゅう、大きなけものの心臓《しんぞう》の音のように鳴りつづけていた。

「外に出ていい空気を吸《す》ったらどう？」ペンペンが言った。「ティリーとわたしはあと片付《かたづ》けをしたら帽子《ぼうし》をかぶってしたくをするわ。いっしょに、必要《ひつよう》なものを買いに町まで行きましょう」

ラチェットは外に出て探検《たんけん》した。よく晴れた朝で、太陽は海の上できらきら光り、松《まつ》の木のすきまを通って輝《かがや》いていた。ラチェットは海に足を浸《ひた》そうと、靴《くつ》もはかずに裸足《はだし》のまま、ごつごつした崖《がけ》をそろそろとおりていった。アザラシが泳いでいるのが見え、遠くで釣《つ》り舟《ぶね》のエンジンがバタバタ鳴るのが聞こえた。たくさんのカモメたちが、早朝だというのにガーガーとうるさくわめいていた。今までに聞いたことのない音、見たことのない光景《こうけい》。カモメたちだって、フロリダ州《しゅう》のカモメとはちがう種類《しゅるい》の、見なれない北部のカモメだった。いくら窓《まど》があってもこんなところには暮《く》らしたくない、とラチェットは思った。そして、さっき食べた朝食を車の中で吐《は》かずにいられるかしら、と不安になった。

「来なさい」ティリーが崖の上から叫《さけ》んだ。ラチェットは靴を取りに、崖をのぼっていった。

「さあ、ディンクに行きましょう」ペンペンが言った。

三人はゆうべの車に乗りこんだ。ペンペンはやさしさと心配の混《ま》じった表情《ひょうじょう》で、ラチェットに茶色い袋《ふくろ》をくれた。ティリーはあいかわらず、やたらと急ブレーキをかける乱暴《らんぼう》な運転をしていて、まるで車体が坂道をガラガラ落っこちているだけのように感じられた。でもラチェットは、ゆうべ見えなかった田舎《いなか》の風景《ふうけい》が見えてきたので、運転のことは忘《わす》れてしまい、夢中《むちゅう》で窓《まど》の外を見ていた。最初《さいしょ》はまず、車の両側《りょうがわ》をつるにひっかかれながら、おいしげったやぶのあいだを通る泥《どろ》んこ道に入っていった。やがて、道幅《みちはば》が広くなり、沼地《ぬまち》があらわれ、昼でも夜なのかと思わせるぐらい鬱蒼《うっそう》とおいしげった木々が頭の上をおおいつくした。沼地のあちこちにブルーベリーの茂《しげ》みがあった。遠くで大きな動物が一匹《びき》、水を飲んでいた。

「ほら、ヘラジカよ、ティリー！」ペンペンが言った。その声におどろいたティリーは道からそれて茂みにつっこんでしまい、そのあと車を道の上にもどすのに、十五分もかかった。

「ペンペン、野生動物がいるたびにいちいち指ささないでほしいね」ティリーは言った。「もしここで立ち往生《おうじょう》したら、永久《えいきゅう》にこのままになるところだった。町まで歩いて行けるはずがないから」

「たぶんラチェットなら歩いていけると思うわ。ラチェット、あなた、足はじょうぶでしょ？」ペンペンがたずねた。

「さあ……」ラチェットは自分の足を見おろしながら、自信《じしん》なさそうに答えた。この足を見ていつもヘンリエッタは、「父親そっくりな骨《ほね》ばったひざが、わたしのことを責《せ》めるようにじっと見てる」と言っていた。

「たとえ歩けたとしたって、もしそんなことをしたらクマの餌《えさ》になるだけだよ」ティリーが言った。

「そうだわ、ほんとにそうだわ」とペンペン。

「何年も前にそういう事件《じけん》があったからね」

「あら、でもあれはすごく昔のことじゃないの」ペンペンが言った。

「うん」ティリーはそう言ってから、この話は終わりというようにため息をついた。「ねえ、ラチェット、きのうも言ったけど、もしもわたしたちふたりが死んで、あなたが〈グレン・ローザ荘《そう》〉でひとりきりになって……」

「運転もできず……」

「歩くこともできなかったら……」

「ものすごく困《こま》るでしょ？」

「電話すればいいんじゃない？」ラチェットはたずねた。

「うちの電話は、着信《ちゃくしん》はするけど、こっちから発信できない電話なんだよ」ティリーが言った。

「うちに初めて電話がやってきた一年後に、お父さんがそういうふうに改造《かいぞう》した。お母さんが電話ばかりするようになったせいで」

「そうなのよ」ペンペンが言った。

「あらゆる人に電話してた」

「サンディエゴ動物園だとか、中国の人たちだとか、アーカンソー州《しゅう》リトル・ロックのお店の主人だとか。お母さんは世界じゅうの人々にすごく興味《きょうみ》があったのよ。ほんとうにすばらしいことだわ」

「だから、もしお父さんがお母さんに旅行でもさせてあげてたら、あんなふうに電話中毒《ちゅうどく》にならなかったと思う。でも、お父さんはお母さんをずっとこの屋敷《やしき》に閉《と》じこめておいた。買い物にさえ行かせなかった」

「そんなのは上流階級《かいきゅう》のすることではない、とお父さんは思ってたのよ。メニュート家の者が買い物だなんて！　買い物は召使《めしつかい》の仕事だ、って」

「だからお母さんはどこにも行けず、だれにも会えなかった。ほんとに悲劇《ひげき》だった」

「お母さんは、いわゆる社交的《しゃこうてき》なタイプの人だったのよ」ペンペンが言った。

「だから、人づきあいを禁止《きんし》されたせいで、死んでしまった。まだ若《わか》かったのに」ティリーが言った。

「そのとき、わたしとティリーは、まだあなたぐらいの年だったのよ」

「なんで死んじゃったの？」ラチェットはたずねた。

「自《みずか》ら命を断《た》ったの」ペンペンが言った。

「えっ？」ラチェットは聞きかえした。

「自殺《じさつ》したのよ、ものすごく荒《あら》っぽくておそろしい方法《ほうほう》で。どうしてそんなことをしたのかは知らない。そのとき思いついた方法がそれだけだったんだと思う。でなければ、実験《じっけん》の精神《せいしん》でやったんでしょうね。すごく想像力豊《そうぞうりょくゆた》かな人だったから」

「どういうやり方をしたの？」

「自分の首をちょん切ったのよ」

「えーっ！」ラチェットはおどろいた。

「ドキドキ、ワクワクする話でしょ」ペンペンが言った。「ふつうみんな、こういう話をすると子どもはこわがると思ってるけど、わたしは、子どもはこういう話が好《す》きだと思うの。ティリーとわたしは、お母さんのことを誇《ほこ》りに思ってるわ。ものすごい勇気《ゆうき》よね、ねえ、ティリー」

「ふつうの人にはできないことだね。お母さんはどんなことでも〝ふつう〟になんかやらなかった」

「悲しくなかったの？」ラチェットがたずねた。

「ああ、そりゃあ悲しかったわよ」ペンペンが答えた。「長いことずーっと悲しかったわよ。お母さんはすばらしい人だった、でも、あんなふうに閉《と》じこめられてるのには向かなかったのね。とにかく、お父さんはその後も電話線を直そうとしなかった。わたしたちの未来の夫《おっと》が直せばい、と思ったんでしょうね。でも、男の人はぜんぜんあらわれなかったわ。恋人《こいびと》なんて遠い世界の話。ティリーとわたしはそのままどこにも行かずにいて、そのうち、二十歳《はたち》になる前にお父さんが死んだの。それで、わたしたちは召使《めしつかい》たちを解雇《かいこ》して、お父さんの遺体《いたい》を裏庭《うらにわ》に埋《う》めて、それから独学《どくがく》で車の運転を学んだのよ」

「免許《めんきょ》を取るなんていう、ばかばかしくて面倒《めんどう》なことはしなかった」ティリーが言った。「そのころは免許なんていらなかったんだから」

「いらないってことはなかったけど、まあ、なくてもなんとかなったわね」とペンペン。

「外の世界の人たちが必要《ひつよう》だと思ってることなんて、くずみたいにどうでもいいことばっかり。それで、あなたのお母さんが電話をかけてきたときだってね、わたしたちはすごくへんぴな場所に住んでいるし、責任《せきにん》をもって子どもをあずかることなんてできない、ってちゃんと言ったんだよ。子どもが好《す》きじゃないって意味じゃないんだ。そうじゃなくて、わたしたちふたりはいっしょに死ぬことになってるから、もし急にそんなことになったら、あなたがぽつんとひとりでここに残《のこ》されることになる、ってこと。それは困《こま》るでしょ。ただ、ペンペンが仏教《ぶっきょう》の禅《ぜん》の教えを実践《じっせん》してて」

「いえいえ」ペンペンが口をはさんだ。「まだ実践ってほどのことはしてないのよ、ただ興味《きょうみ》を持ってるだけ」

「ペンペンが言うには」ティリーがつづけた。「目の前にあらわれるできごとはなんでも受け入れなきゃいけないんだってさ。どんな人も退《しりぞ》けちゃいけない、すべてをそのまま受け入れなさい、というのが仏教の考え方なんだそうだ。戸口の前にあらわれた人がいたらかならず入れてあげなくちゃいけないらしい」

「すばらしい考え方でしょう。わたしがその考えを信《しん》じはじめたら、あなたがこうしてやってきたのよ。これがただの偶然《ぐうぜん》といえる？　きっと運命かなにかなんじゃないかしら？」

「町の近くに住んでないから、まだしもだったね」ティリーがぶつぶつ言った。「生活費《せいかつひ》を食《く》いつぶされちゃうよ。掃除機《そうじき》のセールスマンたちと、うちでいっしょに暮《く》らすことになったりすればさ。あと、ハーブやスパイスの訪問販売《ほうもんはんばい》によく来てた人たちはなんていったっけ？　最近《さいきん》来なくなったけど……そう、〈ローリー〉の人たち！　あいている寝室《しんしつ》をぜんぶ〈ローリー〉の人に占拠《せんきょ》されちゃうよ。訪《たず》ねてきた人をみんな入れてやるなんて、そんなの、とてもじゃないけど実践《じっせん》できる哲学《てつがく》とは言えないね」

「〈ローリー〉の人たちはもう来ないわよ」ペンペンが言った。

「あの人たち、どこに行ったんだろう？」とティリー。

「もしまた来たとしても、ここに泊《と》まりたがるとは思えないし」

「同じことだよ、どうせその人たちの頭をなぐって、無理矢理《むりやり》引きずりこむんでしょうが」

「これ、冗談《じょうだん》なのよ、ラチェット、わたしがそんな人なんだと思わないでね」

それからふたりはだまり、車は静《しず》かに走りつづけた。

車の上をおおっていた木々が消えて視界《しかい》が開《ひら》け、道幅《みちはば》が広くなった。ついに舗装《ほそう》された道に出たのだ。それからさらに一時間は、ほかの車が一台も通らない田舎道《いなかみち》がつづいた——材木《ざいもく》を積《つ》んだトラックがときおり通りすぎたり、道に迷《まよ》った観光客《かんこうきゃく》の車が通ったりする以外《いがい》は。そして、ディンクという小さな町に着いた。三人はそこのよろず屋で、ラチェットの服と、食料品《しょくりょうひん》を買った。品《しな》ぞろえが貧弱《ひんじゃく》なその店にはごちゃごちゃしたものがでたらめにならべられていた。釘《くぎ》、ケーキミックス、シャワーキャップ、鶏肉《とりにく》の缶詰《かんづめ》。ティリーは鶏肉の缶詰を取りあげ、ペンペンと顔を見あわせて大笑《おおわら》いした。「缶に入ったニワトリなんてだれが買うのかね？」ティリーがそう言うと、ふたりは騒々《そうぞう》しく笑い、レジにいた不機嫌《ふきげん》そうな女の子にじろりと見られると、ますますおかしくなって体を折《お》り曲げて笑った。ふたりは女性用《じょせいよう》水着の小さいのを見つけた。安全ピンで何カ所かとめればラチェットでもちゃんと着られるだろう、という結論《けつろん》が出た。あとの服は、男の子用ですませることにして、サイズが合わない短パンやソックスや下着を買うことにした。それから歯ブラシなども。ティリーはレジカウンターに品物を積《つ》みあげて、不機嫌なレジの女の子にお金を払《はら》った。それから、三人は郵便局《ゆうびんきょく》に行って、半年分ほどの郵便物を受け取った。

女性郵便局長はペンペンとティリーを知っていたので、ふたりが空《から》っぽの私書箱《ししょばこ》を鍵《かぎ》で開けているのを見ると奥《おく》に入っていき、ふたりに来た郵便物をためておいた大きな袋《ふくろ》を出してきた。「もう少しちょくちょく来ていただけないかしら。ものすごい量《りょう》の手紙がたまってますよ」局長は言った。「あのー、先週も町にいらしてたんじゃない？　お見かけしましたよ。あのときに郵便物を取りにきてくだされればよかったのに。できれば、町に来るごとに取っていっていただきたいんですが」

「ふん、くだらない。どうせぜんぶゴミなんだから。暖炉《だんろ》の焚《た》きつけにちょうどいいよ」そう言い残《のこ》すと、ティリーは、大きな袋を引きずりながら郵便局をさっさと出ていった。「さあ、飲みに行こう」

ペンペンとティリーはラチェットを引き連《つ》れ、分厚《ぶあつ》いドアを開けて町の酒場に入った。そこには、ラチェットがかいだことのないにおいがたちこめていた。湿《しめ》っぽい空気に混《ま》ざりこんだ、ビールや、葉巻《はまき》や、燻製《くんせい》づくりの煙《けむり》や、古い木のにおい。ひんやりと暗い酒場の片隅《かたすみ》に長年のあいだにしみついた、お客たちの汗《あせ》のにおい。そういったにおいのせいで、ペンペンとティリーはこの酒場が大好《だいす》きなのだった。ラチェットもそのにおいが気に入った。三人とも、自分では気づいていなかったけれど、この場所に来る人たちのにおいが好きだったのだ。ペンペンとティリーは高い椅子《いす》によじのぼって自分たちが飲むウィスキーを注文し、ラチェットにはコーラを取ってくれた。そして、ナッツを食べながら長いことそこにすわっていた。ティリーがウィスキーをたくさん飲んでいるあいだに、ペンペンはラチェットにビリヤードを教えてくれた。

「これはこれは、お久《ひさ》しぶりだね！」という声がして、大柄《おおがら》な男の人がティリーに腕《うで》をまわしてすわった。

「おやおや、バール、ズボンにのっかった太鼓腹《たいこばら》が見事だね！」ティリーが言った。

「それが夫《おっと》の息子《むすこ》に向かって言う言葉か？」バールはだみ声で言った。

「さあ、ペンペン、ラチェット」ティリーはそう言って、ウィスキーがまだ残《のこ》っているグラスを置《お》いた。「もう帰ろう」三人は立ちあがった。ラチェットはバールをじろじろ見ながら通りすぎた。

「あいつ、酔《よ》っ払《ぱら》ってる」外に出たとたん、ティリーがぶっきらぼうにそう言った。

「あれ、だれだったの?」ラチェットは、車に乗りこみながらきいた。

「ただの愚《おろ》かな老《お》いぼれだよ」そう言いながら、ティリーが車を発進させた。「私生児《しせいじ》として生まれたことが一生の心の傷《きず》になった、って自分で決めつけてる。世界じゅうで自分だけがかわいそうなんだ、とでもいうようにさ。そんなやつだって知っててマートルはバールなんかと結婚《けっこん》したんだ。それでふたりして、不幸をわたしのせいにしたがるんだよ! 悪いのはわたしだ、ってね!」

町に来るときよりひどい運転なんかありえないとラチェットは思っていたが、なんと、帰るときはよりいっそう乱暴《らんぼう》になっていた。途中《とちゅう》で、森の中からクマが出てくるのを三回見た。そのうち一匹《びき》は、車に向かってわざと突進《とっしん》してきて、あやういところで離《はな》れていった。クマが出るたびに、ラチェットはギャッと言った。三匹《びき》目が去っていったところで、ラチェットはやっとのことで言った。「クマたち、ほんとにおなかがすいてるのね」

「いやがらせでやってるだけだと思うよ」ティリーがそう言って、アクセルを思いきり踏《ふ》んだので、車は急発進し、ペンペンはダッシュボードに頭をぶつけた。「いまいましいクマめ!」

マートル・トラウト

三人が家に帰ったころには、もう日が暮《く》れていた。車に乗るより歩いたほうが早く着いたかも、とラチェットは思った。クマさえいなければ歩きたかったな。

ティリーは這《は》うようにして階段《かいだん》をのぼり、ペンペンは居間《いま》の長椅子《ながいす》に倒《たお》れこんだ。「ああ、だめだわ」ペンペンが言った。「夕食を作るのは、このひどいめまいが治《なお》ってからにするわ。町に行くといつもめまいを起こすのよ。靴《くつ》の中からむくんだ足を掘《ほ》り出せるのは、だいたい十時ぐらいだと思う。夕食はそのぐらいの時間でいいかしら？」

ラチェットは、海につづくけわしい岩の道をそろりそろりとおりていった。沈《しず》んでいく夕日が、海の表面を金色と明るい青とに染《そ》め、その色が波の動きにつれて美しく揺《ゆ》れていた。ひどい空腹《くうふく》でさえなかったら、ラチェットはずっとそこにすわってそのおだやかな風景《ふうけい》をながめていたいと思っただろう。ヘンリエッタといっしょに家にいるときだって、まともな食事なんてあまりしな

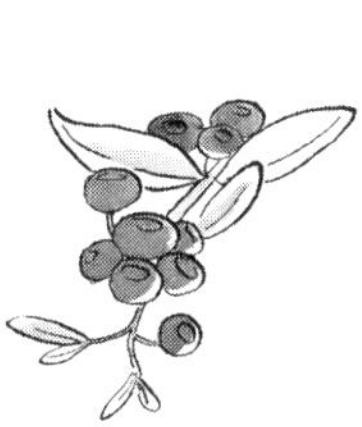

かったけれど、それにしたって箱いっぱいのグレープソーダはいつもあった。

ラチェットは水平線をじっと見つめた。そのあいだにも、メニュート夫人《ふじん》がどういうふうに自分の首をちょん切ったのかということを考えずにはいられなかった。どういうふうにやったのか知りたい気もするけれど、くわしい話を聞くのは気味が悪いな、とも思った。ラチェットは長いあいだすわりこんでその自殺《じさつ》の方法《ほうほう》を考えようとしていたが、やがてどんどん寒くなり、どんどん空腹《くうふく》になってきた。そのとき、「ラチェット！　ラチェット！」とペンペンが叫《さけ》ぶ声が聞こえた。ペンペンは地面の上に裸足《はだし》のまま走り出たかと思うと、芝生《しばふ》用の椅子《いす》につまずいて転び、かなりあわてている様子《ようす》だった。

ラチェットは、イソギンチャクをつま先でつつこうとしたときに脱《ぬ》いだ靴《くつ》を拾いあげると、岩の道をかけあがっていった。足には細かいすり傷《きず》や切り傷が無数《むすう》についていたが、冷《つめ》たい水や冷たい岩のせいで麻痺《まひ》していて、ぜんぜん痛《いた》くなかった。まさか、もう十時になったなんてはずはない。時間の感覚《かんかく》が完全になくなってしまったんでもないかぎり、そんなことはありえない。じゃあペンペンはなんの用で呼《よ》んでるんだろう。

「ラチェット！」ペンペンはラチェットがやってきたのを見ると叫んだ。「走って走って。お母さんから電話よ！」

「えっ！」ラチェットは走って家の中に飛《と》びこんだ。ペンペンは、ラチェットのあとからはあはあ息を切らしてついてきて、電話がどこにあるか教えた。

に出た。

「もしもし！」ラチェットは、お母さんが切ってしまうんじゃないかと心配しながら急いで電話に出た。

「ラチェット、どならなくていいわよ。あなたが着いたかどうか、確認《かくにん》の電話をしただけよ」とヘンリエッタの声がした。

「だいじょうぶ、着いたよ」とラチェットは言った。

「はいはい、もちろんだいじょうぶね。ところでね、この前片付《かたづ》けをしたとき、わたしの黒い乗馬手袋《てぶくろ》をどこに置《お》いたの？」

「コートのクローゼットに入ってる。お母さんの乗馬ジャケットのポケットの中」

「なーんだ、そうだったの。それじゃ、見つからないはずだわ。この次からはもっと見つけやすい場所にしまってちょうだいね」

「わかった」ラチェットは答えた。お母さんの声を聞いたせいで、ラチェットは家に帰りたくなってしまった。

「ティリーが電話をかわりたいって言うだろうけど、またどうでもいいようなことをくどくど言われたくないから、『お母さんは出かける約束《やくそく》かなんかがあって、話す時間がないんだって』とでも言っておいてね。ペンペンは、自分たちは昔みたいに元気じゃないとかなんとか言ってるけど、どうせ昔から文句《もんく》の多い人たちなんだから」

「わかった」

「それからラチェット、〝あれ〟はいつも隠《かく》しとくのよ」

「隠してるよ」ラチェットはキッチンにいるペンペンに背中《せなか》を向けて、小声でささやいた。「お母さん、わたしいつまでここに泊《と》まるの？」

「夏じゅうずっと、って言ったでしょ。だいじょうぶ、だれにも邪魔《じゃま》されずに思う存分《ぞんぶん》楽しめるのよ。あっ、テレビをつけなきゃ。『ルーレットでチャンス』の時間だわ」ヘンリエッタはそう言って電話を切った。

「もうすぐ晩《ばん》ごはんよ」ラチェットが受話器を置《お》くと、ペンペンが言った。「おなかがすいてるだろうと思って、あるもので適当《てきとう》に食事を作ったの。ティリーも起こしといたから、もうすぐおりてくると思うわ」

ラチェットはペンペンの手伝《てつだ》いをして、テーブルの上にいろいろなものをならべた。ティリーが、げっそりした顔をしてダイニングルームに入ってきた。まるで、老《お》いた体に残《のこ》されたわずかな生命力が、眠《ねむ》ったせいでほとんど消えかけているという感じだった。だが少しずつ目ざめていくにつれ、夜が明けていくように、ティリーの中の光がまた灯《とも》りはじめた。

「今夜はチキンのクリーム煮《に》よ」ラチェットのお皿によそいながら、ペンペンが言った。「たいしたことないもので、ごめんなさい」

ラチェットはびっくりした。ずっと心に思い描《えが》いてきたチキンのクリーム煮が、まるで自分がペンペンに作ってくれとでも言ったみたいに、目の前に出てくるなんて。

ラチェットは、古い板張《いたば》りのダイニングルームを見わたした。そして、すてきな陶器《とうき》のお皿類《るい》と、ふたりのおばあさんのゆっくりゆっくりした動きをながめた。夜遅《おそ》くて疲《つか》れていたラチェットは、さっさと食べはじめてさっさと食べおわりたかったが、ティリーはひざにナプキンを置《お》くと、食前のお祈《いの》りをするように言った。ラチェットは呆然《ぼうぜん》としてしまった。食前のお祈りなんか、したことがなかったのだ。知ってるものでそれにいちばん近いのは「すばらしいハントクラブ！」だろうか。

「ティリー、お祈りはわたしがするわ」ペンペンが助け舟《ぶね》を出した。「仏教《ぶっきょう》の、愛《あい》と思いやりのお祈りがあるの。つい最近《さいきん》、お父さんの図書室にあった本の中から見つけたの。こういうのよ、『すべての生《い》きとし生《い》けるものが幸福で、満足《まんぞく》して、心豊《こころゆた》かでありますように。すべての生きとし生けるものが癒《いや》され、健康《けんこう》でありますように……』」

ティリーはチキンを刺《さ》したフォークを持ちあげた。ラチェットが待ちに待った瞬間《しゅんかん》だったが、そのときとつぜん、ティリーはフォークをまたおろした。もっと長いお祈りが始まるのかと、ラチェットの心は絶望《ぜつぼう》でいっぱいになった。ティリーは言った。「あっ、そうだ。牛の乳《ちち》しぼりを忘《わす》れた」

ペンペンもフォークをおろした。「ええっ、ティリー、まさか」

ラチェットもフォークをおろした。この料理《りょうり》を口に入れることは永遠《えいえん》にできないのだろうか？

「忘れてた」ティリーがうんざりしたように言った。「クリームソースを見て思い出した」

「まあ、ティリー、わたしたちが町に行ってるあいだに、牛がミルクでパンパンになって爆発《ばくはつ》してたら、それはあなたのせいよ」

「ちょっと見てくる」ティリーはよたよたとテーブルから立ちあがり、片足《かたあし》をかすかに引きずりながら前かがみで歩きだした。そして、廊下《ろうか》に出るところでショールと懐中電灯《かいちゅうでんとう》を取った。「ふたりは先に食べてなさい！」ティリーは肩《かた》ごしに叫《さけ》んだ。

「こんな時間に、ひとりきりであんな牛の乳《ちち》しぼりをしようなんて無理《むり》よ」ペンペンはぶつぶつつぶやいて立ちあがり、ティリーのあとについていった。ラチェットも立ちあがったが、歩きだす前に、ひそかにチキンをひと口食べた。ペンペンはティリーを追って牛小屋のほうに向かっていった。後ろから見ると、ティリーは小さな妖怪《ようかい》のように見えた。

「ティリーは疲《つか》れてるのよ」ペンペンがささやいた。「疲れてると、まっすぐ立ってるのがつらいのよ。ティリーは腰《こし》が悪いの。背骨《せぼね》の中の椎間板《ついかんばん》が変《へん》な方向にずれていっちゃうみたいなのね。ちょうど、タイルをくっつけるモルタルがはみ出しちゃうような感じになるの。ときどき、ドクター・リチャードソンにもとの位置《いち》まで押《お》しもどしてもらうのよ。それでしばらくのあいだは落ち着くんだけど、ただ、わたしたちぐらいの年になると、なんでも永遠《えいえん》に落ち着くってことはないのよね。永遠に落ち着くのは、最後《さいご》のお迎《むか》えが来たときぐらいでしょうね。意味わかるかしら」

月の光は明るく、とてもたくさんの星が空に輝《かがや》いていた。この人たちは死ぬ話ばっかりしてる

なあ、とラチェットは思った。ふたりをただ見ているだけでも、死のことを考えてしまう。けれども、空と海と森に囲《かこ》まれたこの広い敷地《しきち》にいると、死もそれほどおそろしいものではないように思えた。満天《まんてん》の星のもとで考えると、死とはせいぜい〝次の場所に行く〟ぐらいなものだろうという気がした。でも、とりあえず今晩《こんばん》はだれも死なないでいてほしい、とラチェットは思った。だってまだチキンのクリーム煮《に》を食べてないんだから。

牛小屋の中でのティリーの動きは、とてもとてもゆっくりだった。ひとつひとつの動きを気が狂《くる》うほどのろのろと注意ぶかくおこなっているのは、筋肉《きんにく》を確実《かくじつ》に動かそうと集中しているからかもしれない。ラチェットは、これをさっさとすませて夕食にもどりたい一心で、いつになくきびきびとティリーを手伝《てつだ》った。必要《ひつよう》なものがあったら指をさしてもらい、それを取りに走った。ティリーが取るよりそのほうがずっと早かったからだ。少しでも夕食に近づけるなら、どんなことでもした。ティリーが乳《ちち》しぼりを始めると、それはとても見ていられないほどいらいらするものだった。乳首《ちくび》をゆっくりとひっぱって、休んで、またゆっくりとひっぱって。

「わたしがやってみる！」ティリーの乳しぼりにつきあっていたらひと晩じゅうここにいることになる、と思ったラチェットは、ついに怒《おこ》ってそう叫《さけ》んだ。「やってみていい？」

「強くひっぱりすぎないんだよ」と言いながら、ティリーは背骨《せぼね》をギシギシいわせて立ちあがった。

「わかった」

「あと、牛を怒《おこ》らせないこと」ティリーは言った。

「だいじょうぶよ、この老《お》いぼれ牛は怒ったりしないわ」牛の首をおさえながらペンペンが言った。「この牛はただミルクをしぼってもらいたいだけ。そしてさっさと終わらせてもらってひとりになりたいだけなのよ」

ラチェットは乳《ちち》しぼり用の椅子《いす》にすわった。乳首《ちくび》の感触《かんしょく》にぞっとしながらも押《お》してみると、最《さい》初《しょ》のうちはなにも出なかったが、やがてミルクが出はじめた。すると、爆発的《ばくはつてき》な楽しさが一気に押しよせてきて、ラチェットはおどろいた。土くさいような牛のにおいが気に入り、そして牛が自分を受け入れて身をまかせている感じも気に入った。牛にぴったりと寄《よ》り添《そ》って顔をうずめたくなったが、ペンペンとティリーが見ているので恥《は》ずかしくてできなかった。

いったんコツをつかむと、ラチェットの仕事ぶりはすばやくなった。バケツがいっぱいになったので、さあこれで帰って夕食が食べられる、と思ったが、そこでティリーが言った。「じゃあ今度は、ミルクをクリーム分離器《ぶんりき》のところに運ばなきゃ」

「あなたは、先に家にもどって食事をしたら？」ペンペンがラチェットに言った。「まだ時間がかかると思うの。牛小屋の雑用《ざつよう》がほかにもいろいろ残《のこ》ってるから」

自分だけ先に食べるわけにはいかない、と思ったラチェットは、牛小屋に残って、ふたりには重すぎるものを運んだりして手伝《てつだ》った。とてもつらいはずの干《ほ》し草《くさ》運びなどの仕事を、ふたりがいつもやっているということに、ラチェットはおどろいた。ペンペンはティリーよりもさらにいろいろやっていたが、いずれにせよ、こんなに年をとっている人たちがこんなにいろいろなことができるなんて、すごい。仕事が終わるころには、ラチェットは頭も体も干《ほ》し草《くさ》だらけになっていた。手には、干し草の束《たば》をとめていた麻《あさ》ひもをはずすときできた切り傷《きず》がつき、体には牛のにおいがしみついていた。ラチェットはもう空腹《くうふく》も感じなくなっていて、ただひたすら疲《つか》れていた。こんな疲れ方は初めてだった。三人でダイニングルームの食卓《しょくたく》にもどると、ラチェットは機械的《きかいてき》に夕食を食べ、そのまま二階《かい》にあがってベッドに倒《たお》れこんだ。

朝日の中、ラチェットはニワトリの声で目ざめた。ポーチでティリーを待ってみたが来なかったので、ひとりで牛小屋に行った。ひとりで乳《ちち》しぼりをして、牛に餌《えさ》をやって、牛小屋掃除《そうじ》をしてから家の中にもどった。

ペンペンはテーブルクロスをはずしているところだった。ゆうべチキンのクリーム煮《に》を食べているとき、ティリーがシェリー酒《しゅ》をこぼしたのだけれど、そのときはだれも片付《かたづ》ける元気がなかったのだ。夕食のあと、汚《よご》れた食器《しょっき》やしみのついたテーブルクロスをそのままにして、みんなすぐに寝室《しんしつ》にあがって寝《ね》てしまった。

「これはわたしたちのお母さんのよ」細長いテーブルにかけてあった大きな布《ぬの》をたたむのをラチェットが手伝《てつだ》っていると、ペンペンがそう言った。「お気に入りの布が二枚《まい》あったの。これと、もう一枚は栗色《くりいろ》で、それは自殺《じさつ》のときに使ったの。まわりがぬれないようにね」

「ぬれるって……」

「汚《よご》れるのがいやだったのよ」ペンペンは急いで台所に行って、オートミールのおかゆの火加減《ひかげん》を見た。「でも結局《けっきょく》汚れたんだけどね。ポンポンはずむんだ、ってことを計算に入れなかったのよ」

「えっ？」ラチェットはききかえした。

「頭がはずむってこと。ねえ、泳ぎにいきたい？」

ラチェットは口を開いたが、なにも言うことを思いつかなかったので、二階《かい》に行って水着を着た。それから、地面の上をポンポンはずむ頭のことを忘《わす》れるために、別《べつ》のおそろしいことを考えることにした。おそろしいことはふたつあった。ひとつは、ラチェットは泳げない、ということ。もうひとつは、水着になると〝あれ〟が見えてしまう、ということ。水着の上からTシャツを着てみた。泳いでいるあいだもずっとTシャツを着たままでいればいい。そこでふと気づいた。Tシャツがぬれたら、〝あれ〟が透《す》けて見えちゃうじゃない。その上からカーディガンを着てみた。おかしいと思われるかもしれないけれど、丸出しのままよりはずっとましだ。ここまで解決《かいけつ》すると、ラチェットの気持ちはまた〝はずむ頭〟のほうにもどっていった。そこで電話が鳴る音がしたので、ラチェットは、まるで宇宙人《うちゅうじん》があらわれたかのように仰天《ぎょうてん》した。

「ラチェット！」ペンペンが呼《よ》んだ。「また、あなたに電話よ」

ラチェットは階段《かいだん》をかけおりていった。

「この半年にかかってきた電話はたったの二本だけで」椅子《いす》にすわって朝食をだらだら食べてい

たティリーが、だらだらしゃべった。「それが両方ともラチェットへの電話とはねえ！　ティーンエイジャーの子どもが家にいるっていうのはこういうことなんだよ。電話がひっきりなしに鳴るようになるよ、って言ってたでしょうが！」

「シーッ、ヘンリエッタからよ」ペンペンはティリーをさえぎった。

「あの女はまったく……」とまたぐちりはじめたティリーに、ペンペンはラズベリーの入ったボウルを押《お》しつけて言った。「ほら見て、ぜんぶ腐《くさ》ってる」

「そりゃあ、腐るでしょうよ」ティリーはいやみっぽく言った。「びん詰《づ》めにもしないのに大量《たいりょう》に摘《つ》むからだよ。そんなこと言ってるうちに、今度はブルーベリーの季節《きせつ》だよ。今度こそ、腐ったブルーベリーはごめんだよ。ぜんぶびん詰めにするんだ」

「あら、ティリー」ペンペンが言った。「今年はどうかしら。わたしたちだけでぜんぶのブルーベリーをびん詰めにできるかしら？　マートルにも来てもらう？」

「マートルになんかたのんだのはまちがいだったよ。あいさつするだけでもうんざりなのにさ。人づきあいっていうのは、ややこしいんだよ。どうしてそもそも、手伝《てつだ》いなんかたのんでしまったんだろう。わたしたちふたりだけでやればよかったのに」

「びん詰め作りの季節には、どこだってお手伝いをたのむでしょう」ペンペンが言った。

ティリーはしかめっつらをしてから、十分前から口の中に入っているものを、引きつづきクチャクチャ噛《か》んだ。あごや、噛むための口の部品が年老《としお》いて古くなっているので、食べ物を噛みつぶすのがとてもたいへんなのだ。でもティリーは、時間ならいくらでもあると言って、食事をえんえんと楽しむことにしていた——食事をすることを忘《わす》れていないときには。

「ラチェット！」ヘンリエッタがきびしい声で言った。

ラチェットは受話器《じゅわき》を持って、ペンペンとティリーの会話に耳をすましたままだまっていた。

「もしもし、お母さん」ようやく声が出た。

「あなたの荷物《にもつ》を送るのにいくらかかるのか調べてみたんだけど、とんでもなく高いのよ。ばかばかしいわ。ペンペンが送ってほしいって言ってたんだけど、やめることにしたわ」

「ペンペンとティリーが必要《ひつよう》なものを買ってくれたのよ」ラチェットは言った。

「え、わたしにききもしないで？　そのお金もわたしに払《はら》えって言ってくるつもりなんじゃない？　あーあ、レシートを送ってもらわないとね。なにを買ってもらったの？　一年じゅう着られるものだったらいいんだけど」

「ショートパンツとTシャツを何枚《まい》かずつ、あと水着」

「まさか泳いだりしないでしょうね！」ヘンリエッタがどなった。

「うん」ラチェットは嘘《うそ》をついた。

「水着なんか着ちゃだめよ。なんで水着なんか買ってもらっちゃったのよ？」

「説明《せつめい》してるひまがなかったの」ラチェットは消え入《い》りそうな声で言った。

「あーあ、そのレシートまで送られてくるなんて」そう言って、ヘンリエッタは電話を切った。

「お母さんが、服のレシートを送ってくれたらお金を払《はら》うって言ってた」ラチェットは言った。

ティリーは朝食を食べながら上目《うわめ》使いにラチェットを見て、ばかにしたように鼻を鳴らした。

「レシートだってさ！　さあ、ラチェット、海に行こうよ」三人は明るい太陽の下に出て、急な崖《がけ》の道をおりていった。

ティリーとペンペンはずんずん海に入っていった。そのあとについて、ひざまでの深さの水の中をラチェットはよろよろ歩いていった。「わたし、泳げないの」ラチェットは言った。

「じゃあ教えてあげるよ」ティリーが言った。そしてラチェットのカーディガンを見た。「まず水につからなきゃ」

「そんなことできないと思う」ラチェットは波打ちぎわを歩いていった。自分でもまずい言い方だなと思った。ティリーが、それはどういうこと、とたずねようした、その瞬間《しゅんかん》に、ラチェットのすぐそばで波が砕《くだ》けた。それをきっかけにラチェットは逃《に》げだして、岩の上にすわった。ペンペンとティリーは腰《こし》までの深さのところで、行ったり来たりして泳いでいた。年をとっても泳ぐことだけは昔と変《か》わらずに楽々できるのだった。そのとき、だれかが「こんにちはー！」と叫《さけ》ぶ声が崖の上から聞こえてきた。

「ちぇっ、マートルだよ」ティリーは舌打《したう》ちして、水の中をじゃぶじゃぶ歩き、顔をしかめて崖の上をにらんだ。

「こんにちは、マートル！」ペンペンは、笑顔《えがお》で海の中から手を振《ふ》った。

「こんにちは、変《か》わり者のメニュート姉妹」マートルは崖《がけ》をこわごわおりながら言った。

ティリーは苦々《にがにが》しい表情《ひょうじょう》になって、ゆっくりと水の中から出てきた。そしてタオルをつかんで体を拭《ふ》き、頭を振って耳の中の水を出した。ペンペンも海からあがり、太陽の下で甲羅干《こうらぼ》しをしようと横になった。その姿《すがた》はしわだらけの巨大《きょだい》なセイウチのように見えた。

「ラチェット、この人がトラウトさんよ。酒場で会ったバールは、この人のだんなさんなの。マートル、フロリダから来た親戚《しんせき》の子の、ラチェット・クラークよ」

「あら、老婆《ろうば》がふたり、子どもといっしょになにしてるのかしらと思ったのよ。バールは、あなたたちが養子《ようし》をもらったんじゃないかって言ってた。でもまさかその子、ある日とつぜん迷《まよ》いこんできたってわけじゃないでしょう、ってわたしは言ったの。こんなところをひとりで歩いてたらクマに食べられちゃうものね。この子、ヘンリエッタの子どもでしょ、ティリー？」

「ああ、そうだよ、マートル」ティリーが言った。

「あなたのお母さんは……」マートルはラチェットのほうをふりむいて、話しかけた。

「なにか食べない？」ペンペンがそれをさえぎった。

「ちょっと待って、まだラチェットに泳ぎを教えてないんだよ」ティリーは、マートル・トラウトに家の中に入りこまれて、いばりちらされるのはごめんだと思っていた。ましてや、ブルーベリー・ソースの季節《きせつ》のあいだずっとマートルといっしょだったら、最悪《さいあく》なことになってしまう。

「ねえ、ばかなことをきいてもいいかしら……」マートルが言った。

「いいわよ」とペンペン。

「フロリダにだって海はあるでしょ？　ここよりいい海が」マートルはラチェットにきいた。

「はい」ラチェットは答えた。

「ちゃんとした海水浴場《かいすいよくじょう》もたくさんあるし」

「はい」

「じゃあどうしてあなたは泳げないの？」

「ところでマートル、なにしにここに来たのかね？」ティリーがたずねた。

「ああ、それはね、ティリー、このバスケットを持ってきたのよ。お裁縫《さいほう》のセットなの」マートルはティリーにそれをわたそうとしたが、ティリーの体がびしょびしょなのに気づいて、ひっこめた。そして次にペンペンにわたそうとしたが、ペンペンはティリーの二倍もびしょぬれだということに気づいてまたひっこめた。ペンペンの体はティリーの二倍もあるからだ。結局《けっきょく》、マートルはラチェットにバスケットをわたした。マートルはそれをあまりいい解決《かいけつ》だと思っていないようだったけれど、また自分でそれを持って岩だらけの道を帰るのがいやだったのだ。それからマートルは、ペンペンとティリーのタオルや服の山をつかんで、三十センチほど右に場所を移動《いどう》させて言った。「ほら、ペンペン、タオルがよく乾《かわ》くように、少し動かしてこっちの岩の上に置《お》いたわよ」

「なんで裁縫のセットなんて持ってくるんだよ」ティリーが言った。「わたしたちは縫《ぬ》いものなんてしない。長いこと針《はり》にさわってもいないよ」

「ええ、わかってるわ、ティリー・メニュート。だからこれを持ってきたんじゃないの」マートルはラチェットに向かって（おばさんたち、バカみたいよね？）と言うようににやりと笑《わら》った。

「町じゅうみんなで、大きなキルトを作ってるの。クリスマスに競売《きょうばい》をやって売るのよ。その売上金が、ボランティアの消防団《しょうぼうだん》の活動資金《しきん》になるの。消防団は、あなたが自然発火《しぜんはっか》しちゃったら、きっと助けにきてくれるわよ。それにね、あなたのお父さんが大昔、この消防団の創立《そうりつ》メンバーのひとりだったんだ、って聞いたことあるわ。そうでしょ、ペンペン？　三十センチかける三十センチの正方形を一ピース作ってほしいの。自分の好《す》きな模様《もよう》を縫《ぬ》っていい。それをみんなのといっしょに縫いあわせて、全員のサイン入りの〝クレージー・キルト〟を作るのよ。歴史《れきし》に残《のこ》るすばらしい作品になると思うし、実用的《じつようてき》でもあるでしょ。ひとりで二ピース以上《いじょう》縫うって人もいるのよ。まあ、別《べつ》にあなたがたふたりに一枚《まい》ずつ縫ってほしいって言ってるわけじゃないんだけど。みんなは、森の中にふたりきりでこもっているあなたたちのこと、ほとんど忘《わす》れてたんだけど、わたしが言ってあげたの、こういう歴史的な大事業《だいじぎょう》に参加《さんか》したいとあなたたちもきっと思うだろう、って。だけど、こんなへんぴな場所までわざわざ来ようって人はだれもいなかったから、あやうく却下《きゃっか》されるところだったのよ。でも、ティリー、バールのお父さんがあなたと結婚《けっこん》してたってことを考えて、わたしが行くって名乗り出てあげたわ。バールのいるボランティア消防団のためになれたら、あなたが感謝《かんしゃ》すると思ったの。バールは法律的《ほうりつてき》にはあなたと無関係《むかんけい》だけど、でも、あなたのせいで私生児《しせいじ》になっちゃったんだっていうのは事実《じじつ》でしょう」

「ちょっと、その話はやめて！」ティリーは言った。

「それでね、なにも模様《もよう》を思いつかなかったときのために、キルトの本も入れておいてあげたわ」マートルは、ティリーの言葉なんか聞こえなかったように、強引《ごういん》に話をつづけた。「もちろん、布《ぬの》と糸の代金は払《はら》ってもらわなくちゃいけないわ、たとえぜんぜん使わなかったとしても。でも、ハサミと針《はり》は無料《むりょう》で貸《か》してあげる」

「そりゃ、ご親切にどうも」ティリーはいやみっぽく言った。「ラチェット、そのカーディガンとTシャツを脱《ぬ》いで、水に入りなさい、泳ぎを教えてあげるよ」

「教わりたくないの」ラチェットは、パニックになりながら言った。泳ぐ話は運よく終わってくれたとばかり思いこんでいたのだ。

「そんなのおかしいよ」ティリーが言った。「楽しいんだからさ」

「楽しくないと思う」ラチェットはつぶやいた。そして、カーディガンを着たまま、波に向かって水の中を歩いていった。

「あら、脱ぎなさいよ、それ！」ペンペンが、脱ぎ忘《わす》れているだけだと思って呼《よ》びかけた。

「寒いの」ラチェットはそう言ったが、太陽はじりじり照《て》りつけていた。

「あの子、どこか悪いんだわ」マートルがペンペンに向かっておもしろそうに言った。「こんな天気なのに寒いですって？　死にそうな病気だからヘンリエッタがここに送りこんだ、ってわけじゃないでしょうね」

「そんな、ちがうわよ……」ペンペンはうわの空で言った。おなかがすいてきたので、お茶にしようとマートルに言おうかどうしようか考えていたのだ。

「ばか言わないで。運動すればすぐあたたかくなるよ」ティリーが言った。「服がぬれると体に巻《ま》きついて、泳げなくなっちゃうんだよ」

「泳げなくても別《べつ》にいい」ラチェットは言った。

「ほんとにどうかしてるわ」マートルがそう言って、バスケットのところに行った。ラチェットは海岸のほうに背中《せなか》を向けていたので、マートルが近づいてくるのが見えなかったし、やってくる音も波の音にかき消されて聞こえなかったし、第一、そんなこと予想《よそう》もしていなかった。とにかくラチェットは、ティリーがカーディガンを脱《ぬ》がせたがっているのにおびえて、身動きできなくなっていたのだ。今までに〝あれ〟を見たのは、お母さんと、お医者さんだけだった。ラチェットが気づかないうちに、マートルが後ろに立ち、ハサミをじょきじょきと六回動かしてカーディガンとTシャツを切った。そして、両側《りょうがわ》をつかんで荒々《あらあら》しくひっぱり、服を裂《さ》いた。次の瞬間《しゅんかん》、水着一枚《まい》だけになったラチェットがそこに立っていた。

「まあ、なんてこと、肩甲骨《けんこうこつ》の上にあるあれはなんなの？」マートルは思わず叫《さけ》んだ。

お墓《はか》

「なんだよ、マートル・トラウト！」ティリーは叫《さけ》んだ。「一ドル九十八セントのTシャツを台なしにして。ましてや、一枚《まい》しか持ってこなかったラチェットのカーディガンをこんなふうにするなんて、ひどいじゃないか。ちくしょう！」
「なに言ってるのよ、ティリー・メニュート。子どもにあんな口ごたえを許《ゆる》しちゃいけないわ。泳ぐのに服を脱《ぬ》がないだなんて！　冗談《じょうだん》じゃないわ！　そういう場合にどうやってしつけたらいいか、見せてあげただけよ。自分の子どもを十二人も育ててきたんだから、ちょっとは経験《けいけん》があるのよ」
「もう少しまともな方法《ほうほう》はなかったのかしら？」はらはらして両手を握《にぎ》りしめながら、ペンペンが言った。ティリーが激怒《げきど》したらたいへんだ。ティリーはひどいかんしゃく持ちなのだ。
「あのね、いちど甘《あま》やかすと歯止めがきかなくなってしまうのよ。いつの日かこの子もティーンエイジャーになるわ、そのときどうするの？」

「いつの日か、ってどういう意味？　ラチェットはもうティーンエイジャーなんだけど」

　マートルはラチェットをじろじろとながめた。「あら、そうは思わなかった。十歳《さい》ぐらいに見えたわ。どこか悪いのかしら？　肩甲骨《けんこうこつ》の上のあれ以外《いがい》にも、なにかあるの？」

　ラチェットは水の中にしゃがみこんだ。

「マートル、はっきり言うけど、帰ってくれないかな？」ティリーが言った。「ラチェット、水にちゃんとつかるところまで、できたじゃないの」ティリーとラチェットは、さらに深い、首まで水がくるところに歩いていった。マートルに背中《せなか》を向けたティリーは、なにごともなかったかのようにバタ足の見本をやってみせた。

「お姫《ひめ》さまみたいにあつかってると、今に困《こま》った子になるわよ」マートルが叫《さけ》んだ。

「お茶に誘《さそ》おうと思ってたんだけど、また今度にしたほうがいいみたいだわね」ペンペンはさっと立ちあがって、すばやくマートルを崖《がけ》の道へと送っていった。ペンペンとティリーは、海に入るときはかならずふたりいっしょに、と決めていたのだけれど、今はラチェットがいっしょだからだいじょうぶだろうと思ったのだ。

「今にあの子は困った子になるわよ」ティリーが聞いてくれなかったので、マートルは今度はペンペンに同じことを言った。

「あら、でも……あの子がここにいるのは夏のあいだだけだから」

「じゅうぶん長いじゃない。ねえ、キルトのこと、たのんだわよ」

「わかったわ、マートル」

「あと、ハサミを大事にあつかってね」

「わかったわ、マートル」

「あのハサミ、ニッケルでできた高級品《こうきゅうひん》なのよ」

「ほんと？」

「ニッケルって合金《ごうきん》に使われるものなの」

「それがなんなのか、ぜんぜんわからないけど」ペンペンは明るく言った。「バールによろしく言っといてね」

「ふん」と鼻を鳴らして、マートルはゆっくりと道をのぼっていった。ペンペンは少し後ろをついていった。途中《とちゅう》までのぼると、マートルは後ろ向きに転んで、とがった岩の上にしゃがみこんだ。まるで鉛筆《えんぴつ》のはじっこについた消しゴムみたいな姿《すがた》だった。ラチェットは、マートルを待っているペンペンが、体を震《ふる》わせながら必死《ひっし》で笑《わら》いをこらえているのを見た。立ちあがったマートルは、丘《おか》の上までのどんどんのぼっていった。自分の車までたどり着くと、マートルは庭にある日時計を見て言った。「ペンペン・メニュート、わたしだったら、あの古い日時計をもうちょっと右に移動《いどう》するわね。そうしないと、あの大きな木があと三十センチぐらい高くなったとき、木の影《かげ》に日時計が隠《かく》れちゃうわよ。ほんの十センチぐらい右に移動するの。ぜひやってね」そして満足《まんぞく》そうにうなずくと、マートルは車に乗り、クマがいないかきょろきょろしながら発進した。

ティリーは水泳のレッスンを終わらせた。ティリーが〝あれ〟を無視《むし》しているのか、それとも気づいていないのか、ラチェットにはわからなかった。肩甲骨《けんこうこつ》のあたりをじろじろ見ることもなかったのだ。帰るときに、ラチェットはふたつに裂《さ》かれたカーディガンとTシャツを着ようとしたが、後ろが開いてしまって変《へん》だった。海岸にもどってまた日光浴《にっこうよく》をしていたペンペンと、三人そろって家までの道をのぼっていった。

「マートル・トラウトのやつ、ほんとうに腹《はら》がたったよ」ティリーはのぼっているあいだじゅう、ずっとぶつぶつ言いつづけていた。「あまりに腹がたって口もきけなくなった。あんないいカーディガンを切っちゃうなんてさ。ああ、おなかがすいたな、ペンペン。おいしくて栄養《えいよう》たっぷりのお昼ごはんを食べたいねえ。チリみたいな辛《から》い豆煮《まめに》こみを作ってくれないかな？」

「今朝《けさ》とったクリームを入れる料理《りょうり》にしなくちゃ、たとえばチャウダーとかね。ラチェットが乳《ちち》しぼりを忘《わす》れずにやっといてくれたのよ」

「わかったよ、チャウダーでも豆でも、わたしにとっちゃ同じことだ」ティリーは言った。「あのバカ女！」家に入って二階《かい》にあがるときも、ティリーはずっとぶつぶつ言いつづけていた。

「大バカ女め！」

でも、お昼ごはんを食べるチャンスはなかなかめぐってこなかった。ペンペンはチャウダーを作ってティリーを待っていたが、二階に着替《きが》えに行ったティリーは自分がなにをしにきたのかを忘《わす》れて、ちょっとベッドに横になり、午前中の水泳の疲《つか》れでそのまま午後いっぱい眠《ねむ》ってしまった。眠りとはティリーによれば、老人《ろうじん》にとっては生と死のあいだにある〝廊下《ろうか》〟のようなものだそうだ。年をとると、もう食べ物もそれほど必要《ひつよう》としなくなって、より多くの時間を夢《ゆめ》の廊下をさまよってすごすようになる。ときにはそこで自分の母親に出会ったり、友だちに出会ったりする。時間は意味を失《うしな》い、過去《かこ》と現在《げんざい》と未来《みらい》がぜんぶいちどきに押《お》しよせる。それで、人やときを正しくおぼえられなくなるのだ。いずれにせよ、どういう順番《じゅんばん》でものごとがつづいていたかは、なぜだかどうでもよくなる。順番が思い出せないと、まるでぜんぶが一度に起こったことのように思える。老人は、未来を手がかりにして過去に失ったものを思い出そうとし、生きている人と死んでしまった人がいっしょに集まっている廊下を通り抜《ぬ》ける。

ペンペンはいつもどおり、午後にはメニュート家の家庭菜園《さいえん》の手入れをした。雑草抜《ざっそうぬ》きに気を取られて、昼食のことは完全に忘れてしまった。ラチェットは家から出てきてベンチにすわり、ペンペンの作業《さぎょう》を見ながら、太陽の熱《ねつ》でぬれた髪《かみ》を乾《かわ》かした。ペンペンは枯《か》れたつぼみや、やせた実《み》を摘《つ》み取ったり、そのほかラチェットにはよくわからない作業をしたりしていた。ティリーとペンペンは〝わたしたちの家庭菜園〟だと言っていたけれど、実際《じっさい》にはペンペンひとりのものだった。ペンペンはガーデニングが大好《だいす》きだった。ふたりが食べる野菜はぜんぶこの菜園でとれたものだったが、たとえそういうことがなくても、ペンペンは毎日菜園に出て、ハチのブンブンいう音を聞いたり、作物が育っていくのを見たりしていただろう。ペンペンは、生き物はすべて臨界量《りんかいりょう》で存在《そんざい》するのだと言う。臨界量とは、食物連鎖《しょくもつれんさ》を維持《いじ》するのに最低限必要《さいていげんひつよう》な有機物《ゆうきぶつ》の量《りょう》のことだ。ペンペンは雑草《ざっそう》を堆肥《たいひ》の中に投げこんで、「畑で作物が腐《くさ》るのはいやだという人が多いけど、すべてのものが変化《へんか》していくのは大事なことなの」と何度も言った。人から何度も言われたことはおぼえてしまうものだ。とうとう夕食の時間になるというころ、ティリーがふらふらと一階《かい》におりてきて、三人はやっとチャウダーにありついた。

ちょうどテーブルについたとき、廊下《ろうか》で大きな振《ふ》り子《こ》時計が鳴って七時を告《つ》げた。ティリーは部屋着《へやぎ》にストッキングにスリッパ、という姿《すがた》で入ってきた。ティリーの脚《あし》に大きなあざがたくさんついているのがストッキングごしに見えた。おどろいて口を開けているラチェットを見て、ティリーは言った。「あなたがやったんだよ、ラチェット。バタ足を練習しているとき、水中でわたしを蹴《け》ったんだ」

ラチェットは口に手を当てた。ティリーを蹴るつもりなんかなかったのに。ただ、肩《かた》を水に沈《しず》めていたかったので、脚をできるかぎり低《ひく》いところに持っていこうと、あがいていただけなのに。

「いや、気にしなくていいよ。この年になると、肉が腐った果物《くだもの》みたいになってて、あざができやすいんだ。ぜんぜん痛《いた》くなんかない。もう肉が死んでるみたいで、なにも感じないんだよ。ブーンと軽く振動《しんどう》するぐらい。その刺激《しげき》のおかげで生きながらえてるんだよ。夕食はなに？」

ペンペンが、大きなふたつきの鉢《はち》に入ったチャウダーを持ってきた。テーブルの上にはかごに入ったクラッカーが置《お》いてあった。ラチェットはおなかがはちきれそうになるまで食べてやろうと決意していた。ここに来てからずっと、きちんと決まった時間に食事ができたことがなかったからだ。四杯目のチャウダーを食べながら、ラチェットは顔をあげて話しかけた。「ティリーが結婚《けっこん》していたなんて知らなかった」つい、思いついたことをそのまま口にしてしまった。ものすごくおなかがすいていたあとで急激《きゅうげき》におなかがいっぱいになったので、頭の働《はたら》きが少しにぶっていたのか、〝しゃべる前に考える〟ということを忘《わす》れていた。まるでせんさくしているみたいだったな、と気づいて、ラチェットは恥《は》ずかしくなった。

ペンペンがほほえんで言った。「秘密《ひみつ》にしてたわけじゃないんだけど」

「短かったけど、これで十分だと思える結婚だった」ティリーは話した。「なにがあっても、もう二度と結婚はしないと思ったね。ペンペン、チーズを持ってきてくれないかな。チーズを食べることは、十六歳《さい》のとき、お父さんが大旅行に連《つ》れていってくれた際《さい》におぼえた。一年間ヨーロッパに行ったんだよ。わたしたちが若《わか》いころは、金持ちはみんなそういうことをしたんだ――子どもにヨーロッパふうのふるまいを身につけさせて洗練《せんれん》させるために、両親が大旅行に連れていくものだった。その旅行で、食後にチーズを食べる習慣《しゅうかん》を身につけた。べたべたしたパイや巨大《きょだい》なケーキなんていう、料理人《りょうりにん》が作った甘《あま》いデザートを食べるかわりにね。それで今も、何種類《しゅるい》ものチーズを用意しておくことにしてるんだ。あのディンクのよろず屋を経営《けいえい》しているバカにきいてみたら、おどろいたことに『チーズはすぐ売り切れる』って言ってた。ものすごい人気なんだってさ、チーズなんか買える身分じゃなさそうな人たちまで殺到《さっとう》してるんだ。だから、一カ月に一度ぐらい買い出しに行くときは、わたしたちは青カビチーズのスティルトンをたっぷりと、やわらかくてとろけるようなカマンベールと、ちょっぴりかたいポールサリュを手に入れて、毎日少しずつ楽しむことにしてる。あなたが来る前の週に、しっかり買いだめしておいたよ。あなたもチーズ大好《だいす》き人間だったら、なんて期待して。あなた、チーズに目がない？　ねえ、ペンペン、チーズ持ってきて。足を使いたくないんだよ」

「目がない……ってことはないと思う。あざを作っちゃってごめんなさい」ラチェットは言った。黒や青のあざのことが気になってしかたがなかったからだ。

「いいえ、だいじょうぶ」ティリーが言った。「食べることを通して、文化のちがいがわかるようになった。食べ物ほどすばらしいものはないよ、ねえ、ラチェット？」

ラチェットも大賛成《だいさんせい》だった。ただし文化のちがいより、空腹《くうふく》と満腹《まんぷく》のちがいをもっとわかってもらいたかった。そしてもう少し規則《きそく》ただしく食事を出してほしかった。コーヒーをいれに行ったペンペンが、チーズを持ってもどってきた。ティリーはそれを、なるべく長もちするように小さく小さく切った。しかし、よく見るとちょっとずるいチーズの配り方をしていた。自分のだけ大きく切って、ペンペンとラチェットのはほんのわずかなのだ。

「えーと、どこまで話したっけ？　ああそうだ」ティリーはスティルトンを舌《した》の上で転がした。「スティルトンを食べると、これに合う上等《じょうとう》のポートワインがほしくなってくるね。ペンペン、ポートワインを出してきて、小さいグラスについでくれないかな？」

ペンペンはマホガニーでできた洋酒棚《ようしゅだな》のほうに歩いていって、かがみこみ、いつも使っている小さな銀の鍵《かぎ》でそれを開けた。もう、お酒を盗《ぬす》み飲みする召使《めしつかい》もいないというのに、ペンペンはそれでも鍵を使うのが好《す》きだった。八歳《さい》のときに鍵を開けさせてもらって以来《いらい》ずっと使っていて、今でもその習慣《しゅうかん》をやめないのだった。「あら、ティリー、もうポートワインはないわ」

「もうない？」ティリーがききかえした。

ペンペンは悲しそうな顔をして、かがみこんだ姿勢《しせい》のまま、空《から》っぽのポートワインのびんをティリーにさしだしてみせた。

「えーと、それじゃあ、ラムにしようか」とティリー。「で、ことの起こりは……」

「ティリー、何度も話の邪魔《じゃま》して申《もう》し訳《わけ》ないんだけど、ラムももうないわ」

「じゃあなにがあるのかな、ペンペン？」ティリーはそう言うと、テーブルにてのひらをついて、よいしょと半分立ちあがり、洋酒棚をのぞきこんだ。「町に行く前に、なくなりかけているのに気づけばよかったのに」

「えーと、あら、ベイリーズ・アイリッシュ・クリーム(注1)の汚《きた》ならしいびんがある、あとコアントロー(注2)もあるわ」

「コアントローにしよう。チーズはカマンベールに変《か》える。それでと、そう、ヨーロッパ大旅行

(注1) アイリッシュ・ウイスキーにチョコレート、クリームなどを加《くわ》えた甘《あま》いお酒。
(注2) オレンジ系《けい》の甘いお酒。

から帰ってきたとき、わたしは十七歳《さい》だった」ティリーの前にペンペンがリキュールグラスを置《お》いた。「ありがとう、ペンペン」

「この手作りのヴェネチアングラスは大旅行のとき買ったものなのよ、ラチェット」ペンペンは言った。「どう、すてきでしょ？」

「すごくすてき」ラチェットが言った。

「コアントロー飲んでみる？」ティリーがラチェットにたずねた。

「ううん、いりません」ラチェットはことわった。

「ドランブイ㊟だっけ？　ドランブイがあるって言ったんだっけ？」ティリーがたずねた。

「ベイリーズよ。なんだか腐《くさ》っていそうなベイリーズ」ペンペンが言った。

「お酒は腐ったりなんかしないんだよ」ティリーが言った。「そこがお酒のいいところだね。よし、じゃあ、シェリーはあるかな」

「シェリーも残《のこ》ってないわ」ペンペンが言った。「料理用《りょうりよう》のシェリーならあるけど」

「料理用のシェリーなんか、ラチェットは好《す》きじゃないだろうね」ティリーが言った。

「あれ、しょっぱい感じがするわよね」ペンペンが言った。

「ラチェット、しょっぱいものは好き？」ティリーがたずねた。

「ほんとに、いりません」ラチェットが答えた。

「ええと、それで、大旅行から帰ってきたあとのこと」ティリーが話をつづけた。「わたしはこの家の敷地《しきち》をぶらぶら歩きまわっていた。そのころ、うちの庭は今よりずっと整っていて、お母さんの花壇《かだん》も手入れが行きとどいていた。庭師《にわし》を雇《やと》ってたからね。とにかく、きれいな環境《かんきょう》だったし、水泳や日光浴《にっこうよく》も好《す》きなだけできたんだけど、それでも、刺激的《しげきてき》なヨーロッパ旅行から戻《もど》って二週間もここでじっとしていたら、ものすごく退屈《たいくつ》してきた」

「わたしは、ジェーン・オースティンの小説《しょうせつ》に出会ったから、退屈とは無縁《むえん》でいられたわ。あのときは、夏じゅうずっとハンモックに寝《ね》そべってジェーン・オースティンの作品を全部読んだ。それで、その次にプルーストを読みはじめたの。プルーストはそれほど楽しめるものではなかったけど、もっと深いなにかがあったのよ」

「双子《ふたご》って似《に》ているものだとみんなが思っているけど、わたしたちはチョークとチーズぐらいちがってるね。思い出すよ、ペンペンがハンモックにだらしなく寝そべってた姿《すがた》を。あれじゃあ結《けっ》婚《こん》話も来るわけなかったよ。その夏まではわたしたち、料理人《りょうりにん》のおばさんが買い物に出るのにくっついて毎週町に行ってた。お父さんはわたしたちにまったく注意を払《はら》っていなかったけど、使用人たちがかわるがわる面倒《めんどう》を見てくれたんだ。お母さんが死んだ日、料理人が、葬儀《そうぎ》で出す料理の材料《ざいりょう》を買いに町へ行くんで、わたしたちをいっしょに連《つ》れてった。そして買い物しているあいだ、わたしたちふたりを酒場で待たせた。高い椅子《いす》にすわらせて、強いウイスキーを与《あた》えて。で、その日以来《いらい》、わたしたちは料理人についていくようになった。酒場ですわって、ウイスキー

（注）スコットランドのウイスキー・リキュール。

を六、七杯《はい》飲んだ。そのあいだに料理人《りょうりにん》は食品を買って、車にガソリンを入れて、友だちと井戸《いど》ばた会議《かいぎ》をした。酒場で〝気晴らし〟する、そういうことこそ、わたしがさがし求《もと》めてたものだったんだよね。大旅行からもどったその夏、わたしは、料理人が町に行くたびに酒場に通うようになったけれど、ペンペンのほうはプルーストを読みはじめてから、いっしょに行かなくなった。いつも読書、読書でいそがしくなって」

「プルーストを読みだすと夢中《むちゅう》になっちゃうのよ」ペンペンが言った。

「そんなわけで、わたしだけが行くようになった。でもある日、料理人とわたしが家にもどってきたとき、お父さんが、車から酔《よ》っ払《ぱら》っておりてきたわたしを発見して激怒《げきど》した。ものすごく怒《おこ》った。若《わか》い女の子が好《す》き勝手に外出するなんてとんでもない――まったく、森に住んでる者を大旅行になんか連《つ》れていったのは遠すぎる外出だった――もう家の敷地《しきち》から出ちゃいけない、ってお父さんは言いわたした。わたしもペンペンも、ふたりとも出ちゃいけない、って。そうなってみたら、お母さんがなぜ首を切り落としたがわかった。ただ退屈《たいくつ》な日々を終わらせたかっただけじゃあない、娯楽《ごらく》としていちばんはなばなしい方法《ほうほう》でやりたかったんだよ。わたしはペンペンのところに行って、『手遅《ておく》れになる前にここを出なきゃだめだ。あの男に生き埋《う》めにされちゃうよ』って言った。ペンペンは『だれに？　お父さんに？』なんて、まるで脳《のう》みそがないみたいな返事をした」

「だって、あのときは本に熱中《ねっちゅう》してたんですもの。それに、ティリーとちがってわたしは、ヨーロッパでの騒《さわ》がしい生活を終えて家に帰って、本を読んだり庭でのんびりすごしたりできるのが、ほんとうにうれしかったの。だからお父さんが雷《かみなり》を落としても、ぜんぜん気にしてなかった」

ペンペンが言った。

「『もちろん、お父さんに決まってるでしょ！　お父さんはわたしたちをここに埋《う》めるつもりなんだよ！』とわたしは言った。するとペンペンは、本のページから顔をあげもせずに、『わかってるわよ。お母さんのとなりのお墓《はか》に埋めるんでしょ』って言った。『えっ？』とわたしはどなった。もちろん、〝埋める〟というのは文字どおりの意味で言ったつもりじゃなかったからだ。ペンペンが答えるよりも前に、わたしはうちの墓地《ぼち》に走っていった。すると、お母さんの墓石《はかいし》がある右側《みぎがわ》にわたしとペンペンの墓石が、そして左側には、お父さん自身の墓石が建《た》てられていた。『そんな、これはやりすぎだ』って、わたしは腹《はら》をたててつぶやいた。人を埋める場所まで決めてしまうのはあんまりひどい。もし、わたしにほかの計画があったら？　もし、死ぬまでに地球を半周《はんしゅう》したいと思っていたとしたら？　わたしは怒り狂《いかりくる》って、息が詰《つ》まりそうになった。でも、わたしがかんかんに怒《おこ》っていたのは、酒場でバーテンダーから聞いた、リラ・ヴァニラが結婚《けっこん》するっていう話のせいでもあったんだ」

あっけなかったが妙《みょう》に充実《じゅうじつ》していたティリーの結婚《けっこん》

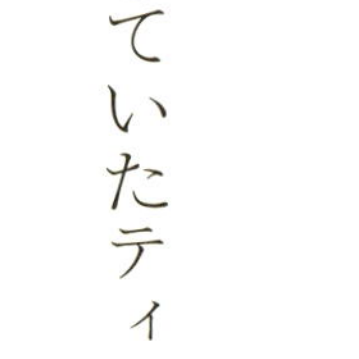

ペンペンとラチェットは話のつづきを期待しながら、ティリーの頭のてっぺんをながめてじっとすわっていた。ティリーはお酒のグラスを押《お》しのけテーブルの上に突《つ》っ伏《ぷ》して、ちょっと休憩《きゅうけい》している……とラチェットたちは思ったのだが、しばらくするといびきが聞こえてきて、じつは、ティリーは電気のスイッチが切れたみたいに眠《ねむ》ってしまったんだ、ということがはっきりした。そこでふたりはティリーをそっと起こして、ベッドまで連《つ》れていき、自分たちもベッドに入った。ラチェットは、リラ・ヴァニラっていったいだれだろうと考えた。

次の朝、乳《ちち》しぼりを終えたラチェットが家に入ると、ティリーが朝食用のテーブルにすわって、カビの生えかけたラズベリーを食べていた。そして、まるでゆうべから少しも時間がたっていないかのように、とつぜん話のつづきを始めた。

「リラ・ヴァニラはきこりの娘《むすめ》だった。ほんとうの名前はリラだけなんだけど、肌《はだ》が真っ白でバニラみたいだったんで、みんながリラ・ヴァニラって呼《よ》んでいた。リラ・ヴァニラは、肌《はだ》が白くなるように夏のあいだじゅうバターミルクを塗《ぬ》っていたので、いつも、かすかにすっぱいにおいがしていた。そのにおいがみんなを引きつけるみたいで、わたしはおどろいていた。でも、あとでわかったんだけど、男の人ならだれでもリラが好《す》きだってだけのことだった。リラはいろんな男たちとつきあい、やがて妊娠《にんしん》した――わたしたちは〝困《こま》ったことになった〟という言い方をしたんだけど――とにかく、それを知らされたのはお父さんだけだった。うちと同じように、リラのお母さんはもう亡《な》くなっていたんだ。

どの恋人《こいびと》が赤ちゃんの父親なのか、リラにはわからなかった。リラの父親も、そんなことはどうでもいいと思った。おなかの中でどこのバカの遺伝子《いでんし》が飛《と》びはねていようが、別《べつ》にいいじゃないか？　リラの父親は、可能性《かのうせい》のある男たちのリストを娘《むすめ》に作らせて、その中からいちばんふさわしい人を選《えら》び、花婿《はなむこ》にしてしまおう、と考えついた。銀行家の息子《むすこ》がもっとも将来性《しょうらいせい》がある、と決めて、その男のところに飛んでいって、リラと結婚《けっこん》しないとたいへんなことになるぞ、と脅《おど》した。それで自動的《じどうてき》に話は決まり。……まあ、コメントは避《さ》けよう。銀行家の息子なんてたいした掘《ほ》り出し物でもなかったしね、ペンペン？」

「わたしだったらあんな人は選ばなかったわね」と言いながら、ペンペンはさっき持ってきたオートミールの中から、腐《くさ》っていないラズベリーだけをより分けていた。

「ここの男たちはみんな、毛むくじゃらのモグラみたいなのばっかりだった。点つなぎの動物の絵がそのまま人間になったみたいな感じでね。メイン州《しゅう》のこのへんでは、男の人があまってて、少なく見つもっても男は女の二倍はいた。きこりも数に入れるとね。結婚《けっこん》するのに苦労《くろう》するのは、男のほうだった。だから、銀行家の息子《むすこ》はリラと結婚できて幸せだったんだ。すっぱいミルクのにおいがするとはいっても、リラはきれいな肌《はだ》をしてたし、それほど見苦しい顔立ちでもなかったんだし。それに、おなかに熊手《くまで》の柄《え》を突《つ》きつけられたら、だれだって言うことをきいてみようかなと思うだろう。そう、リラの父親は熊手を武器《ぶき》に使ったんだ。狩猟用《しゅりょうよう》のライフルも二丁《ちょう》持ってたのに、なぜか熊手を使った。

それでやっと、父親はリラのところにもどって、『問題は解決《かいけつ》した。明日、結婚立会人《けっこんたちあいにん》のところに行って、さっさと届《とど》けをすませてしまいなさい』と言うことができた。

『でも、お父さーーん』とリラは泣《な》き叫《さけ》んだ。『本物の結婚式がしたいわ、本物のウエディングドレスを着て、本物の指輪《ゆびわ》をはめて、本物の婚約《こんやく》をして……』そういうことを考えないとリラの心は落ち着かなかったんだ。そこで寝室《しんしつ》に行ってリストを取ってきた。『教会、花、パーティー、花嫁《はなよめ》の付《つ》き添《そ》い、ドレス、招待状《しょうたいじょう》、プレゼント、新婚《しんこん》旅行……』

いらいらしながら歩きまわっていたお父さんは、リラが今どんな状態《じょうたい》かってことを考えると、そういう結婚式はふさわしくない、と説得《せっとく》しようとした。でもリラはそんなことは関係《かんけい》ないと言った。泣いて泣いて泣きつづけ、いろんな口調《くちょう》ですがりつき、しまいには死んだお母さんのことまで持ち出したんだ。お母さんという手は、いつかこういう大事な場面があるかもしれないと思って、最後《さいご》の隠《かく》し玉《だま》として使わずに取っておいたものだった。『もしお母さんが生きてたら、わたしにちゃんとした結婚式《けっこんしき》をあげさせてやりたいと言ったでしょうね。お母さんならわかってくれたはず。お母さんなら、そうしなさいって言ってくれたはずよ！』って言ったんだ。

その手はうまくいった。お父さんは痛《いた》いところをつかれた。リラが六歳《さい》のときにお母さんが死んでからというもの、自分ひとりの力では娘《むすめ》をきちんと育てられないんじゃないか、とお父さんはおそれていたんだ。案《あん》の定《じょう》、娘は妊娠《にんしん》してしまった。そして、結婚式をあげるのにいちばん大事なことがわかっていない、と言われれば、それもそのとおりだった。困《こま》りはてたリラの父親は、眉《まゆ》をひそめて、こう言ったんだ。『おまえがやりたいと言っていることをぜんぶやるとは言っていないが、ぜんぜんやらないとも言っていない。で、もしやるとしたら、なにが必要《ひつよう》なんだ？』

するとリストが読みあげられた。運転手つきのリムジンや、新聞での結婚告知《こくち》、それも地方紙だけじゃなくて、とか……

父親は、頭がくらくらして聞いていられなくなった。『ああ、わかったわかった、だけどすぐにやらなきゃだめだぞ、ほら、つまり、目立ってくるよりも前にだ。恥《はじ》さらしになりたくないからな』

『さあ！』とリラが両手をあげて言った。『婚約《こんやく》だわ！』

リラは爪《つめ》を噛《か》んで考えた。これからいそがしくなるわ、あと二週間ほどのあいだで、婚約に関《かん》することをぜんぶこなさなくちゃいけないんだから。ほんとうに婚約できるのかどうかわからなかったけれど、とにかく結婚式《けっこんしき》の準備《じゅんび》は婚約《こんやく》してなくたってできる、とリラは思った。『さあ、さっそく始めなきゃ』とリラは叫《さけ》んだ。たった今まで泣《な》いていたリラとは別人《べつじん》のようだった。どんどん計画を立てていかなければならないのだ。さあ、始めよう!

リラはデイリーに行って、招待状《しょうたいじょう》を印刷《いんさつ》させ、ドレスのサイズを合わせ、ケーキを注文した。もちろん、とても急いでいたので、リラが夢《ゆめ》みていたよりはずっと安っぽい、できあいのものですませるしかなかった。お父さんにとっては、リラが静《しず》かに反省《はんせい》する時間などまったく取らずに動きまわっているのは恥知《はじし》らずなことのように感じられた。でも、リラはそれどころではなく、さあ、チュールだ、マジパンだ！　と興奮《こうふん》してた。

『まったく、どこであいう情報《じょうほう》を仕入れたんだか』とお父さんはある夜、酒場で額《ひたい》の汗《あせ》を拭《ふ》きながら言った。リラとの長時間の打ちあわせから抜《ぬ》け出してきたばかりだった。ちょうど、招待客への引き出物の話をしているところで逃《に》げ出したんだ。『おれには、なにがなんだかわからないよ』とリラの父親はバーの中でだれにともなくこぼしていた。『だけどおかしいと思わないか。こっちがお客におみやげを持たすなんて。逆《ぎゃく》じゃないのかな。だってこっちがお客に食《く》わしてやるんだろう？　リラがでっちあげてるんじゃないかって気がするよ。ガーデンパーティーだ、リハーサルだ、ガータートス(注)だ、っていったいなんなんだ。どうして下着を脱《ぬ》いで投げたりするんだよ！　花嫁《はなよめ》の付《つ》き添《そ》いにまでプレゼントをやるんだってさ！　プレゼントが無限《むげん》にわいてくるのか？　毎日毎日、なにかしら新しいことを言いだすんだ。今夜なんかね』リラの父親は絶《ぜっ》望的《ぼうてき》な調子《ちょうし》で訴《うった》えた。『小海老《こえび》のレムラードソースとか言いだしたんだぜ。レムラードってなんだか、だれか知ってる人はいるかね？　おれなんかちゃんと発音することもできないよ。もうおれはたえられないから、だれかリラの話を聞いてくれる人を雇《やと》いたいぐらいだ。そんな人がいますように、って神に祈《いの》るね』

リラのお父さんの祈りがかなえられて、テルマという名前の勇気《ゆうき》ある若《わか》いウェイトレスが店の奥《おく》からあらわれ、ふきんを投げ捨《す》てて『あたしがやるわ』と言った。『都会《とかい》に住んでるぜいたくな女性《じょせい》たちのこと、あたし、雑誌《ざっし》で読んだわよ。そういう女性たちはウエディング・プランナーっていう人を使うんですって。結婚式《けっこんしき》に関《かん》するなにもかもを計画して、それでお金をもらう商売《しょうばい》なんだそうよ。あなたのような人たちがなにもしなくても、ただ会場に来るだけですべてがうまくいくようにしてくれるの。店に出られない数週間分の給料《きゅうりょう》とチップを払《はら》ってくれたら、あたしがウエディング・プランナー役を引き受けるわよ』

『じゃあ、きみを雇おう』とリラの父親は言った。『きみの耳がわめき声に強いじょうぶな耳でありますように。よし、それじゃ、ビールをもう一杯《ぱい》くれ』

リラの結婚式は、初めて材木用《ざいもくよう》トラックが来たとき以来《いらい》の、ディンクの町の大事件《だいじけん》になった。おかげでお父さんの貯金《ちょきん》はきれいさっぱりなくなったけれど、また同時に、娘《むすめ》の育て方がわかっていなかったという罪悪感《ざいあくかん》や、育てていく中で知らず知らずまちがいをおかしてきたという罪悪

（注）結婚式で花嫁《はなよめ》のガーターベルトを投げるという風習。それを取った未婚男性《みこんだんせい》が次に結婚すると信《しん》じられている。

感も、きれいさっぱりぬぐい去ってくれた。ディンクの女性《じょせい》たちにとって、この結婚式《けっこんしき》はかつてないような娯楽《ごらく》だったので、みんなはちみつにたかるハエのように夢中《むちゅう》で群《むら》がった。リラに嫉妬《しっと》した若《わか》い女の子たちもいた。リラがだまっていられなくて、どうして結婚まで突《つ》き進めたのかという事情《じじょう》をしゃべってしまっても、まだ嫉妬していた」

ペンペンが立ちあがって、オートミールのおかわりを取りにいきながら、開いたキッチンのドアごしに大声で言った。「そういうのはみんな、ティリーが料理人《りょうりにん》と町に出て、退屈《たいくつ》をまぎらす方法《ほうほう》をさがしていたころに起こった事件《じけん》なの」

「ああ、もうすぐ話がそこに行くところなんだ、ペンペン。その前の部分を説明《せつめい》してたんだよ」とティリー。

「あ、そう」クリームがいっぱいに入ったボウルを持ってもどってきたペンペンがそう答えた。ティリーはラチェットに、ペンペンはクリームをたくさんのせる道具としてオートミールを利用《りよう》してるだけだ、とささやいた。

「それでね、ラチェット、バーテンダーがリラについての新情報《しんじょうほう》を教えてくれたんで、そうだ、わたしも結婚することにして、準備《じゅんび》に一、二年かけて楽しもう、と思いついたんだよ。それから、ウイスキーを六、七杯《はい》飲んだところで、バールが酒場に入ってきたから、『バール、あなたとわたしは結婚すべきよ』って言った。バールは『いいよ、でも、その前にまずビールを一杯《ぱい》飲ませてくれ』って答えた」

ラチェットは頭が混乱《こんらん》してきたので、話をさえぎってたずねた。「酒場で会ったあのバールが、だんなさんだったの？」

「ちがう、ちがう。あれはバールの息子《むすこ》の、バール・ジュニアだよ。わたしが結婚《けっこん》したバールは、今は土の中だ」ティリーが言った。

「マートル・トラウトがバール・ジュニアの奥《おく》さんなのよ」ペンペンが助け船《ぶね》を出した。

「結局《けっきょく》、ウェイトレスのテルマがバールのふたりめの妻《つま》……だかなんだかになるんだけど、その話はあとで話す。テルマもずっと前に死んだよ」ティリーは両方のてのひらをテーブルにバタン、と置《お》いた。

「まったくねえ、ペンペン！　わたしの話に出てくる人たちはもう全員死んでて、その子どもたちがもう、じいさんばあさんになってる。バール・ジュニアだって六十歳《さい》ぐらいだよ、信《しん》じられる？　あと、小さなマートル。〝小さな〟って時代は遠い昔だけどね。でも、顕微鏡《けんびきょう》のスライドにのせて見るほど小さな時代もあったんだよ」

「結婚式の話をしてあげなさいよ」ペンペンが言った。

ティリーは、オートミールを食べながらコアントローを二、三杯《ばい》飲んでいた。ほんの小さなグラスだったけれど、それでもティリーの目は焦点《しょうてん》が合わなくなっていた。「結婚式？　とってもロマンチックだったね、ペンペン？　すごくきれいだったよね？」

「もちろん」ペンペンが答えた。

「誓《ちか》いの言葉まではね」そう言ったところで、ティリーの体は椅子《いす》に沈《しず》みこみ、頭が後ろ向きにがくんと倒《たお》れた。まるで首がゴムでできているみたいだった。「ふうっ、いっそ、すっきりしたよ。いや、誓いの言葉のことだけど。バールとの結婚《けっこん》を決めたので、わたしは酒場から家に帰ってお父さんに報告《ほうこく》した。お父さんはまあまあ賛成《さんせい》だったけれど、大がかりな結婚式をやるのは感心しない、と言った。品《ひん》がない、っていうんだ。大がかりな結婚式は下層階級《かそうかいきゅう》のやることだ、ってね。お金があるところを見せびらかすのは成金趣味《なりきんしゅみ》だし、女の人を財産《ざいさん》みたいにあつかうなんてばかにしている、って。それに、株価《かぶか》がちょっと不安定だったから、うちにはお金がなかったんだ。『小さな身内だけの式をやって、それから船旅をするのはどうだろう』とお父さんは言った。『といっても、ヨーロッパまでの旅費《りょひ》は出せないけど』

『じゃあ、どこに行くの？　北のはてのグリーンランド？』とわたしはきいた。それから結局《けっきょく》、リラ・ヴァニラのように大騒《おおさわ》ぎをしてどなりまくった。でも、泣《な》きはしなかったよ。わたしはぜったいに泣いたりしないんだ。二、三年かけて計画を立てるっていうのが大事なのに、お父さんはどうしてわかってくれないのかと怒《おこ》っていたんだ。そしてもちろん、もし結婚するならリラ・ヴァニラを超《こ》えるすばらしい式をあげなくてはならなかった。『折《お》りたたみ椅子《いす》にすわって、腐《くさ》ったような食べ物を食べて、素人楽団《しろうとがくだん》の音楽を聞かされるなんて、そんなリラ・ヴァニラみたいな式になってもいいの？』

そう言うと、お父さんはおびえたような顔になった。リラ・ヴァニラがだれなのかは知らなかったんだけど、〝素人楽団《しろうとがくだん》〟という言葉におびえたんだ。それで、どのぐらいの時間をかけて準《じゅん》備《び》するつもりなのか、とわたしにきいた。わたしが二、三年ぐらい、と答えると、そのころまでには銀行の残高《ざんだか》ももとどおりにもどるだろうと、ほっとしてため息をついた。

わたしはひとりでディンクやデイリーやデルタに出かけていき、料理《りょうり》のケイタリング業者《ぎょうしゃ》や、シャンパンや、そのほかいろいろなものをさがした。テルマがウエディング・プランナーをやろうかと言ってきたけど、わたしはことわった。だって自分で計画を立てないとなんの意味もないんだから。でもことわるとテルマは腹《はら》をたてて、わたしがビールとドーナッツでパーティーをしようとしてる、って言いふらしてまわった。

ころあいを見て、わたしはペンペンを本から引きはがして、花嫁《はなよめ》の付《つ》き添《そ》い人のドレスの試着をさせた。というのはもちろん、ペンペンが唯一《ゆいいつ》の付き添い人だったからだよ。わたしたちの家庭教師《きょうし》のグリーンゲイジ先生は、みんなはあなたの結婚式《けっこんしき》なんかたいしたことだと思ってない、とか悪態《あくたい》ついたけど、たぶん不愉快《ふゆかい》に思ってたんだろうね。正直《しょうじき》に言えば、わたしは先生を招待《しょうたい》しようとさえ思ってなかったから。グリーンゲイジ先生は、もうだいぶ前からわたしたちを教えてはいなかったんだ。お父さんはどうしてあの人をいつまでも雇《やと》っていたんだろうね。たぶん、もともとなんのために雇っていたか忘《わす》れてしまってたんだと思う。いるのがあたりまえになってしまって、うっかり給料支払《きゅうりょうしはら》い帳簿《ちょうぼ》から名前を消し忘れてただけなんだ。それでも先生は、ごくたまに、わたしたちにラテン語の動詞《どうし》を詰《つ》めこもうとしてたけど」

「でも、すぐ挫折《ざせつ》したわ」ペンペンが言った。

「結婚式《けっこんしき》を目の前にして、どうやったらラテン語に集中できるっていうんだろう？」

「プルーストを目の前にしたときもね」ペンペンが言った。

「とにかく、二年がたって、もう計画することも買うものもなくなってくると、あと必要《ひつよう》なのは〝誓《ちか》いの言葉を考えること〟だけになった。これはちょっとむずかしい問題だった。わたしたちには通っている教会がなかったからね。お父さんはいつも夕食の席《せき》でお祈《いの》りの言葉を唱《とな》えてたけど、なぜいつもそうしてるかわからない、って点ではグリーンゲイジ先生の給料《きゅうりょう》を払《はら》いつづけてるのとほとんど同じようなものだった。バールも教会には行ってなかった。ふたりとも特定《とくてい》の教会に所属《しょぞく》していなかったから、決められた誓いの言葉はなにもなかった。じゃあ、おたがいに自分の好《す》きな誓いの言葉を選《えら》べばいい、とわたしは思いついた。バールは、どこでさがしたらいいかわからない、と困《こま》っていたので、自分で作ればいい、と言ってやった。そうしたら、わたしが知らないうちに、材木《ざいもく》会社の雇《やと》った説教師《せっきょうし》に助けを求《もと》めにいったんだ。材木会社は、ちゃんとした牧師《ぼくし》に給料を支払《しはら》う余裕《よゆう》がなかったので、仮出所《かりしゅっしょ》した元囚人《もとしゅうじん》を、三度の食事を与《あた》えるという条件《じょうけん》で雇ってた。その男は、刑務所《けいむしょ》で受講《じゅこう》させられた〝自尊心《じそんしん》を持とう講座《こうざ》〟をもとネタにして、社員を元気づける話をしていたんだ。でも、そのときわたしは、そんなことはぜんぜん知らなかった。自分の誓いの言葉をさがしまわるのにいそがしかったからだ。

わたしはお父さんの本棚《ほんだな》にある宗教関係《しゅうきょうかんけい》の本をあさることから始めた。誓いの言葉に使えそうな文章がおどろくほどたくさんあったよ。最初《さいしょ》は祈禱書《きとうしょ》がよさそうだと思ったんだけど、開いてみたら、猛烈《もうれつ》にカットしないと使えないような文ばかりだった——だって、〝神〟って言葉が多すぎたんだもの。神がこうで、神があぁで、神がどうした、って調子でさ。それだけじゃなくて、最後の審判《しんぱん》だとか、キリスト教における結婚《けっこん》の意義《いぎ》とはとか、どんどんそういう話になっていく。だから、それはやめて次のものをさがした。そうしたら、ある古い儀式《ぎしき》に出会った。世間では今使われている祈禱書にもとづいたものだと思われているけれど、じつはそうじゃないんだ。一五四七〜一五五三年のイギリス国王、エドワード六世の祈禱書がもとになっていて、現在《げんざい》の祈禱書とはまったくちがうものだった。でも、音《おん》がすばらしいんだ。みんなが知ってるものなんだけど——『われとなんじ指輪《ゆびわ》もて結《むす》ばるる　なんじに金と銀をささぐ　われはなんじを讃《たた》うる　わが富《とみ》をささげなんじをめとる』この言葉を言いながら、指輪を一本一本の指にはめかえていくんだそうだ。『われとなんじ指輪もて結ばるる』で親指にはめる。『なんじに金と銀をささぐ』で今度は人さし指にはめかえる。『われはなんじを讃うる』で中指、というように。そうすると小指のところでは言うことがなくなってしまうけど、薬指のところで指輪が止まらなければならないんだから、これでいいんだね。でも、わたしはなんだかこわかったんだ、薬指で止めるのを忘《わす》れて小指に進み、『このコブタさんはなんにももらえず泣《な》いてる、ウィーウィーウィー』ってマザーグースの歌を歌っちゃうんじゃないかって。だからこれはだめだ、ってことになった。

このエドワード六世の儀式では、姦通《かんつう》に関《かん》することも語られていた。十九歳《さい》のわたしにとっては興味《きょうみ》しんしんのテーマだったし、結婚式《けっこんしき》のお客だって寝《ね》ないで聞いてくれるんじゃないかと思った。姦通《かんつう》が蔓延《まんえん》するのを止めるために結婚が発明された、という短い説教《せっきょう》なんだ。リラ・ヴァニラにも聞かせてやりたかった、とわたしは思ったね。それはこんなものなんだ、『思慮《しりょ》なく、軽々《かるがる》しくほしいままに手を握《にぎ》るなど、男子の好色《こうしょく》な欲望《よくぼう》を満《み》たすためだけに、あたかもわきまえなく吠《ほ》えたてる野蛮《やばん》なけもののごとくふるまうなかれ。さにあらず、礼儀《れいぎ》ただしく、慎重《しんちょう》に、思慮ぶかく、まじめに、そして神へのおそれを持ちてふるまうべし。神が定《さだ》めたまえし婚姻《こんいん》の理由とは。ひとつ、主《しゅ》のみもとにて育つ子孫《しそん》を繁栄《はんえい》させせんがため。ふたつ、罪《つみ》をただし、姦通を防《ふせ》ぐため……』なんだかむずかしい言葉がいっぱいならんで、話がどんどん重くなっていくだけだった。

それから、〝バラの儀式《ぎしき》〟と呼《よ》ばれる、結婚式にかかわる有名な儀式もあった。それから〝試験結婚〟という、なにやらいかがわしい感じもするけど、じつは良心的《りょうしんてき》なものもあった。古代宗《しゅう》教《きょう》のいんちきくさいものもあった。

たしかにおもしろいものはたくさん見つかったけど、ぴったりくるものがない、とわかってきたころ、偶然《ぐうぜん》、エミリー・ディキンソンの詩に出会ったんだよ。それを読むと、お母さんの結婚のことや、お母さんが望《のぞ》むと望まないとにかかわらずお父さんがいつの日かそのとなりに埋《う》められるんだってことを考えさせられた。これこそぴったりだとわたしは思ったんだ」

ラチェットがペンペンのほうを見ると、ペンペンはひざに目を落として悲しそうにしていた。

ペンペンが詩を暗唱《あんしょう》してくれないかとラチェットは期待していたのだが、そのままティリーがひとりでしゃべりつづけた。

「そうしてついに、待ちに待った晴れの日がやってきた。お父さんがちゃんとお金を出してくれたおかげで、パーティーや、婚約《こんやく》発表の舞踏会《ぶとうかい》や、ディナーやランチや、プレゼントや指輪《ゆびわ》、といった望《のぞ》みはぜんぶかなった。料理人《りょうりにん》は小さなケーキやら、しゃれたひと口料理やら、わたしの好《この》みのものを作ってくれた。結婚式《けっこんしき》にぴったりの音楽は、わたしが自分で選《えら》んだ。バールといっしょにすごしたりもして、なんとか相手のことを知ろうとした。そしてとうとう、わたしたちは、芝生《しばふ》の上にならんだ借《か》りものの椅子《いす》のあいだを通ってしずしずと登場した。森がしーんと静《しず》まりかえっている中、わたしは自分で選び抜《ぬ》いた詩を暗唱した。そのあと、バールの番になった。そのときは知らなかったんだけど、バールは元囚人《もとしゅうじん》の指導《しどう》を受けていたんだね。それでバールはこう言った。『あなたの夢《ゆめ》にいつも耳を傾《かたむ》けることを誓《ちか》います、たとえつきあいきれないと思っても……』わたしは、あーあ、と絶望《ぜつぼう》した。『あなたが自分の夢のために使うスペースを尊重《そんちょう》することを誓います、あまりに広いスペースをひとりじめしてしまわないかぎり』さっぱり意味がわからない、とわたしは思った。わたしが太ってしまうと思ってるのか？『もしもあなたが、夢を共有《きょうゆう》するために部屋《へや》に入ってきて、と言うなら、どうか窓《まど》を開けてください。わたしは閉所恐怖症《へいしょきょうふしょう》なんです』招待客《しょうたいきゃく》たちが椅子の上でそわそわしている音が聞こえてきた。『そして、もしあなたがわたしの夢の中に入ってくるなら、ふたりの夢を壊《こわ》さぬよう、どうか静かに歩いてください。そして去っていくときは、どうかドアをバタンと乱暴《らんぼう》に閉《し》めないでください』

そして、バールはわたしの指に指輪《ゆびわ》をはめて、キスしようとした。でも、世にもまぬけな誓《ちか》いを聞いたわたしは、そのどちらも受け取らなかった。そしてふたりは、さっき来た通路を逆向《ぎゃく》きにもどっていった。爆笑《ばくしょう》をこらえている参列客《さんれつきゃく》のくぐもった笑《わら》い声が、新郎新婦《しんろうしんぷ》に投げるお米のように、ふたりに浴《あ》びせられた。それでおしまい。通路のはしまで来ると、バールとわたしは別々《べつべつ》の方向に分かれて歩いていった。最初、バールはわたしと同じ方向にならんで歩こうとしたんだけど、わたしに何度も蹴《け》られて、ようやくわかったんだ。婚約破棄《こんやくはき》だの離婚《りこん》だのっていう面《めん》倒《どう》なことはしなかったよ。だって、これだけで、わたしの結婚への情熱《じょうねつ》はじゅうぶん満《み》たされてしまったから、二度と結婚しなくていいと思ったんだ。ただひとつ、残念《ざんねん》だったのは、もう行事《ぎょうじ》がなくなっちゃったってこと。でも、お父さんが翌週《よくしゅう》にその問題を解決《かいけつ》してくれたんだ。そうだったね、ペンペン？」

「ええ、そうだったわ」ペンペンが言った。

「お父さん、なにをしたの？」ラチェットがたずねた。

「死んだのよ」

ブルーベリー・ビジネス

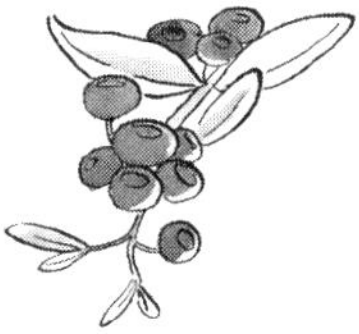

「さあ」お皿をさげようと立ちあがったペンペンが言った。「暑《あつ》くなる前に菜園《さいえん》の雑草《ざっそう》とりをしなくちゃ」

ラチェットはお皿を片付《かたづ》けるのを手伝《てつだ》い、それからみんなで外に出た。ティリーはハンモックに横になった。ラチェットはポーチの手すりに腰《こし》かけてペンペンが草を抜《ぬ》くのを見ていた。

「お父さんが死んだのよ」ペンペンがつづけた。「だから、自分たちでなにをするか決めなくちゃいけなくなったの」

「最初《さいしょ》にしたのは、召使《めしつかい》たちをぜんぶ解雇《かいこ》することだった」とティリーが言った。

「解放《かいほう》してあげた、と言ったほうがいいんじゃない」

「束縛《そくばく》を解《と》いてやった、と言うほうが近いかな」ティリーが言った。「みんな、クモの子を散《ち》らすように全速力で走って、〈グレン・ローザ荘《そう》〉から消えていった。パタパタと走っていく足音が道に響《ひび》いてた。ペンペンとわたしは、手入れをするには広すぎる家に、ふたりきりで残《のこ》された。屋敷《やしき》はすでわたしたちのものだったけれど、これからいろんな請求書《せいきゅうしょ》が来ることはわかっていた。わたしたちに残されたお金で生活費《せいかつひ》が支払《しはら》えるのかどうか、自信《じしん》がなかった。ペンペンが、そのことを考えなくちゃ、って言った。わたしは『酒場でしかいい考えが浮《う》かばないんだ』って言って、それでふたりで車に乗ってディンクに出かけた。その途中《とちゅう》で、庭師《にわし》のエドワーズの死体を見つけたんだ」

「ああ、悲しかったわね」

「それに、おそろしかったよ。ティーンエイジャーっていうのは自己中心的《じこちゅうしんてき》なもんだ。あ、ラチェット、あなたのことじゃないんだよ。もっと正確《せいかく》に言えばよかったんだ、わたしたちは自己中心的だった、って。屋敷の外に召使《めしつかい》たちを出したらクマに食《く》われてしまうかもしれない、って思いつかなかったんだ。どうしていいかわからないうちに、召使たちはとっとと逃《に》げてって、それでおしまいだった。とにかく、庭師のエドワーズはクマにやられてしまった。そして、ほかの者たちがどうなったかはいっさいわからなかった。中でも特《とく》に心配だったのは、料理人《りょうりにん》だったね。すごくおいしそうな人だったから。ね、ペンペン?」

「ふっくらしてた。クッキー生地《きじ》の食べすぎで」

「クマに目をつけられてたのはまちがいないだろうね。あの料理人は、昔よく、わたしたちにクッキー生地の切れはしをくれたもんだった。お母さんは別《べつ》になにも言わなかった」

「でもお母さんが死んでから、お父さんがだめだって言ったのよね」ペンペンが言った。「お父さんが言うには、町にいたある子どもがクッキー生地《きじ》を食べて、それが胃《い》の中のくぼみで丸くかたまって腸《ちょう》の入り口をふさいでしまって、その後食べたものが数週間分、胃にたまっていったんですって。それでスイカみたいに胃がふくれて、ついに破裂《はれつ》して、内臓《ないぞう》がぜんぶドロドロと流れ出てしまったんだ、って」

「そんな話は信《しん》じなかった。お父さんのこわい話のだめなところは、あまりにもこわすぎるってこと。まともな人ならまず信じないような大げさな話なんだ。わたしたちはよく、お父さんの目の前で爆笑《ばくしょう》してしまわないように、口に手を当てて部屋《へや》を出ていったものだよ」

「でもお父さんはいつも、それを見てわたしたちが泣《な》いてるんだと思ったのね。で、悪かったと思ったらしくて、枕《まくら》の上にチョコレートを置《お》いといてくれた」

「それでわたしたちは、ぜったいに笑《わら》いを見せないようにしよう、という決意をますます強めたんだ」

「そのときだけね、お父さんがチョコレートをくれたのは」

ふたつの支流《しりゅう》から水がほとばしるように、ペンペンとティリーの口からおしゃべりがあふれつづけた。それから、ちょっとのあいだ静《しず》かになって、ふたりは庭を見わたした。それからまたペンペンがつづけた。

「とにかく、エドワーズを見つけたわたしたちは町まで車を飛《と》ばして、保安官《ほあんかん》を呼《よ》んできて車に乗せて、エドワーズの死体を見せるためにもどっていったの。わたしが運転して町を抜《ぬ》けたとたん、保安官《ほあんかん》はわたしに『免許証《めんきょしょう》を持ってますか』ときいてきた。でも、ティリーもわたしも、免許というものがあるなんて聞いたこともなかったの。ばかばかしいって言いかえして、それからずっと言いあいをしながら走ってた。でも、車がエドワーズの死体の前に止まったとき、保安官は、バラバラになった死体のあまりのおそろしさに、免許のことなんかすっかり忘《わす》れてしまった」

「あの保安官は、あまり死体を見慣《みな》れてないみたいだったね、ペンペン」

「そうね、新入りだったのよ。保安官は口をぽかんと開けて、しばらくしてから『これはクマの犯行《はんこう》だな、よし』なんて言って、そうしたら、ちょうどそのときにクマが一匹《ぴき》森から出てきた。保安官は拳銃《けんじゅう》を出して撃《う》ったんだけど、はずれちゃったの。でもクマはものすごくおどろいて、逃《に》げた。『ちっくしょう！』って保安官は叫《さけ》んだ。『あのクマのしわざだろう！　それをたしかめるには、あのクマを撃ち殺《ころ》して、腹《はら》を切り開いて、エドワーズの体の一部が残《のこ》っているかどうかたしかめるしかない！』そして保安官は、車の窓《まど》から気が狂《くる》ったように銃を乱射《らんしゃ》しはじめたの。ティリーとわたしは、だまってそれをながめてた。お父さんのおかげで、男の人が急に変《へん》なことをするのに慣れてたのよ。

『あのー』ってティリーが言ったわ。『クマをぜんぶひっぱってきて一列にならべたとしても、殺したのがどのクマか調べるのはすごくむずかしいと思いますけど。クマはみんな同じように見

えるわけだし。ものすごくたくさんのクマを調べなきゃならない……そんなことをしてるうちに、あなたも危《あぶ》ない目にあうかもしれないでしょう……』

そうしたら保安官《ほあんかん》がこう言ったの、『メニュートさんとメニュートさん……』

「それを聞いてわたしたちは爆笑《ばくしょう》した」ティリーがペンペンから話を取りあげてしまった。「おもしろすぎる呼《よ》び方じゃないか。でも保安官はまた言った。『メニュートさんとメニュートさん、こんな森の奥《おく》の〈グレン・ローザ荘《そう》〉にふたりきりで暮《く》らすつもりですか？』

そのつもりだったから、わたしたちはうなずいた。そうしたら保安官が言った。『それなら、忠告《ちゅうこく》しておきますけど、しっかりしたライフル銃《じゅう》を二丁《ちょう》買って、撃《う》ち方を練習したほうがいいですよ』

『わたしたち、銃ぐらい撃てますけど』とペンペンが言った。お父さんが裏庭《うらにわ》で射撃《しゃげき》の練習をさせてくれたんだ。

『運転のことも〝できる〟って言ってましたね』と保安官が言った。でもすぐに話題を変《か》えてしまった。射撃を教えてやると言っているように思われたら困《こま》るからだ。保安官はもう、わたしたちふたりがすごく面倒《めんどう》な人間だ、と気づいていた。『お父さんがまだ生きていらしたら忠告されただろうってことを、かわりにぼくが言わせてもらいます。お父さんにお目にかかるチャンスはなかったし、今までこのへんに来たこともなかったけれど、たぶんお父さんも、ここは若《わか》い女性《じょせい》がふたりっきりで住む場所じゃない、って言うと思いますよ。ぼくは移《うつ》ってきたばかりですけど、正直《しょうじき》言ってここには、きこりや荒《あら》くれ男しか住めないと思います。第一に、あまりにも人里離《ひとざとはな》れている。あと、第二に』と言ってから、保安官《ほあんかん》はもうひとつの理由をひねり出そうと考えた。

『クマだらけじゃないですか！』

『あら、わかってますけど』ってわたしは辛抱《しんぼう》づよく言った。

『今までは守られていただろうけど、もう守ってくれるお父さんはいないんです。ほら、庭師《にわし》だって死んだんですよ。人間の体が、無残《むざん》に引き裂《さ》かれてしまったんですよ。噛《か》みちぎられて、耳はあっちに、あごの一部はこっちに、ってバラバラに散《ち》らばって。こんなの、若《わか》い女性《じょせい》が見る光《こう》景《けい》じゃないですよ。今晩《こんばん》悪い夢《ゆめ》にうなされちゃうでしょう。こんな血だらけの、ショッキングな光景を、お父さんが亡《な》くなった直後に見てしまったなんて気《き》の毒《どく》なことです。あなたたちみたいな純粋《じゅんすい》な若い女性たちが、見たこともないような血まみれの光景に出会うなんて』

その保安官はいい人だったんだよ、でもペンペンとわたしの口もとは、その演説《えんぜつ》の最初《さいしょ》からぴくぴく引きつってた。

『保安官さん、じつは』って、笑《わら》わないように努力《どりょく》しながらわたしは話しはじめたけど、『わたしたちのお母さんは……お母さんは……』ってところまでいって、ついにブーッと吹《ふ》きだし、あとはもうゲラゲラ笑いだしてしまった。ペンペンもつられて笑いだした。車を止めて、ふたりで笑いころげた。

『ほらほら、ぼくに貸《か》して』と保安官がわたしを突《つ》き飛《と》ばしてハンドルを握《にぎ》った。そしてアクセルを踏《ふ》んでクマから逃《に》げ、運転しながらずっと、窓《まど》からやみくもに銃《じゅう》を撃《う》ちつづけていた。『きこりたちのキャンプや、道もないようなところに行ったときも、こんな勢《いきお》いでクマが出没《しゅつぼつ》してはいなかった』

『それはブルーベリーのせいでしょ』すわりなおして、ほおの涙《なみだ》を拭《ふ》きながらわたしは言った。『ここにはブルーベリーがものすごくたくさんあるから』そこでまたわたしたちはおかしくなって、すごい勢いでゲラゲラ笑《わら》いはじめた。

保安官《ほあんかん》は、『なにもおかしいことなんかないですよ』ときびしく言った。『あの若《わか》い紳士《しんし》がクマに襲《おそ》われたのに、笑ってる場合じゃない』

そのせりふもまたおもしろいと思っちゃったんだね。わたしたちはシートをバンバン叩《たた》いて大《おお》喜《よろこ》びした。わたしたちふたりはいつも同じところで笑うんだ。大笑いの発作《ほっさ》の中で、ペンペンは立ちなおって、せいいっぱいていねいにこう言った。『ごめんなさい、だっておかしかったんです。クマに襲われたのは若い紳士なんかじゃなくて、庭師《にわし》のエドワーズなんです。それに……むしゃむしゃ食べられちゃったんですよ！』そこでふたりはヒステリックに笑いだし、ゲラゲラやっているうちにだんだん涙が出てきて、今度は泣《な》きだした。それを見た保安官が、『よし、そっちのほうがずっといい』って言った。

わたしたちは保安官事務所《じむしょ》に帰る道すがら、ずっとすすり泣いていた。またばか笑いしたくなる変《へん》な忠告《ちゅうこく》をされるんじゃないかとわたしたちはびくびくしていたけれど、そのころはもう保安官はわたしたちに完全にうんざりしていたので、ただ、こう短く言っただけだった。『これからは、無免許《むめんきょ》でこの車に乗らないでください。ぼくは死体……というか残骸《ざんがい》を片付《かたづ》けるためにだれかを派遣《はけん》します』

それでわたしたちはどうにもがまんできなくなって、笑《わら》いながらオフィスからかけだして叫《さけ》んだんだ、『だいじょうぶです、もう乗りませーん！』ってね。そして車に乗って走り去った。一ブロック向こうに行ってしまうまでは笑い声をおさえていたけれど、そこをすぎてからは一気にまた笑いを爆発《ばくはつ》させて、家に着くまでずっと笑っていた。笑いすぎてダッシュボードにしこたま頭をぶつけたりしてたから、かわるがわる運転しなきゃならなかった。

それがペンペンに運転をさせた最後《さいご》だね。あのとき、家に帰るまでずっと、ペンペンはクマにぶつかってばかりいたんだ。どうやったらぶつかったりできるのかわからない。ふつうはクマのほうから逃《に》げるものなのに。ペンペンがわざとぶつかってた、ってはずもないし」

「コツがあるのよ」とペンペンは小声で言った。「家に帰ってから、わたしはティリーに言ったの、『これはお父さんの話すこわい物語なんだ、ってちょっと想像《そうぞう》してみて』って。でも、ティリーは『だけど今夜はもう、枕《まくら》の上のチョコレートはないんだよ、ペンペン』って言った」

三人は家に入った。ペンペンはサンドイッチとレモネードを作った。みんなでポーチにそれを持っていって、虫をバシバシ叩《たた》きながら、ポーチで食事をした。

「料理人《りょうりにん》や、ほかの召使《めしつかい》たちがどうなったか、今でも気になってるわ」ペンペンが言った。

「グリーンゲイジ先生が無事《ぶじ》だってことはたしかだと思うよ」ティリーが言った。

「どうかしら」とペンペン。「あの人、うちの敷地《しきち》の裏《うら》のほうから出ていったでしょ。あの道はたしか、ブルーベリーの茂《しげ》みのある沼地《ぬまち》の奥深《おくふか》くに通じてる道よ」

「近道を知ってるって言ってたけど」

「ほんとかしら」そう言ってペンペンはラチェットのほうをふりかえった。

「グリーンゲイジ先生はほんとに知ったかぶりだった」ティリーが言った。「頭をじゅうぶんに活用してない女の見本みたいな人だったよ。お父さんはいつも、『体が活用されてない』なんて言ってたけどね。三十歳《さい》なのに恋人《こいびと》がいなかったし、作ろうともしていなかったから。お父さんによれば、そのせいで意地悪なんだって。でもまた、そのせいでいい教師《きょうし》でもある、とお父さんは言ってた。でも、ほんとはぜんぜんいい教師じゃなかったんだよ。ほんとにひどい教師だった。あの人が考えていることといったら、家庭教師でじゅうぶんかせいで、いつかそのお金で犬小屋を作ってシェルティをたくさん育てることだけだった。自分の部屋《へや》にシェルティに関《かん》する本を置《お》いていて、夜になると暖炉《だんろ》の前にそれを持ってきて読んでた。それは先生の自由時間だったんで、わたしたちは邪魔《じゃま》をしないことになってた。よっぽど退屈《たいくつ》してるときは、つきまとったりしたけど、それ以外《いがい》はたいていい喜《よろこ》んでひとりでいさせてあげた。先生は『お金がたまって犬を買って、あんたたちクソガキにさよならを言って出ていく日が待ち遠しい』っていつも言ってた」

「え、そんなふうに呼《よ》ばれてたの？」ラチェットがたずねた。

「ああ、別《べつ》に気にしてなかったよね、ペンペン？」

「ぜんぜん」とペンペンは答えた。

「先生は、自分の給料《きゅうりょう》から毎週いくらか貯金《ちょきん》をしようとしていたんだけど、やがて高級なチョコレートに凝《こ》りだしてしまった。デルタのデパートまで車で行って、大きな箱のチョコレートを買っては、お金を使いはたしていた。先生が暖炉《だんろ》の前でシェルティの本をながめながらチョコレートを食べているとき、ペンペンとわたしがその横にすわってチョコレートを分けてほしいとねだっても、ぜったいにくれやしなかった。

『クソガキたち、よく聞きなさい』とあの人は言った。『自分たちの分はお父さんにたのんで買ってもらうこと。いいわね』

わたしたちは言いかえした。『だってお父さんが買ってくれるわけないでしょ』

すると先生はいつも同じ返事をした。『それじゃ、お金があっても幸せは買えないってことね。お金持ちだけど、お母さんは死んじゃったし、チョコレートも食べられない。残念《ざんねん》ね』すごく残《ざん》酷《こく》だった。どうしてあんな意地悪が言えるのかわからなかった」

「今になってみれば」とペンペンが言った。「先生がわたしたちに嫉妬《しっと》していたんだってわかるけどね。子どものときには、大人《おとな》が子どもに嫉妬するなんて思いもしないものよ。大人はなんでも持っている、と思ってるから。子どもは大人を過大評価《かだいひょうか》してるの」

「そうかね」ティリーが言った。「わたしは、グリーンゲイジ先生がチョコレートをくれるかどうかで評価《ひょうか》しただけだよ。お父さんが死んだあと、請求書《せいきゅうしょ》のお金をどうやって払《はら》おうかと考えているときに、わたしはペンペンに言った。『グリーンゲイジ先生がいつもやりたがってたみたいに、商売をやったらどう？　元手《もとで》があんまりいらない商売がいいと思う、だって先生はいつも元手になるお金づくりという第一歩でつまずいてたから』ペンペンが商売のアイデアがあると言ったんで、なにかとたずねると、ペンペンは目を大きく見開いて謎《なぞ》めいた表情《ひょうじょう》をして、本に出てくる妙《みょう》な登場人物かなにかを気取って言った。『自分のまわりが見えないの!?』わたしはこれを聞いてかっとして、ペンペンを平手打ちした」

「お父さんが亡《な》くなった今、ティリーがこのまま人をなぐって歩くような人間になってしまうのか、と思ってわたしはこわくなったの」ペンペンが言った。

「わたしのほうは、お父さんが亡くなった今、ペンペンがしじゅう芝居《しばい》がかったことを言い放《はな》っては最後《さいご》までもったいぶるような人になってしまうのか、とこわくなったよ。自分がデウス・エクス・マキナ㊟になれるとでも思ってるんだろうかって」

ラチェットにはそれがなんなのかわからなかったけれど、きいてみるのはやめた。

「お父さんが亡くなったあとに、ほんとうの自分を花開かせて生まれ変《か》わることを、わたしたちふたりはおそれていたのね。自分が結局《けっきょく》はどういう人になるのかって考えると、こわくって」ペンペンが言った。

「わたしはペンペンがどういう人になるかってことだけは心配してたけど、自分に関《かん》してはだいじょうぶだと思ってたよ」

「お父さんはけっしてだれにも、ほんとうの自分を花開かせるようなことはさせなかった。ほんとうの自分なんてものがあるとも思っていなかったの」

「夕食の席《せき》でお父さんはいつも神さまに、皆《みな》の迷《まよ》える魂《たましい》を導《みちび》いてくださいって長いお祈《いの》りをしてたけど、それはお父さんの思いどおりの方向に導《みちび》いてくださいっていう意味だった。とにかく」ティリーは物語のつづきにもどっていった。「ペンペンはこう言ったんだ。『ブルーベリーがあるじゃない！　ブルーベリーをビジネスにできるわ！　沼地《ぬまち》じゅうブルーベリーだらけでしょ。ブルーベリーをびん詰《づ》めにして、売るのよ』

『ジャムを作るってこと？』とわたしはペンペンにきいた。

『ジャムじゃない。ジャムならメインじゅうの人が作ってるわ。もっとぜんぜんちがう、上等《じょうとう》なものを作りましょう。デザートソースを作るのよ』

『デザートソース？　デザートソースっていったいなに？』

『デザートにかけるソースよ。エンジェルケーキとか、アイスクリームとか、プディングとかの上にかける』

『そんなもののこと、どこで聞いてきたの？』

『じつを言うと、わたしが考え出したの』とペンペンは誇《ほこ》らしげに言った。『でも、おもしろそ

（注）古代演劇《えんげき》で、劇中に急にあらわれて無理矢理《むりやり》に事態《じたい》を解決《かいけつ》する神。

うな気がしない？』

『えー、あなたが考えたって、それじゃ、レシピはないの？』

『ただジャムを少し水っぽく作ればいいだけよ。そのほうがたくさん作れるしね』

で、それをやったんだ。最初《さいしょ》はぜんぶ自分たちで作った。レシピを自分たちで考え出して、そのブルーベリー・ソースをびん詰《づ》めにして、売った。ある年は、ソースだけではつまらないのでジャムも作ったんだけど、たまたまハエが大発生した年で、ジャムの中にも飛《と》びこんだ。ジャムを買ったお客から、ハエが何匹《びき》入っていたからお金を返せ、というような苦情《くじょう》の手紙が何通もとどいた。わたしたちは、『ジャムの中のハエを数えるなんて、よっぽどひまなんですね』って返事してやった。その人たちだってジャムを食べたに決まってるんだよ、ハエも食べたのかどうかは知らないけど……まあ、ジャムを食べたんだったら、お金を返してやる必要《ひつよう》なんかない、とわたしは思った。もう今後はハエ入りジャムだけ売ってやろうかとも思ったけど、ジャム作りにもうんざりしていたので、苦情を言ってきたお客に仕返しをするためだけにまた作る気にはなれなかった。ほんとは、そいつら全員に無料《むりょう》でネズミ入りジャムをお送りしてやろう、って言ってたんだけどね」

「とにかく、その後ずっと、そのブルーベリー・ビジネスで食べてきたのよ」とペンペンが言った。

ティリーはポーチで立ちあがってのびをし、これから昼寝《ひるね》をする、と言った。ペンペンは畑仕事にもどる、と言った。ラチェットは二階《かい》にあがり、ベッドに横になって、八角形の窓《まど》の外をながめながら波の音を聞いていた。そしてティリーがしてくれた話のことを考えた。

ペンペンが夕暮《ゆうぐ》れになるまで晩《ばん》ごはんのことを忘《わす》れていたので、三人は遅《おそ》くまで食事にありつけなかった。ラチェットはスープを作るのを手伝《てつだ》って、ニンジンの皮むきをしたり、そのほかの具を刻《きざ》んだりした。ふたりとも口数が少なかった。うだるようなむしむしした日だったので、飛《と》んでいるハチさえ、重たい湿気《しっけ》にとらえられて空中で止まっているような感じだった。

夕食ができるとティリーがおりてきて、朝食のときからテーブルの上に置《お》きっぱなしになっていたコアントローの栓《せん》を開けた。

「野菜《やさい》スープにそれは合わないと思うけど」ペンペンが言った。

「コアントローはなんにでも合うんだよ」ティリーは冷《ひ》ややかに言って、自分のグラスにそれをついだ。

三人は静《しず》かに夕食を食べた。廊下《ろうか》の大きな振《ふ》り子《こ》時計が鳴ると、ペンペンが言った。「そう、そうやってブルーベリー・ビジネスで食べてきたのよ。びん詰《づ》め作りの季節《きせつ》のあいだは毎日がぼーっとぼやけてるの。ただひたすらブルーベリー・ソースを作りつづけて、それだけでときが流れていく。なにも考えずにすばやく動いて、なべやブルーベリーに立ち向かっていかなきゃならない。ブルーベリーを摘《つ》んで、煮《に》て、グツグツいう音にしっかり耳をすまして、明けても暮れても、汗《あせ》びっしょりでくたくたになりながら働《はたら》きつづける。びん詰め作りをいつ始めるか、見きわめるのも大事なことよ。一部分のブルーベリーが熟《じゅく》してるだけでは始められない。完璧《かんぺき》なときに始めなきゃだめ。すべての実《み》が熟す瞬間《しゅんかん》があるの。とつぜん、膨大《ぼうだい》な量《りょう》のブルーベリーが、いっせいに熟すのよ！」

「ものすごく大量に取れた年が何回かあって、そのときはマートルに手伝《てつだ》ってもらわなきゃならなかった。でも手伝ってもらう意味があるかないかは、よくわからないね。あの女は、置《お》いたびんをあと十センチ横にずらせとかって言わずにいられないんだから。『十センチ横に移動《いどう》するともっといいわよ』とくる。それにしても、ラズベリーが先に熟してくれるのは神の恵《めぐ》みだね。手首を動かす勘《かん》を取りもどすウォーミングアップにちょうどいいから。なにしろ、びん詰《づ》め作りの季節《きせつ》には考えたり計画したりするひまがいっさいないんだ。機械《きかい》のように自動的《じどうてき》に、動物のように本能的《ほんのうてき》に、動いて動いて動きつづけなきゃならない。でも最近《さいきん》は、作る量をかなり減《へ》らしているんだよね、ペンペン？　助《すけ》っ人《と》をたのめばいいのかもしれないけど、人もなかなか見つからないものなんだ。びん詰め作りの季節には、だれもがいそがしくて、だれもが人を必要《ひつよう》としてるからね」ティリーが言った。

三人はゆったりと椅子《いす》にすわってくつろいだ。フェルトのようにぶあつく暗い夜がダイニングルームの窓《まど》の向こうにおとずれ、そこに針《はり》の刺《さ》し跡《あと》のような星が光っているのが見えた。ティリーはげっぷをした。

「ところで、グリーンゲイジ先生たちは結局《けっきょく》どうなったか、わかったの？」ラチェットがたずねた。

「あるとき、沼《ぬま》で腕《うで》を一本見つけたわ」ペンペンが親切に答えた。

「ブルーベリーを摘《つ》んでるときにね」

「その腕、だれのだったの？」

「わたしたちにもわからなかった」とティリーが言った。「たぶん、だれのでもなかったんだろう」

「迷子《まいご》の腕ね」

「そんなのがあったのに、沼でブルーベリー摘みをしててこわくなかったの？」ラチェットがたずねた。

「そりゃあこわかったよ。おじけづいて、ぶるぶる震《ふる》えてた。だから今のような制度《せいど》を作ったんだ。ひとりがライフルを持って見張《みは》りをして、そのあいだにもうひとりがブルーベリーを摘む。ふたりとも射撃《しゃげき》の腕はいいんだ。ただ、ライフルをかまえてるほうが、摘むほうよりつらいんだよ。ハチがぶんぶん飛《と》んでる日なたで、刺《さ》される心配をしながら突《つ》っ立ってるんだから。ハチをライフルで撃《う》てるわけじゃないしね」

「試したことはあるんだけど」

「クマを撃ったことある？」ラチェットはたずねた。

「ないわ。たぶんクマは、茂《しげ》みからのぞいてライフルが見えると、逃《に》げていくんでしょうね。クマの頭のあの大きさを見れば、ちょっとは脳《のう》みそが入ってるだろうって感じがするわよね。もし同時にふたりで摘《つ》むことができたら、ブルーベリーの収穫《しゅうかくりょう》量は二倍になるだろうけど、二倍のブルーベリーと引き換《か》えに死んじゃったら元《もと》も子《こ》もないでしょ?」ペンペンが言った。

「わたしたち、みんなから〝ブルーベリー・レディーズ〟って呼《よ》ばれてた」椅子《いす》に沈《しず》みこんだティリーが眠《ねむ》そうな声で言った。

「でも、それはやめさせた。そんな名前は大嫌《だいきら》いだったんだ。すると今度は〝変《か》わり者のメニュート姉妹〟と呼ばれるようになった。そっちのほうがいいと思ったね」

「変わり者なんて言われて、いやじゃなかったの?」ラチェットがきいた。

「ブルーベリー・レディーズなんていうかわいらしいのより、ずっとましだよ」とティリー。

「変わり者って呼びたきゃ呼べばいいんだ。ほんとは変わり者じゃないことは自分たちが知ってるから、ね、ペンペン?」

「たいてい――」ペンペンが言った。

とつぜん、電話が鳴った。その音は、暗い家の中の静《しず》けさを剣《けん》のように切り裂《さ》いた。おどろいた三人は、同時に椅子から飛《と》びあがった。

ハーパー

「ほら、あなたが出て」ティリーがラチェットに言った。「たぶんヘンリエッタだよ。わたしはもう寝《ね》るから」
ラチェットは、お母さんがこんな時間に電話してくるなんてなんの用だろう、どうしてまた電話してきたんだろう、と不安になった。そこでさっと受話器《じゅわき》を取って、なにも考えずに「お母さん？」と言った。
「なにがお母さん、よ」電話の向こうでマートル・トラウトの声がした。「ねえ、聞いてよ、変《か》わり者のティリー・メニュート。電話したのはね、キルトを縫《ぬ》いおわったら、わたしに電話してくれれば取りにいくって言いたかったからよ。言い忘《わす》れちゃったけど、あなたのが最後《さいご》の一枚《まい》なのよ。最後の一枚ってことは、それをあなたが仕上げてくれるまで、わたしたちがぜんぶ縫いあわせてキルトに仕立てあげる作業《さぎょう》ができないってことよ」

「わたし、ラチェットなんですけど」

「あら、まあ、ラチェットなの、ねえ、おばさんを出してくれない？」マートル・トラウトが言った。

「ティリー」ラチェットが呼《よ》びとめた。ティリーは半分階段《かいだん》をのぼりかけていた。「キルトの布《ぬの》を持ってきた女の人からなんだけど」

「マートル・トラウト？　あのうすバカ、なんだっていうの？」ティリーはそう言いながら、ゆっくりとまた階段をおりてきた。そして、耳に受話器《じゅわき》を当てると、壁《かべ》にもたれかかって、めまいでも起こしたようにふらふらとすわりこんだ。

「今、あなたの姪《めい》っ子《こ》だかなんだかに、あなたのピースが最後《さいご》の一枚《まい》で、待ってるんだから早くして、って言ってたのよ。なるべく早く、できれば今晩《こんばん》じゅうに仕上げて電話してちょうだい、キャデラックで取りにいくから」

「キャデラック？　バールがそんなすごい車を買ったの？」ティリーが言った。

「ええ、でもガソリンばっかり食《く》うのよ、停《と》めるのもたいへんだし。それに、もちろん中古《ちゅうこ》よ」

「そんな車に乗ってたら、すごくいらいらするだろうね」ティリーが言った。ティリーは壁に横向きに寄《よ》りかかってすわっていた。今にもひっくりかえってしまいそうに見えて、ラチェットは心配した。「キルトはこっちが町に行くときに車に乗せていくよ」

「ねえ、ティリー、それがいやだから電話したのよ。わたしのほうから取りにいくわ。あなたとペンペンの性格《せいかく》を知ってるもの。布《ぬの》なんかどっかに置《お》いたまま忘《わす》れちゃうだろうし、次に会うのなんて一カ月も先でしょ。とにかく、できあがったところで電話して。そしたら取りにいくわ」

「うちのは発信《はっしん》できない電話なんだよ、マートル」

「嘘《うそ》でしょ——ねえ、まさかあの電話線をまだ直してないんじゃないでしょうね」

「もう話は終わりだ」ティリーはそう言って、電話を切った。ちょっとひどい電話マナーだった。

ラチェットはティリーを見おろした。「部屋《へや》までいっしょに行ってあげようか？」ティリーが立ちあがろうとしないのを見て、ラチェットは言った。「ペンペンは、今台所で洗《あら》ってるところだから」

「お風呂《ふろ》を使えばいいのに。そのほうが入るのが楽じゃないか」ティリーはラチェットの手につかまって立ちあがろうとしながら言った。

「食器《しょっき》を洗ってるのよ」ラチェットはティリーの腰《こし》に手をまわし、寄《よ》りかからせた。そして階段《かいだん》を一段ずつ、がんばってのぼっていった。

「生きていたとき、お母さんは、夜寝《ね》る時間になってわたしたちを二階にあがらせるのに、階段の一段一段で詩を一行ずつ暗誦《あんしょう》しながら寝室《しんしつ》まで連《つ》れてってくれたものだった。どんな詩だったか、もうみんな忘《わす》れちゃったけどね。とにかく、お母さんはそういうことをするのが好《す》きな人だったんだ。すばらしい女性《じょせい》だったよ」

「うーん」としかラチェットは言えなかった。ティリーを支《ささ》えるのに全力を使っていたからだ。

ティリーの体重は軽かったけれど、持ちあげるのはたいへんだった。

「『部隊《ぶたい》の半数、部隊の半数、前方へと出《い》でよ』っていう詩だけおぼえてる。あとは、ほとんど忘《わす》れちゃったね。結婚式《けっこんしき》で暗誦《あんしょう》したって話した、あのディキンソンの詩はいい詩だったなあ。おぼえてればよかったんだけど」ティリーが言った。「あんなバカ男じゃないだれかにささげたかったよ。もっとふさわしい人に向かって言ったんだったら、わたしもおぼえてただろうに。図書室のどこかに、のってる本があるはずだよ。お父さんがエミリー・ディキンソンの詩集を買って、お母さんの誕生日《たんじょうび》にプレゼントしたんだけど、お母さんは『そんな本くだらない』って言った。ディキンソンのファンじゃなかったんだね。それ以来《いらい》、お父さんはお母さんになにひとつ買ってあげなくなった。なにがお母さんを怒《おこ》らせるかわからないからだ、と言ってた。お母さんがほんとうに望《のぞ》んでいたのは、ここを出ていくことだったんだけど、それはできなかった。わたしとペンペンがいたからだ。わたしたちを連《つ》れずに家出するなんてできなかった。でも、その後、お母さんは永遠《えいえん》に出ていった。血の海を泳いで。ああ、もしわたしに、もっとましな花婿候補《はなむここうほ》がいたら、まったくちがう人生になってただろうなあ。あんなふうに、全速力で走って結婚式から逃《に》げ出さなくてもよかっただろう」

「そうしたら、今も結婚してたかもしれないのね」ラチェットは言った。もうティリーをリズムよくひっぱれるようになっていた。ひっぱって、手すりにつかまって、ティリーを少し持ちあげながら階段《かいだん》をのぼる。ひっぱって、手すりにつかまって、ティリーを少し持ちあげる。

「だけど、そうしたらペンペンはどうなっただろうね？　わたしはペンペンが大好《だいす》きなんだから」そう言ったとたんに、ティリーが眠《ねむ》りこけてしまったので、ラチェットはおどろいた。ベッドまではまだまだ遠いというのに、困《こま》る。ラチェットはティリーを軽くつついて起こし、ベッドの前までなんとか連《つ》れていった。ベッドにおろすとティリーはたちまちいびきをかきはじめた。こんなに年をとっているとたいへんなんだろうな、とラチェットは思った。何歳《さい》なんだろう？八十歳？　九十歳？　ラチェットがふりかえると、ドアのところにペンペンが無表情《むひょうじょう》で立っていた。ぬれたふきんを肩《かた》にかけ、腰《こし》に手を当てていた。

「あしたこそ、あなたに運転を教えなきゃね」とだけ言って、ペンペンはまた一階《かい》におりていった。

ラチェットは自分の寝室《しんしつ》に入ってぐっすりと眠ったが、夜中にマートル・トラウトの夢《ゆめ》を見て目をさました。〝あれ〟を見たときのマートルの顔がそのまま浮《う》かんできたのだ。

翌朝《よくあさ》、ラチェットは牛の乳《ちち》しぼりをしてから、ペンペンにニワトリの餌《えさ》やりと卵《たまご》の集め方を教えてもらった。ラチェットの服は干《ほ》し草《くさ》のかすだらけになり、カビのような糞《ふん》のような動物のにおいが体にしみついた。ペンサコラでは、こういうのは〝汚《きたな》い〟とみなされ、すぐお風呂《ふろ》に入らなければならなかったが、ここにいるとラチェットは、ただ自分が自然《しぜん》の一部になったように感じるだけで、洗《あら》い流そうなどとは思わないのだった。でも、ダイニングルームに入る前に手は洗った。ダイニングルームではペンペンが朝食をお皿に盛《も》っていた。

「おお、トーストにのせるのに、ポーチドエッグよりよいものがあるだろうか？」ティリーが言った。「幸せなんとかかんとかのすばらしさが、船乗りたちを海から守るなんとかかんとかだろうか……」ティリーが暗誦《あんしょう》しはじめたところで、ドアをノックする音が聞こえた。ティリーは立ちあがった。「あのバカ女だ！　なんで来たかわかってるよ。〝キルトのピース〟だ。それに、うちにお客さんが来てるのに、その子のことをなんにも知らないってのががまんならないんだ」

「マートルのこと？」ペンペンがそう言って、コーヒーをひと口飲んだ。ペンペンはあまりにもおなかがぺこぺこで、特《とく》に今の時間には、出ていってドアを開けることなどできなかった。だれが来ようが、待たせておけばいい。

「そう、マートル・トラウトだよ」ティリーが言った。「マートルはゆうべ電話で、キルトをすぐに仕上げろ、と言ってきた。車に乗って取りにくるってマートルが言い張《は》るんで、わたしはこっちから行くって言い張った。だって、プライバシーを守りたいじゃないか、ペンペン。いろんな人がひっきりなしに戸口にあらわれるんじゃ、たまらないからね」

ペンペンはびっくりした顔で立ちあがった。ポーチドエッグのトーストのせに夢中《むちゅう》になって、自分の新しい考え方を一瞬《いっしゅん》、忘《わす》れていた。「あら、そうだわ！　だれかがやってきたんだわ、ティリー。入れてあげなくちゃ！　たとえマートルだとしても」

「ああ、あなたはしょうもない仏教徒《ぶっきょうと》だったね、ペンペン」ティリーはそう言って椅子《いす》にすわりなおし、またポーチドエッグを食べはじめた。「じゃあ、あなたがマートルに対応《たいおう》したらいい。

やたらとここに来るのはやめてくれ、って言うだけでいい。ばかげたキルトは今夜縫《ぬ》って明日の朝町に持っていくから、って。ほら、開けにおいきよ」

ペンペンは出ていった。ラチェットはだまって卵《たまご》を食べた。やがてティリーが顔をあげて言った。「マートルはわたしの善意《ぜんい》につけこんでるんだよ。マートルが結婚《けっこん》したバール・ジュニアは、わたしの夫《おっと》のバールと、ウエディング・プランナーのテルマのあいだにできた息子《むすこ》なんだ。わたしと別《わか》れたあと、バールは非合法《ひごうほう》にテルマと結婚したんだ……あの結婚式のあと、バールは町に行って暮《く》らした。もしバールのほうから言ってきたら離婚《りこん》しようとわたしは思っていたけど、バールはなにも言ってこなかった。最初《さいしょ》のうちは、わたしが『結婚式まであげたんだから、やっぱりバールの妻《つま》になろう』と態度《たいど》をやわらげることを期待していたからだった。のちには宗教《しゅうきょう》が理由になった。バールはわたしに関《かん》する泣《な》き言《ごと》をテルマに言いつづけ、テルマのほうはウエディング・プランナーの仕事をことわったわたしにまだ腹《はら》をたてていて、ふたりは共通《きょうつう》の憎《にく》しみを通じて仲よくなった。恨《うら》みと恨みの出会い、ってことだね。わたしの暴挙《ぼうきょ》をネタにして、恋《こい》に落ちたんだ。でもそのあと、たぶんテルマは、わたしへの恨みは法律上《ほうりつじょう》の関係《かんけい》を整理すればもう消えるということに気づいたんだろう。テルマはバールに、わたしと離婚してくれとたのんだ。でもバールは拒《こば》んだ。

バールは、自分があの誓《ちか》いの言葉のせいで森じゅうの笑《わら》いものになったと思ったので、ほんとうはバカではないところをみんなに見せようと、これまたかしこい考えとはいえないけど、なぜかカトリック教会の信者《しんじゃ》になる道を選《えら》んだ。カトリックの教会はデルタまで行かないとないのに。そしてバールは、いったん改宗《かいしゅう》するとすべての教えを完全にうのみにしてしまった。テルマに『カトリックでは離婚《りこん》は許《ゆる》されないんだ』と話していながら、毎週金曜日にテルマと会っていた。テルマがどういうふうにそれを受けとめたか、想像《そうぞう》がつくだろう。テルマはデルタに乗りこんでいって、神父《しんぷ》にバールをなんとかしてくれるようたのんだ。バールは書類上《しょるいじょう》はともかく、実質的《じっしつてき》には重婚《じゅうこん》の罪《つみ》をおかしていることになるのだ、と話したんだ。神父はほんとうに同情《どうじょう》したような顔をして、あなたの言うとおりだ、バールに話してあげるから心配するな、と言った。でも結局《けっきょく》、バールには『テルマと別《わか》れなさい』と言っただけだった。

さあ、このことを知ったテルマはかんかんに怒《おこ》った。バカで無能《むのう》なカトリック教会にどなりこんで、ちょっと忘《わす》れられないぐらいものすごい怒《いか》りの言葉を神父にぶつけた。でも、どなりおわったところで、神父はただそんなテルマを〝許《ゆる》す〟と言っただけだったので、この人にはもうなにを言ってもしょうがないと、テルマは完全にあきらめてしまった。神父は宗教《しゅうきょう》に凝《こ》りかたまっているだけでなにもしてくれない、それだったらバールを攻《せ》めることに専念《せんねん》したほうがいい、とテルマは思った。

教会を引きあげたテルマはバールに、もし結婚《けっこん》してくれないなら、お父さんがあんたをこらしめるわよ、と言った。テルマの父親のネッド・ハーサンフェファーは製材所《せいざいじょ》に勤《つと》める大男で、ナイフ使いの名人として知られていたんだ。

『こらしめる、ってどういう意味だよ?』とバールはきいた。教会の教えを守るためにも、あそこだけは切り取られるわけにいかない、とおびえていた。

テルマが自分の気持ちをはっきり言うと、バールは言った。『ああ、わかったよテルマ、だけどだれがおれたちを結婚《けっこん》させてくれるんだ? おれが一度結婚したってことはみんなが知ってるじゃないか』

『わたしにまかせて、バール』とテルマは言った。

でもテルマは頭の回転がにぶかったので、じっくり考えようと、酒場でビールを飲んで長い時間をすごした。そして、ついにある日、車に乗ってバールを拾い、ふたりで出発した。

『どこに行くんだ?』バールは心配そうにたずねた。だってテルマの運転する車は、ディンクもデイリーもデルタもどんどんすぎていったからだ。

『だれもわたしたちを知ってる人がいない場所に行くの。婚姻届《こんいんとどけ》のことは嘘《うそ》をつくのよ』結局《けっきょく》、酒場でさんざん時間を費《つい》やしたあげくテルマが思いついたのは、嘘をつくのがいちばんだ、ということだった。『ねえ、そういえば、指輪を買ってよ』

七回目の結婚記念日《きねんび》を迎《むか》えるまでに、テルマは指輪と五人の子どもを得《え》た。そのうち二人は死《し》産《ざん》だったが、バールはそれを〝天罰《てんばつ》〟だと言い張《は》った。天罰という言葉はテルマを激怒《げきど》させた。

バールはどんどんカトリック教会にのめりこんでいったけれど、けっして家族を教会に連《つ》れていくことはしなかった。家族の存在《そんざい》自体が、厳密《げんみつ》に言えば罪《つみ》だったからだ。とにかく、バール・ジュニアは、〝厳密《げんみつ》に言えば自分の存在《そんざい》は罪《つみ》だ〟と悩《なや》みながら育った子どもたちの中のひとりだった。だからマートルは、ぜったいにわたしを許《ゆる》そうとしないんだよ。子どもたちのだれひとりとしてわたしと関係《かんけい》はないんだけどね。テルマが言いさえしなければ、子どもたちは自分が厳密には罪なのだということを知らなかっただろうに。毎週日曜日の朝、教会に向かうバールの車が出発したとたんに、いつもテルマは子どもたちに言った。『さあ、すわって。厳密には罪な子、その一、その二、その三。わざわざ名前なんかつけることなかったわ。番号だけでじゅうぶんだった』テルマは、わたしに会うといつでもこのことを持ち出した。会うのは一年に一度ぐらいだったけど、それだけでもわたしにはしょっちゅうに思えた。そういう人ってのはいつだっているんだよ、やってきちゃあだれかの平和を乱《みだ》すっていう人が。でも、ペンペンの思想《しそう》では……」

ティリーがこう言ったとき、ペンペンが入ってきた。その横には、ラチェットより少し大きい女の子がひとり立っていた。その女の子の髪《かみ》の毛は、長く、ストレートで、少しボリュームがあり、かみそりで切ったみたいに毛先がそろっていなかった。女の子はスーツケースを引きずっていた。

「この子はハーパーよ」ペンペンが言った。

ドアを開けたとき、ペンペンはおどろいてなにも言えなかった。とても大きなおなかをした妊《にん》婦《ぷ》がいて、その横にラチェットぐらいの年の少女が立っていたのだ。少女はスーツケースを持っていて、待ちきれないから早く入って中を見たいというような様子《ようす》で、家の中をじろじろのぞきこんでいた。妊婦《にんぷ》のほうはそんな好奇心《こうきしん》はないようで、覚悟《かくご》したようなきびしい表情《ひょうじょう》をしていた。

「この子、ハーパーっていうの」おなかの大きい女の人が言った。

「まあ！」ペンペンが言った。ほかになんとも言いようがなかった。三人は数秒間、だまりこくって日ざしの下に立っていた。ペンペンははっと気づいて「わたしはペネロペ・メニュートよ」と言った。

「ああ」女の人は、どうでもいいことを聞かされたというような態度《たいど》で、投げやりに言った。それから、使い古されたエナメルのハンドバックを開けて中をガサガサさぐり、つぶれかけたタバコの箱をどうにか見つけだすと、振《ふ》って一本出し、吸《す》いはじめた。ペンペンは、ふたりの人が訪《たず》ねてきたことにもおどろいたが、タバコが出てきたことにはもっとおどろいた。今日はおどろいてばかりの一日になりそうだ。今までに〈グレン・ローザ荘《そう》〉をふらっと訪ねてきた人なんかいなかった。ここまでの道は長くけわしいので、もしうっかり幹線《かんせん》道路からこのわき道に入ってしまったとしても、泥道《どろみち》のあたりへ来るころには、とっくにまちがいに気づいているだろう。ほとんどの場合は、クマに出会った時点ですぐ引きかえすはずだ。

女の人はタバコに火をつけ、悠々《ゆうゆう》と吸っていた。少女は、もうじっとしていられない、というふうにペンペンを軽く押《お》しのけて玄関《げんかん》に入りこみ、居間《いま》のほうを見ておどろいたようにぽかんとしていた。

「ここ、ものすごく静《しず》か」煙《けむり》を吐《は》き出しながら、女の人がようやくそう言った。「もっとうるさいのかと思ってた」

「もっとうるさいのかと思ってた、って？」

「ほら、子どもがいっぱいいいて騒《さわ》いでて」女の人は言った。「ひっどい地獄《じごく》みたいなとこだと思ってたの、じつは。でもここ、いいとこだね。うるさくて考えられないってこともないし。ねえ、どうやっててんですか？　どっかに閉《と》じこめてんじゃないの？」そう言って女の人がペンペンの腕《うで》をふざけて軽くぶったので、ペンペンはとても腹立《はらだ》たしく感じた。でも、別《べつ》に頭がおかしいわけではないみたい。目つきはまるで怒《おこ》っているみたいに決然《けつぜん》としている。ただ、あまりお行儀《ぎょうぎ》がいいとはいえない。

「ちょっと」ペンペンが言った。「なにかまちがえてらっしゃらない？」

「どういう意味？　みんなに教えてもらってわざわざ遠くから来たんだけど？――でもね、丸一日つぶして、こんなとこまでピクニックに来たんじゃないのよ――ここならだれでも受け入れてくれるはずだってみんなが言ってたから来たの。ねえ、そうなんでしょ？　ハーパーみたいに大きな子でも拒否《きょひ》しないよね」

「まあ」ペンペンはびっくりして、考えこんだ。仏教《ぶっきょう》の考え方を採用《さいよう》したのはつい先週のことなのに、もうすでにラチェットが訪《たず》ねてきて、さらにこの子までやってきた。たぶんティリーの言

うとおりなんだわ——交通の便《べん》のいいところに住んでいなくてさいわいだった。こんな調子なら、あっという間《ま》に寝室《しんしつ》が足りなくなってしまうもの。でも、この人の言ってる〝みんな〟というのはだれなのかしら、そしてなぜ、その人たちはわたしが仏教《ぶっきょう》の考え方を採用《さいよう》したことを知っているのかしら？　わたしが思うに——とペンペンは考えた——こういう決心をしたというのも〝集《しゅう》合的無《ごうてきむ》意識《いしき》〟(注)の一部なんだわ。これはユング心理学《しんりがく》の考えだったかしら？　問題は、仏教の教えをすみずみまで知るよりも前に、その考え方を採用してしまったってことね。もっと慎重《しんちょう》になればよかった。どんな考え方でも、採用する前によく本を読んで勉強すべきだわ。

「それはそうだけど」ペンペンはようやく答えた。「あなた、どこから来たっておっしゃったかしら？」

「ヘロックス。ここから南に行って、ちょっと西に行ったとこ。さっきも言ったけど、ずーっと車に乗ってきてたいへんだった」

「あなたもいっしょに泊《と》まろうと思ってるの？」ペンペンはそうたずねながらも、ハーパーの様《よう》子《す》を目で追っていた。ハーパーは居間《いま》をうろつきまわっては、置《お》いてある飾《かざ》りものを取りあげたり、またもとにもどしたりしていた。

「あたし？　あたしはこんなところはぜったいいやだ。あ、ごめん、悪気はないんだけど」

「いいのよ」ペンペンは機械的《きかいてき》に言った。今はハーパーのことが気になってたまらなかった。ハーパーはもう部屋《へや》から部屋へと歩きまわっていて、なにかをさがすように、あちこちのぞきこんだりしていた。「それで、わたしならだれでも受け入れてくれるはずだ、ってみんなが言ってた――あなたそう言ったわね」

「いや、別《べつ》にあなたが個人的《こじんてき》に受け入れるって意味じゃないと思うけど」女の人はそう言って、きれいな白いポーチの上にタバコの吸殻《すいがら》を落として踏《ふ》んづけ、箱を振《ふ》って次の一本を出した。

「そう、もちろんそうよ」ペンペンは落ち着かない気分でタバコの吸殻を見ながら言った。ということは、集合的《しゅうごうてき》無意識《むいしき》のたくらみの中には、ティリーも入ってるってことだ。「そんなことをほんとにだれかから聞いたの？　わたしの知ってる人？　ディンクかデイリーの人？」

「あたしがディンクやデイリーの人としゃべるわけないでしょ、あたしはヘロックスに住んでんのよ。でも、これから行っちゃうところだから、もうヘロックスにはもどらないけどね。赤ちゃんといっしょに行くんだ」女の人は自分のおなかを叩《たた》いた。「カナダに。フランス系《けい》カナダ人のせいで、こんな体になっちゃったんだ」

「まあ」ペンペンは同情《どうじょう》している顔を作った。この人がカナダに行っているあいだ、ティーンエイジャーの娘《むすめ》をあずからなければいけないようだ、ということだけはわかったが、あとはなにがどうなっているのかさっぱりわからなくて、ペンペンは困《こま》りはてていた。「父親をさがしに行くのね？」

「父親？　ちがうちがう、彼《かれ》なんかに用はないって。彼のお母さんに会いたいだけ。いちばん必

（注）全人類《ぜんじんるい》に共通《きょうつう》した心の働《はたら》き。

要なのはお母さんなのよ。彼《かれ》の話を聞いてたら、お母さんはほんとにいい人みたいだったんで、孫《まご》を産《う》むってことで面倒《めんどう》見てもらえないかなあ、と思ったんだ。フランス系《けい》カナダ人って、家族をすごく大事にするんだって。あたしには家族がいないから。ハーパーの母親が出ていっちゃってからはね」

「あら、あなたはハーパーのお母さんじゃないの？」

「バカじゃない。あたしがハーパーの母親なら、なんで自分の子をここに置《お》き去りにしちゃうのよ？」

ペンペンは呆然《ぼうぜん》とした。

女の人はタバコをふかしてからつづけた。「ていうか、ハーパーの母親が出てった話をしてたのよね。ハーパーがまだ赤ちゃんのときに、母親は出ていっちゃったんだ、あたしに育児《いくじ》を押《お》しつけて。べつに怒《おこ》ってるわけじゃないけど、育児ってどんなにたいへんかわかるでしょ。すっごく責任重大《せきにんじゅうだい》だしね。ハーパーとふたりきりで残《のこ》されたとき、あたしはまだ十五歳《さい》だったんだよ」

「わたしには子どもがいないの」ペンペンが言った。

「ああそう、でもまわりにいるんだから、どういうもんかわかるでしょ」

ペンペンは、ラチェットをあずかってからまだ数日だけど、と思いながらうなずいた。でも、どうやってそのことを知ったのだろう？　神秘的《しんぴてき》だわ。無意識《むいしき》へとつづく扉《とびら》を開ければ、次々と不思議《ふしぎ》なことが起こる。瞑想《めいそう》とか、自然食《しぜんしょく》とかも取り入れなきゃならないのかしら。あっという間《ま》に仏教徒《ぶっきょうと》になっちゃったけど、考えてみたら仏教のことをなにも知らないのよね。

「ハーパーとあたしは、さよならはさっき言ったから。じゃ、あたし、もう行くね」女の人は言った。

「えっ？」

「信用《しんよう》しすぎじゃない？」ペンペンは思わず声に出して言った。

「こんなふうに、ぜんぜん知らない人のところにハーパーを置《お》いていくなんて、信用しすぎなんじゃないか、って思っただけ」

「えーっ、さっきも言ったと思うけど、ここは評判《ひょうばん》いいんだよ。だけどね、言わせてもらえば、あまりにもへんぴな場所で、遠すぎる。それにあのクマはなに？ 警備《けいび》かなにかのつもり？ 逃《に》げられちゃうのを防《ふせ》ぐため？」

「だれが逃げるの？」ペンペンがたずねた。

「孤児《こじ》がだよ」女の人は言った。

ペンペンはやっとわかった。「まあ、なんてこと！」ドスン、とポーチの階段《かいだん》にへたりこんだ。そして、手をのばして女の人の腕《うで》をつかみ、ひっぱって自分の横にすわらせた。「もう一度最初《さいしょ》から話したほうがいいようね」

「そして」ペンペンは、ハーパーがスーツケースの中身を出しに二階に行っているあいだに、ティリーとラチェットに話した。「そこでやっと、マディソンって名前のその人が、ハーパーをセント・シアズ孤児院《こじいん》に連《つ》れていくつもりだったってことがわかったの。わざわざヘロックスから車を飛《と》ばしてやってきたのは、セント・シアズ孤児院ならハーパーぐらいの大きな子でも受け入れてくれる、って聞いたからなのよ」

「どうしてまちがえてここに来たんだろう?」ティリーがたずねた。

「広い敷地《しきち》にある大きな家だからでしょ。たぶんうちって孤児院みたいに見えるのよ、ティリー」

「そういうことじゃなくて、わき道の話だよ。セント・シアズに向かうわき道は、少なくともここより十五キロは先なのに」

「ええ、でもここに入る道はだれも使わないから、忘《わす》れられてるのよ。きっと、ただ『ディンクの先の、最初《さいしょ》のわき道を入れ』としか言わないんでしょ」

「でも、よくわからないな。あの子は孤児じゃないでしょ?」ラチェットがたずねた。

「それがねえ、ハーパーの親が生きてるかどうか、マディソンにもわからないんですって。マディソンのお姉さんがハーパーのお母さんなんだけど、ずっと前に出ていったきりで、マディソンによれば、どうももう亡《な》くなったらしいの。まあ、とにかく二度とハーパーのところにもどってくることはないようよ」

「ハーパーの父親は?」ティリーがたずねた。

「チンパンジーを殺《ころ》して死刑《しけい》を宣告《せんこく》されたの」

「動物を殺しただけで死刑になるの？」ラチェットがたずねた。

「飼育係《しいくがかり》もいっしょに殺したのよ」ペンペンがつけ加《くわ》えた。「ほかにもいくつか死体があったらしいわ」

みんな一瞬《いっしゅん》だまりこんだ。ペンペンがため息をついて、つづけた。「マディソンは、ほんとうはハーパーを押《お》しつけられたくなかったのよ。本人いわく、『ちゃんとやさしく育ててやれなかった』んだそうだけど、でも、マディソンはベストをつくしたの。で、自分が妊娠《にんしん》してみたら、もうくたくたに疲《つか》れていてハーパーを育てたくない、子どもをふたりも育てられない、ってことがはっきりわかったのね」

「だけどハーパーは子どもじゃないよ」ティリーが言った。「ラチェットぐらいの年じゃないか。もう赤《あか》ん坊《ぼう》のお守《も》りができるだろうに」

「マディソンは自分の赤ちゃんを、今度こそちゃんと育てなきゃと思ってるのよ、自分の手で。おかしな話かもしれないけど、ここを孤児院《こじいん》とまちがえたってことがわかるまでは、もっともっと、とんでもなく奇妙《きみょう》な話だと思ってたんだから」ペンペンは、ほんとうのことが明らかになったおかげで自然食《しぜんしょく》に凝《こ》らずにすんだことを、神に感謝《かんしゃ》した。でも、マディソンが集合的無意識《しゅうごうてきむいしき》によってここを見つけ出した、という説《せつ》が打ち消されたのはちょっと残念《ざんねん》でもあった。それでも、今回のがそれではなかったからといって、これからも起こらないとは言いきれない。お客用のタオルは買っておかなければ。

「どうしてほんとうのセント・シアズ孤児院《こじいん》に行かせなかったの?」ティリーがきいた。

「理由はふたつあるわ。まずひとつめは、戸口の前にあらわれた人がいたらだれでも——」

「入れてあげなくちゃいけない、ってそれはもうわかったよ」ティリーはあきれた顔をしながら言った。

「ふたつめは、ハーパーが本物のセント・シアズまでちゃんと連《つ》れていってもらえるかどうかわからないと思ったからなの。マディソンは、自分の気持ちが変《か》わる前にあの子を置《お》いてさっさと行かなきゃと思ってるみたいだった。わたしが『ここは孤児院じゃない、別《べつ》のわき道を入ったのよ』って教えても、マディソンは『あら、じゃあもどって正しいところをめざさなきゃ』なんてことはぜんぜん言わなかった。ただ、いやな感じであいまいに『はあ』って言っただけよ。それでわたし、マディソンがハーパーを道ばたに置き去りにして『あとは自分でヒッチハイクでもしてね』って言い残《のこ》して去っていくんじゃないか、っていういやな予感がしたの。ぜったいに今夜じゅうにカナダに着きたいって決意してるみたいだったから」

「あのおなかで、夜じゅう運転しつづけようっていうの?」

「すごく断固《だんこ》とした態度《たいど》だったわよ」

「おやおや」ティリーが言った。

言わなかったけれどペンペンがもうひとつ考えていたのは、ラチェットの遊び相手としてハーパーはちょうどいいのではないか、ということだ。ペンペンとティリーは今までのところはラチェットを楽しませてこられたようだったが、ずっと乳《ちち》しぼりだけさせていればいいとは思っていなかった。ラチェットには遊び相手が必要《ひつよう》だ。十三歳《さい》の女の子というのはまだ遊んだりするんだったかしら？　ペンペンは自分が十三歳だったときを思い出そうとした。大旅行前の記憶《きおく》は、ぜんぶ混《ま》じりあっていた。ペンペンは本の虫だったけれど、そのそばにはいつだってティリーがいた。ハーパーは神さまから送られてきた少女なんじゃないか、とペンペンは思った。そういう奇《き》跡《せき》があると信《しん》じているのだ。目を皿のようにしてさがすだけで奇跡は見つかるものだ。ペンペンは一日じゅう、ハーパーが神さまから送られてきた証拠《しょうこ》を見つけ出そうとしたが、まったく見つけることができなかった。

ハーパーは二階《かい》で、プライバシーなど無視《むし》してみんなのベッドルームをさんざん調べまわったあと、ようやく下におりてきた。ティリーはハーパーに「水着を着ておいで、みんなで海に行こう」と言った。

「水着なんて持ってない」ハーパーは言った。

「町に行って買ってこなきゃね」とペンペン。

「よろず屋じゃあ、若《わか》い娘《むすめ》の水着が急に売れだしたなって思うだろうね」ティリーが言った。

「十三歳用の水着を何十着も注文しはじめるよ」

「あたしは十四歳《さい》だよ」ハーパーが言った。「インターネットで注文させてよ。ネット・サーフィンして、好《す》きな水着を見つけるよ。クレジットカードの番号、教えて。ねえ、ガムある？」

「ない」ティリーはガムが大嫌《だいきら》いだった。ガムなんて不愉快《ふゆかい》なものだと思っていた。「それから、サーフィンがなんとかっていう意味もわからない」

「パソコンでやるんだよ」ハーパーが言った。

「うちにはパソコンなんかないのよ」ペンペンが言った。「服を買うのにコンピューターが使えるの？」

「そうだよ。うちにもパソコンはなかったけど、でもネットでショッピングができるって知らない人がいるなんて、信《しん》じられない。ねえ、ガムがないんだったらさ、タバコはある？」

ペンペンは思わず吹《ふ》き出した。不良気取《ふりょうき》りなのね。しかし、海岸におりていくとき、ティリーがペンペンに身を寄《よ》せて言った。「チューインガムとタバコだってさ。ペンペン、自分がとんでもないことしたの、わかってるだろうね。あの子のせいで困《こま》ったことになるよ」

「あら、タバコをほしがってるからって、あの子を責《せ》められないわよ」ペンペンが言った。「あの子のお母さん……というかおばさんなんだけど、その唯一《ゆいいつ》の育ての親が、メイン州《しゅう》の森の真ん中の、知らない人しかいない場所に自分を置《お》き去りにしたんだもの。ほかになにをほしがったらいいっていうの？　あのマディソンだって、ハーパーをいつ置いていっても平気って顔をしてたけど、煙突《えんとつ》みたいにタバコの煙《けむり》をもくもく吐《は》きだしてたのは、どう考えても取り乱《みだ》してたせいよ」

「マディソンをうちに入れて、朝ごはんをいっしょに食べさせればよかったんだよ。わたしも顔を見てみたかったよ」ティリーが言った。

「今言っても遅《おそ》すぎるわ」岩の上にタオルを敷《し》きながら、ペンペンが言った。「もう今ごろはカナダのケベックに行ってるわよ」

「さあ、ラチェット、行くよ」ティリーは水の中を歩きながら言った。ラチェットはティリーのあとをついていった。水着の上にTシャツとショートパンツとティリーに借《か》りたカーディガンを着こんだ姿《すがた》だ。ラチェットは、服を脱《ぬ》ぐのにちょっとぐずぐずしてしまった。崖《がけ》からおりて水に入るまでずっと、ティリーとペンペンは〝あれ〟を見たのかなあ、と悩《なや》んでいた。マートル・トラウトが見たのははっきりわかったけれど、ティリーとペンペンは、マートルがカーディガンを切ったのに仰天《ぎょうてん》していただけで、〝あれ〟にはなんの反応《はんのう》も見せなかった。その後も、その話をいっさいしていない。あのとき見なかったのなら、今日初めて見たときなんと言うだろう？　でも心の奥《おく》には、もしかしたら〝あれ〟はお母さんが言うほど気持ち悪いものではないんじゃないか、お母さんがまちがっていただけで、みんなはそれほど気にしないんじゃないか、というひとすじの希望《きぼう》の光がさしていた。ペンペンとティリーは〝あれ〟を見たんだけど、なんとも思わなかったんじゃないか。もしそうなら、上に着ているものを脱いでもだいじょうぶだ、とラチェットは思った。そうではなくて、今日初めて見るんだとしたら、脱ぎたくはない。泳ぐのもやめたい。こう考えると、ボタンをはずす手が止まってしまうのだった。

腰《こし》まで水につかったティリーが、ふりかえって「おいで、ラチェット」と言った。

ハーパーは傾斜《けいしゃ》して海につづいている岩の上にすわり、長ほそい草のはしっこを口にくわえて、不満《ふまん》げにつぶやいた。「日なたは暑《あつ》いよ。日陰《ひかげ》はないの？　だれもここに海があるなんて教えてくれなかった。はっきり言って、ここ、ぜんぜん孤児院《こじいん》らしくないよ。やることがなにもないんだもん。ウォータースライドもない。メイクのレッスンもないし、裁縫《さいほう》クラブもない」

ペンペンははっと気づいた。そういえば、ここがセント・シアズ孤児院ではないということをハーパーに話すのを忘《わす》れていた。マディソンにそのことを話しているときは、ハーパーは居間《いま》をうろついていて聞いていなかったのだ。ハーパーはマディソンにさよならを言いに出てきもしなかった。マディソンが「もうさよならはしたからいい」と言っていたのだ。泣《な》いたり、すがりついたり、行かないでと言ったり、といった騒《さわ》ぎがなにもなかったのにペンペンはおどろいたのだが、ハーパーはそういう子だった。ペンペンがマディソンと長々と話してから、やっと家の中に入ると、ハーパーがテーブルから落とした花びんを受け止めようとしていた。あわててかけよって花びんを救《すく》ったりしていたら、ハーパーに話すことをすっかり忘れてしまったのだ。

「あら、なにもないって――」ペンペンは言った。

「気にしないで」ハーパーはさばさばと言った。「マディーが嘘《うそ》をついてただけなんだよね。孤児院にウォータースライドなんてあるわけないと思ったんだ。マディーは頭おかしいよ」ハーパーはピクニック・バスケットを開けて中のものを食べはじめた。

「あなた、おばさんのことをそう呼《よ》んでるの？」

「うーんと、五歳《さい》まではママって呼んでた。そのあと、ママはやめてマディーにしろって言われたんだよ。ママって呼ばれると、ほんとの年より老《ふ》けて見られて男が寄《よ》りつかなくなるからだってさ。マディーはほんとに男好《おとこず》きだよ……ゲッ、信《しん》じられない、あの子の背中《せなか》の骨《ほね》のとこのあれ、なによ？」ラチェットがしぶしぶTシャツを脱《ぬ》いだところを、ハーパーが立ちあがって指さし、言い放った。

「シーッ！　シーッ！　シーッ！」ペンペンがあわてて言った。

ラチェットは、すぐさま水の中にしゃがみこんだ。

「気持ちわるーい！」ハーパーが言った。「だれも養子《ようし》にしてくれなかったのは、これのせいなんだ！」

「まあ、なんてこと」ペンペンが言った。

「ひどいことを言うにもほどがある！」ティリーが、水の中を歩いてラチェットのほうに近づきながら言った。ラチェットは自分を守るように両腕《りょううで》を体に巻《ま》きつけて、しゃがみこんでいた。

「おいで、ラチェット。なんて口の悪い娘《むすめ》だろうね。それに『だれも養子にしてくれない』ってどういう意味だろう？　ラチェットがどうして養子に行くのさ。まったくおかしなこと言うね」

「じゃあ、どういうこと？　あの子、ここでなにしてんの？　あれのせいでここに置《お》いてかれたんじゃないの？」ハーパーは、ラチェットが立ちあがったらまた見えるんじゃないかと水の中をのぞきこみながら、言った。

ペンペンとティリーは、ハーパーの言っていることが事実《じじつ》に近づきすぎて、これはまずいと思った。ペンペンはハーパーの腕《うで》をひっぱって道のほうへ連《つ》れていった。こんなふうに人をあつかうのはペンペンの性格《せいかく》に合わなかったが、ハーパーが完全にラチェットの肩甲骨《けんこうこつ》に心を奪《うば》われているので、そこから引き離《はな》すにはそうするしかないと思ったのだ。

ラチェットは、意に反《はん》して注目されてしまった緊張《きんちょう》で泣《な》きそうになり、まばたきして涙《なみだ》を隠《かく》した。ティリーはそれを見て、ラチェットをひとりにしてあげようと、行ったり来たりして泳ぐいつもの朝の健康法《けんこうほう》を、なにごともなかったかのようにひとりでやりはじめた。そのあいだに、ペンペンはここがどこなのか説明《せつめい》しようとハーパーをひっぱって家まで歩いていった。ふたりが行ってしまうと、ラチェットはどうしていいかわからなくなったので、とりあえず服を着た。それから、浅瀬《あさせ》にすわりこみ、熱《あつ》くなった顔を波に打たれるがままにした。大きな波がやってくるときは息を止めた。長いことそうしていると、やがてティリーが「ほら、そろそろ出よう」と言った。

ラチェットはうなずいて、水からあがった。泳ぎをおぼえるのをあきらめたわけではないけれど、今日のところはもう無理《むり》だった。ティリーはそれを知ってか知らずか、なにも言わなかった。ふたりは着替《きが》えをしに家にもどっていった。白い石の道を歩いて家の近くまで来たとき、それまでだまっていたティリーの口から、まるで木か森に話しかけるように、まるで長いあいだおさえていた不平《ふへい》を宇宙《うちゅう》に解《と》き放《はな》つように、言葉がこぼれ出た。「世の中、バカばっかりだ！」

一方、ペンペンはハーパーにわかりやすく説明《せつめい》しようとしていた。ハーパーは落ち着かない様子《ようす》で、居間《いま》にある古めかしい赤いビロードのソファーの上でひざをかかえていた。

「マディソンといっしょにいられなくてかわいそうね」ペンペンはそう話しはじめた。

「いいよ、慣《な》れてるから」ハーパーは言った。「ところで、あの子の背中《せなか》のあれってなんなの？」

「あの子はラチェットっていうのよ」ペンペンは言った。「ねえ、今日はあなたにとってほんとに悲しい日になってしまったわね」

「まあ、すごくすてきな日ってわけじゃなかった」ハーパーは認《みと》めた。「ほんとに置《お》いてかれるとは思ってなかったんだ。帰ってくるんじゃないかと思ってた。たぶん、今ももどろうかと思ってるんじゃないかな。ここに来る途中《とちゅう》は泣《な》いてたんだから、マディーは」ハーパーは、ピクニック・バスケットの中身をほとんどぜんぶ食べてしまった。最後《さいご》に残《のこ》ったヒマワリの種《たね》ひと袋《ふくろ》を、ハーパーは海岸から持ち帰っていた。ペンペンと話してみて、このお説教《せっきょう》はたいしたことはないとわかると、ハーパーは袋を開けて種をかじりはじめた。そしてその殻《から》を、鉢植《はちう》えのヤシの木の根もとに吐《は》き出した。

「そういうことをするのはよくないんじゃない」ペンペンは、大事にしているヤシの鉢を見ながら、やわらかい調子でたしなめた。「ほんとうに汚《きたな》らしくて感じが悪いわ。どうしてそんなことするの?」

「飲みこんじゃだめなんだよ」ハーパーは言った。「飲みこむ人もいるみたいだけど、そうすると種《たね》がおなかの中で芽《め》を出して育っちゃうんだってさ、マディーが言ってたよ。そんなの信《しん》じてないけど、でも、やっぱり種を飲みこまないほうがいいんだよ。腸《ちょう》の中に袋《ふくろ》みたいな小さいくぼみができることがあるんだ。知らないうちにできちゃうんだってさ。そこに種が入っちゃったら、いやじゃん。だからあたしは、種を噛《か》んだりもしない。ただ塩《しお》っけを吸《す》い取ってるだけなんだ」

「なるほどね」ペンペンは、やさしい口調《くちょう》を保《たも》ったが、ハーパーがもう一度、口に入った種を鉢《はち》の中に吐《は》き出したとき、かっとなって「やめなさい!」とどなった。ペンペンはめったに大声をあげたりしないので、どなってしまった自分におどろいた。

「やだ、孤児《こじ》に向かってどなんないでよ」ハーパーは、種をまた口に入れながら、落ち着きはらって言った。

「どなったりしてない。わたしはぜったいにどならない人間なの」自分のしたことがまだ信じられなくてペンペンは言った。「外に出てもう一度最初《さいしょ》から話しましょう。庭でだったら好《す》きなだけ種を吐き出していいわ」ふたりは屋敷《やしき》の横の庭に出た。そこにある日時計にハーパーは夢中《むちゅう》になった。「日時計の話は聞いたことはあったんだ。うちの庭にあったらいいなあと思ってた。これ、ほんとにちゃんと時間をさすの?」ハーパーは、日時計の矢をそっと手でさわりながら、ペ

郵 便 は が き

料金受取人払

神田局承認

2700

差出有効期間
平成18年5月
23日まで

101-8791

525

東京都 千代田区 神田多町 2−2

早 川 書 房

〈ハリネズミの本箱〉 編集部行

★切手をはらずに、そのままポストに入れてください。

お名前

（男・女　歳《さい》）

ご住所《じゅうしょ》（〒　　－　　）

学校名・学年 またはご職業《しょくぎょう》

これから出る新しい本の原稿《げんこう》を読んで、感想《かんそう》を書いてくれる人を募集《ぼしゅう》しています。やってみたいという人は、□に印《しるし》をつけてください。→ □

愛読者カード

あなたが感じたことを教えてください。
いくつ丸をつけてもかまいません。
むずかしかったら、おうちの人と相談《そうだん》しながら書いてもけっこうです。

このはがきが入っていた本の題名

どこでこの本のことを知りましたか？

①本屋さんで見た　②新聞・雑誌《ざっし》などで紹介《しょうかい》されていた
③広告《こうこく》を見た　④友だちや先生から聞いた
⑤おうちの人が買ってきてくれた
⑥その他（　　　　　　　　　　　　　　　）

どうしてこの本を読んでみようと思ったのですか？

①表紙やさし絵がきれいだったから　②題名《だいめい》がよかったから
③あらすじがおもしろそうだったから
④〈ハリネズミの本箱《ほんばこ》〉のほかの本を読んだことがあるから
⑤同じ作家《さっか》が書いた本を読んだことがあるから
⑥ほかの人にすすめられたから（だれに？　　　　　　　　　　　）
⑦その他（　　　　　　　　　　　　　　　　　　　）

この本を読んで、どうでしたか？

内容　①おもしろかった　②ふつう　③つまらなかった
表紙・さし絵　①よかった　②ふつう　③よくなかった

感想を何でも書いてください。

これからどんな本を読んでみたいと思いますか？

①ミステリ　②ＳＦ　③ファンタジイ　④冒険《ぼうけん》
⑤ユーモア　⑥こわい話　⑦感動的《かんどうてき》な話　⑧伝説《でんせつ》・神話《しんわ》
⑨その他（　　　　　　　　　　　　　　　）

協力《ょうりょく》どうもありがとうございました。
なたの意見をもとに、これからも楽しい本を作っていきます。

ンペンにたずねた。

「ええ、もちろんよ。太陽が出てるかぎりは」

「でも、動く部分がぜんぜんないのに、不思議《ふしぎ》だね」ハーパーは言った。

これを聞いてペンペンはおどろいた。「あら、動いてるのは地球なのよ、もちろん。これ、とってもいい日時計でしょ？　わたしのお父さんがイタリアで買ったものなの。みんなで大旅行に行ったとき」

「なにに行ったとき？」

「大旅行。ティリーとわたしは、ティーンエイジャーのときに一年くらい、ヨーロッパをまわる旅をしたの」

「わあ、あたしだってヨーロッパ行ってみたいよ。マディーとあたしはお金ないから行けるわけないいんだけどさ」

「ちょっと話がそれちゃってるみたい」ペンペンはつぶやいた。「腰《こし》かけてちょうだい」

「あ、そうだ、あの子の背中《せなか》のあれはなんなの？」ハーパーが言った。

「ハーパー、あなたに話したいのはね、あなたの認識《にんしき》がまちがってるってことなの」

「あたしの、なに？」

「ここは孤児院《こじいん》じゃないのよ。セント・シアズはここじゃないの。ここは〈グレン・ローザ荘《そう》〉よ」

それを聞いた瞬間《しゅんかん》にハーパーはだまりこみ、ペンペンをじっとにらんだ。まるで、マディソンに置《お》き去りにされたこの場所は、自分をバラバラに切り刻《きざ》んでドッグフードにする工場なんじゃないか、とでもいうような目つきだった。食用にもならない肉――マディー、それはあんたのことだよ、とハーパーは思った。「〈グレン・ローザ荘《そう》〉ってなに？」ハーパーは冷《つめ》たくきいた。

「わたしたちの家よ。わたしとティリーの。ラチェットはわたしたちの親戚《しんせき》の子で、夏休みだから遊びにきてるの」

「へえ、そうなんだ、親戚の子なんだ」ハーパーはなにも考えずにしゃべり、しゃべりながら理解《りかい》しようとしていた。「夏休みのあいだ、おばさんちですごしてるの？　すてきだねえ。で、夏が終わったら帰るんでしょ。じゃあさあ、あたしはここでなにしてんの？　夏が終わったらあたしはどうすんの？」

ペンペンの頭には、仏教《ぶっきょう》の考えをつらぬくことと、ラチェットの遊び相手を見つけることしかなかったので、そんなことまで考えていなかった。夏はやがて終わるのだということに、ここで初めてペンペンは思いいたった。そして、ラチェットは家に帰るのだ。そうしたらいったい全体、ハーパーをどうしたらいいのだろう？

「知らないわ」とペンペンは言って、ハンモックにいきなり腰《こし》をおろした。ハンモックはシバザクラの花壇《かだん》の上に吊《つ》ってあったので、おどろいたハチがちくりと刺《さ》した。ペンペンは叫《さけ》び声をあげて、氷で冷《ひ》やそうと家の中に走っていった。刺されたところに冷たい水をかけながら、ペンペンは考えた。戸口の前にあらわれた人を招《まね》き入れてみて、もしもその人がちっともすばらしくないとわかった場合どうしたらいいか、仏教《ぶっきょう》の教えではなにも言っていなかった。庭にもどってみると、ハーパーはハンモックに寝《ね》そべっていた。シバザクラの花が全部むしり取られていた。まいったわ、とペンペンは思った。そして少し昼食を作ろうと家の中に入っていった。

ティリーとラチェットが帰ってきたので、ペンペンは昼食をテーブルにならべた。ふたりは着《き》替《が》えにいき、ペンペンは、底《そこ》なしの胃袋《いぶくろ》を持っているみたいなハーパーに、いっしょに食べないかと声をかけた。そうして、四人でだまりこくって食べる、不愉快《ふゆかい》な昼食が始まった。ティリーは、態度《たいど》が悪くて無神経《むしんけい》なハーパーにいらいらしていた。ペンペンは、ハーパーのことをどうしたらいいか、どうやって出ていけと言ったらいいかわからず、ぜんぶ自分のせいだとくよくよ悩《なや》んでいた。ラチェットは、みんなが〝あれ〟のことを考えていると思って落ち着かず、〝あれ〟はやっぱりお母さんが言っていたように気持ち悪いものだったんだ、と動揺《どうよう》していた。ハーパーは、この中に自分のことを歓迎《かんげい》している人はだれもいないということがわかっていたので、前よりもっと失礼《しつれい》な態度を取ってやりたい気持ちになっていた。でも、だれも口をきかないために、失礼な態度を取る機会《きかい》がないのだった。みんなそれぞれ、自分の感情《かんじょう》の嵐《あらし》にのみこまれて途方《とほう》に暮《く》れていた。そこで電話の音が鳴り響《ひび》いたので、四人は飛《と》びあがった。

マディーの気が変《か》わったんだ、とハーパーは思った。

また、あのうるさいマートル・トラウトだ、とティリーは思った。

セント・シアズ孤児院《こじいん》が救《すく》いにやってくるんだわ、とペンペンは思った。自分を責《せ》めるあまり、ペンペンは、たぶんみんなの中でいちばんおかしくなっていた。

お母さんだ、とラチェットは思った。

電話を取ったペンペンは、セント・シアズ孤児院からの電話であってほしいと思いつめていたので、ヘンリエッタの声が聞こえてくるとびっくり仰天《ぎょうてん》して、無言《むごん》のまま、あたふたとラチェットに受話器《じゅわき》をわたした。

ラチェットが「もしもし」と言うとヘンリエッタが「まったくもう」と言った。「あのふたり、年取ってますますぼけてきたんじゃない？　〝もしもし〟も言わないんだから」

「そうかなあ」ラチェットは小声で言った。お母さんも気づいて、同じように小声でしゃべってくれないかと思ったのだ。しかし、ダイニングルームのテーブルのほうを見ると、だれも電話になんか注意を払《はら》っていなかった。三人は全員、テーブルを指でコツコツ叩《たた》いていた。

「電話したのはね、うちに電話してこないでって言いたかったからよ。このところ、あんまりうちにいないから。じつを言うとね、これから二、三週間はずっと留守《るす》にするのよ」

「へえ」ラチェットは言った。言われたことを理解《りかい》するまでの間《ま》が一瞬《いっしゅん》あった。「どこに出かけるの？　旅行に行くの？」

「さあ、どちらとも言えないわね。出かけるには出かけるんだけど、正確《せいかく》に言うなら旅行じゃないわね。どこに行くのかって？　どこに行くかっていうとね、女友だちのところに、たぶん二、三日ぐらい泊《と》まるのよ」

すごくうさんくさい話だった。そもそも、お母さんに友だちなんてものはいない。「女友だちってどんな人？」ラチェットはきいた。

「あなたの知らない人よ！」ヘンリエッタはぴしゃりと言った。「わたしの友だち全員を知ってるわけでもあるまいし。要《よう》するに、うちに電話してだれも出なくても気にしないでね、って言いたかったのよ。というか、電話しなくていいからね」

「どうせ電話なんかできないんだよ。ここの電話は、こっちからかけられないんだから」

「まあ、信《しん》じられない、頑固《がんこ》ばばあどもは電話をまだ直してないの？」

「うん」ラチェットは答えた。

「あなた、〝あれ〟は隠《かく》してるの？」

「うん」ラチェットは嘘《うそ》をついた。

「ならいいわ」ヘンリエッタは電話を切った。

「デザートがほしい人は？」ラチェットがテーブルにもどってきたところで、ペンペンが言った。だれも返事をしなかったが、それでもペンペンはプディングを持ってきた。みんなはお米のプディングのまわりのレーズンをしばらくつついていた。やがてペンペンが言った。「お母さんはなんだって？」

「ああ！」ラチェットはもう少しでレーズンにむせそうになった。「お母さんはね、うちにはいないから電話してこないで、って」

「どっちにしたって、ここからはかけられない、って言った？」ティリーがたずねた。

「うん。お母さんは女友だちのところに泊《と》まりにいくんだって言ってた」ラチェットはつづけた。

ペンペンとティリーはうなずいた。

「でも、お母さんには友だちなんていないのよ！」

ペンペンとティリーは、いぶかしげな顔をして見ていた。

「お母さんがわたしをここに来させたのは、ガンになったからじゃないよね？　お母さんは入院するんじゃないよね？」ラチェットは、ペンペンとティリーがなにか隠《かく》していないかとふたりの顔を見つめ、すがるようにたずねた。

「おやおや、ラチェット」ティリーが言った。「そんなことを考えてたの？　冗談《じょうだん》じゃないよ。もしお母さんがガンだって知ったら、あなたにちゃんと教えるよ。わたしたちが知ってるかぎりでは、ヘンリエッタは健康《けんこう》そのものだよ。女友だちのところに泊まるって言ってるんなら、たぶんそうなんだろう」

「だけどどうして、ちゃんとした自分の家があるのに、よそに泊まらなきゃいけないの？」ラチェットは悩《なや》みながら、なおもたずねた。

「たぶん、殺虫剤《さっちゅうざい》の燻煙《くんえん》でもするんだろう」ティリーが言った。

「でなきゃペンキ塗《ぬ》りとかね」とペンペン。

「そういうことなら、どうしてそう言ってくれないの？」

自分のライスプディングをがつがつと食べおわったハーパーは、あごにレーズンをくっつけたまま、ペンペンの前の手つかずのプディングのお皿をつかんでから、言った。「女友だちだなんて、そんなわけないじゃん！　ボーイフレンドができたんだよ」

みんなは食べるのをやめて、ハーパーを見つめた。なるほど、たしかにハーパーの言うとおりかもしれない。

ドクター・リチャードソンの長い片腕《かたうで》

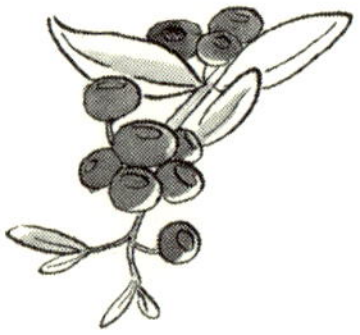

ヒマワリの種《たね》を植木鉢《うえきばち》に吐《は》き出したり、食事のときに自分の分プラスだれかの分まで平《たい》らげたりするだけではなく、ハーパーはまた、外の世界の新しい情報《じょうほう》をメニュート家にもたらしてもくれた。ひとりひとりを別々《べつべつ》に追いまわしたり、まとめてふたりを追いかけたりしながら、ハーパーは何日もかけて、インターネットでできるいろいろなことをティリーとペンペンに説明《せつめい》しつづけた。けれどもヘンリエッタにボーイフレンドができたという考えでティリーとペンペンの頭はいっぱいになっていた。どんな人なんだろう？　これで、夏休みにラチェットをここへよこした事情《じじょう》がわかってきた、とふたりは思った。しかし、ハーパーがインターネットで新聞が読めたり、カタログを見られたり、とにかくどんな情報でもパソコンから得《え》られると言っていることについては半信半疑《はんしんはんぎ》だった。

「そんなになんでもただで手に入るなんて、ありえないと思うけどね」とティリーは言ったが、ハーパーはおだやかにさえぎって話をつづけた。ハーパーはインターネットのことをなんでも知っていて、説明《せつめい》がとめどもなくあふれてくるのだった。学童《がくどう》保育の時間にいつもネット・サーフィンをやって長いことすごしていたからだ。でもマディソンは、コンピューターの話にいっさい興味《きょうみ》を示《しめ》さなかった。

ラチェットも学校でコンピューターを習っていたが、ハーパーほどくわしくはなかった。ハーパーのように放課後《ほうかご》に何時間もさわったりしていなかったからだ。ヘンリエッタがコンピューターなんか買うはずもなかった。そしてラチェットに、いつも学校が終わったらすぐ帰ってきなさいと言っていた。学童保育のお金を払《はら》いたくなかったし、ラチェットが友だちを作るのをいやがっていたのだ。

ティリーとペンペンはラジオさえ持っておらず、ましてテレビやパソコンなんか持っているわけがなかった。ハーパーは、「もしもメインがエイリアンに攻撃《こうげき》されたとしても、ティリーとペンペンだけ最後《さいご》まで知らないで取り残《のこ》されちゃう」と言った。

「そんなのを知るのは最後でけっこう」ティリーが言った。「最初に知ったからってなんの得《とく》があるのかね？」

ペンペンとティリーがハーパーとラチェットに語ったところによると、ブルーベリーのびん詰《づ》め作業《さぎょう》がいちばんいそがしかった時代には、今よりは外の世界との交流があった。それは、ビジネスがだんだん大きくなっていって、フィーブルズさんの助けが必要《ひつよう》になったからだ。フィーブルズさんは段《だん》ボール箱や、ブルーベリーソースを詰《つ》めるためのびんを持ってきたり、できあがった製品《せいひん》を車で運んでいって、代理人《だいりにん》として市場に出して売ったりしてくれた。フィーブルズさんは、世界情勢《じょうせい》について話すのが好《す》きだった。前にそういう勉強をしていたからだ。チャンスさえあれば、政治学者《せいじがくしゃ》になっていたんでしょうにね、とペンペンは言った。生活のために小売業《こうりぎょう》をせざるを得《え》なかったが、それでもフィーブルズさんはいつだって、世界情勢についての議論《ぎろん》をみんなにふっかけた。ティリーとペンペンはいつもフィーブルズさんを怒《おこ》らせていた。「なににたっても自分の意見がいっさいないのは、どうしてなんだ？」フィーブルズさんは激怒《げきど》してふたりに詰めよった。「知的《ちてき》な人間が意見を述《の》べて、それがまちがってるっていうんなら、まあ許《ゆる》す。でも意見がないっていうのはどういうことだ？」

「だって、あなたの言うことがまるっきりわからないのに、どうやって意見を持てばいいの？」ペンペンがのんびりと言った。

「あんたがたは最新《さいしん》の情報《じょうほう》を知るべきだ」フィーブルズさんは言った。

「なんで？」ティリーは気むずかしい顔で言った。「それでなんの得《とく》がある？　あなたの話を聞いてたら、近ごろじゃみんな、あらゆる人のあらゆることを知ってて、一秒の何分の一ごとに次々と新しいことが起こる、ってことらしいけど。そんなにたくさん情報があってどうするの？　なんの役に立つの？　おだやかで静《しず》かな時間がぐちゃぐちゃになるだけじゃない。あなたが話したとおりだとしたら、もうだれも静かな時間を持てないってことでしょ。ラジオなんてばかばかしい！　テレビなんて、もっとばかばかしい！　新聞も、雑誌《ざっし》も、みんなみんなばかばかしい！　なにもかも生半可《なまはんか》で通りすぎていってしまうみたい。くだらない情報《じょうほう》がバシバシと放たれて、人々はそれに撃《う》ち殺《ころ》されていく。情報は毎日毎日求《もと》められてる。みんなチャンネルを次々変《か》えて、次々と情報をほしがる。伝染病《でんせんびょう》だよ。口蹄疫《こうていえき》みたいなもんね。あなたがもう感染《かんせん》してるんじゃないといいけど。とにかく、うちの敷地《しきち》にはばい菌《きん》をばらまかないでほしいね」

「おもしろいご意見を、どうも」フィーブルズさんは言った。「ほんとに、あんたたちは変わり者だ」

「はいはい」ティリーが言った。「変わり者のメニュート姉妹っていうんでしょ。そう言われてるのは知ってる。ほら、でこぼこ道なんだから、ブルーベリーのびんを割《わ》らないように気をつけて走ってよね」

「わかったよ。で、お嬢《じょう》さんたち、新大統領夫人《だいとうりょうふじん》が作った新しいプランについて話したかな？」フィーブルズさんはそうたずね、政府《せいふ》が医療《いりょう》システムをどう改正《かいせい》しようとしているか説明《せつめい》したけれど、ティリーは「どっちにしろ病気にかかる予定は今のところないから」と言った。

「でもね……」ペンペンはラチェットとハーパーに向かって話しつづけた。みんなはポーチにすわり、ペンペンがあれこれと思い出を語るのに耳を傾《かたむ》けていた。しばらくはインターネットの話をしないでいてくれるように、ティリーとペンペンは、ハーパーにたえず食べ物をすすめていた。

ペンペンとティリーは、まるで幽霊《ゆうれい》のように静《しず》かで口数少ないラチェットの様子《ようす》に、だんだん慣《な》れてきた。けれども、正反対《せいはんたい》におしゃべりなハーパーとなると、同じようにはいかなかった。

「もうひとつイチジクを取りなさい、ハーパー。さっきのつづきだけど、そのティリーがやがてほんとうに病気になっちゃったの。フィーブルズさんが自分の頭に無理矢理《むりやり》あんなことを詰《つ》めこもうとしたせいだ、って言ってたけど。どんどん具合《ぐあい》が悪くなっていって、わたしはとうとうお医者さんを呼《よ》びにいかなければならなくなったの。ほんとうはいやだったけどティリーを家に残《のこ》して、車で町まで飛《と》んでいった。そのとき来てくれたのがドクター・リチャードソン。森の中の事故《じこ》のせいで、片方《かたほう》の腕《うで》がもう片方よりも八センチも長くなったお医者さんよ。自分が事故にあったわけじゃなくって、ほかの人の事故のせいなんだけど。

ある日ドクター・リチャードソンは、材木伐採現場《ざいもくばっさいげんば》にすぐ来てください、という電話を受けた。ひとりのきこりが枝《えだ》から落ちた拍子《ひょうし》に、上着の首のあたりが木にひっかかって宙吊《ちゅうづ》りになってしまったの。危険《きけん》な体勢《たいせい》でぶらさがったきこりを助けようにも、その下の枝から手をのばしてとどくほど背《せ》の高い人はだれもいなかった。救助《きゅうじょ》ヘリコプターも出ていたけれど、首がしまってしまう前に到着《とうちゃく》するのは無理そうに見えた。あきらめたみんなは、お医者さんにその場にいあわせてもらって死因《しいん》を証明《しょうめい》してもらおうと、ドクター・リチャードソンを呼んできたのよ。

ドクター・リチャードソンが大急ぎでかけつけたとき、そのきこりは奇跡的《きせきてき》にまだ生きていた。ドクターは、たぶん森いちばんののっぽね。身長二メートルで、エイブラハム・リンカーン大統領みたいに見えるの。ドクターはみんなを見て、きこりを助けられるほど背の高い人はだれもいないな、と思った。あいつはどうやってあんな高い枝《えだ》までのぼったんだろう——ドクター・リチャードソンが着いたとき、みんなはそんなことをあれこれ言いあいながら、まわりを取り囲《かこ》んで木を見あげ、立ちつくしていた。そのあいだにも、あわれなきこりの顔はどんどん青くなっていった。

『のぼるのを手伝《てつだ》ってくれ』ドクター・リチャードソンはそうどなって、木をのぼりはじめたの。『先生、もう無理《むり》でしょうが』地上から見あげていたきこりが言った。『あいつ、もう死にかけてますよ』

『なに言ってるんだ』ってドクター・リチャードソンは言った。『死んだかどうか判断《はんだん》するのはわたしだ。さあ、木にのぼるのに手を貸《か》してくれ』

そこでみんなはドクターに手を貸したの。きこりたちは、滑《すべ》らないようにスパイクシューズを貸してあげようと思ったけど、だれもドクターほど足のサイズの大きな者はいなかったし、もう時間もなかった。宙吊《ちゅうづ》りになっているきこりは虫の息だった。

『なにをしようっていうんです、先生？　その黒いバッグの中に、こういうときのためのもんが入ってるんじゃないんですか？』ドクター・リチャードソンの足が、木の上の茂《しげ》った枝の中にどんどん消えていくのを見て、きこりのひとりがそう言ったら、

『大バカ野郎《やろう》』とドクターは言ったの。『下から手をのばして、首まわりの上着がゆるむまで持ちあげるんだ。ヘリコプターが救助《きゅうじょ》に来るまでずっとそうしてるんだ。わたしなら……はあ、は

あ……』ドクターは、息を切らしてのぼりながら下に呼《よ》びかけた。『わたしなら、彼《かれ》の靴底《くつぞこ》に手がとどくから』だけど、やってみたら、八センチ足りなかったの。でも、そんなことでドクター・リチャードソンはあきらめなかった。左手で幹《みき》につかまり、右腕《みぎうで》を思いっきりのばした。つけ根《ね》からすっぽり抜《ぬ》けてしまいそうになるほどのばしたら、とうとうきこりの靴底にてのひらがとどいたの。そしてドクターは、きこりの首まわりの上着にたるみができるまで持ちあげた。そんな危《あぶ》なっかしい体勢《たいせい》のままドクターはバランスを取って、ヘリコプターが来るまで一時間も立っていた。ついにやってきたヘリコプターから、救助隊員《きゅうじょたいいん》が縄《なわ》につかまっておりてきて、きこりとドクター・リチャードソンの両方を助け出した。きこりは、首にすり傷《きず》ができた以外《いがい》は元気で、ひとりで歩いて帰ったけれど、ドクター・リチャードソンは病院に運ばれて（知らないうちに肩《かた》の靭帯《じんたい》を切っていたのよ）、退院《たいいん》したときには右腕が左腕より八センチ長くなってたの。そのことについてきかれると、いつもドクターはばかにしたように笑《わら》って、『黒いバッグの中身だと！　大バカ野郎《やろう》が！』って言うのよ。ドクター・リチャードソンっていうのはそういう人なの」ペンはようやく話を終えた。

ティリーは目玉をぐるりとまわしてみせた。

電話が鳴った。ラチェットは立ちあがって電話を取りにいった。お母さんは「しばらくかけられない」と言っていたはずだ。じゃあ、この電話はいったいだれからなんだろう。

「子猫《こねこ》ちゃん、元気？」電話の向こうでヘンリエッタが楽しそうに言った。

ラチェットは今までにお母さんから〝子猫《こねこ》ちゃん〟などと呼《よ》ばれたことはなかった。お母さんは病気かも、という思いがラチェットの心をよぎった。

「元気」ラチェットは用心ぶかく言った。

「電話しなきゃならなくなって。ハッチがわたしのために夕食を作ってくれたんだけど、そのときハッチに、いかにも母親らしいようなことを話しちゃったのよ。そしたら彼《かれ》、子どもに会えないのはさびしいだろう、って」

「だれ――」ラチェットは言いかけたが、ヘンリエッタは夢中《むちゅう》になってひとりでしゃべりつづけていた。

「ねえ、もちろんすばらしい毎日をすごしてるでしょうね。カヌーに乗ったり、泳いだり、焚《た》き火《び》の前で偉大《いだい》な作家について語りあったり。ペンペンおばさんは小説《しょうせつ》が大好《だいす》きなのよね？」

「カヌー？」とラチェットは言ったが、またヘンリエッタにさえぎられた。

「メインの夏――まるで小説の題みたいよね？　『すばらしい木々はだれのもの』って詩があったわね。ペンペンはどんな花を育ててる？　タチアオイを植えなきゃだめだって言っといてね。わたしがもしあの屋敷《やしき》の持《も》ち主《ぬし》だったら、庭じゅうをタチアオイでいっぱいにするわ。あらまあ、ハッチがテーブルに食事をならべてるわ。行かなきゃ」ヘンリエッタは電話を切った。

ラチェットは受話器《じゅわき》を持ったまま突《つ》っ立っていた。

「お母さんは元気なの？」ラチェットがテーブルにもどるとペンペンがたずねた。

「あんたがしゃべったことって〝だれ〟と〝カヌー？〟だけだったよ」ハーパーが言った。

元気、とも言ったんだけど、とラチェットは心の中で思った。

「あ、そうだ、あと〝元気〟って言ったね」ハーパーは会話を巻《ま》きもどしするように顔をしかめながら言ったが、そのあいだにも、職人《しょくにん》が仕事をするようにせっせと、テーブルの上のナッツを食べ進んでいた。

「ティリーはどこに行ったの？」ラチェットがたずねた。ペンペンがドクター・リチャードソンとはどういう人かをえんえんと話しはじめると、きまってティリーは部屋《へや》を出ていく。今もティリーは、横になって休もうと自分の寝室《しんしつ》に引きあげていった。そこでペンペンは、ラチェットもお母さんの電話の話題から離《はな》れたいだろうし、ティリーの監視《かんし》もなくなったし、と思い、またドクター・リチャードソンと出会ったときの話のつづきを始めることにした。

ディンク程度《ていど》の小さな町で常駐《じょうちゅう》のお医者さんがいるというのはめずらしいことだ、とペンペンは話した。ドクター・リチャードソンは、材木《ざいもく》会社と製材所《せいざいしょ》に雇《やと》われた救急医《きゅうきゅうい》だった。ドクターは、水虫から心の悩《なや》みまで、きこりたちのありとあらゆる相談《そうだん》に乗った。ドクターは森と、そこに住むあらゆる者について知りつくしていた。ペンペンいわく、封建《ほうけん》社会にたとえて言えば、ドクターはみんなを監督《かんとく》する森の王さまのような存在《そんざい》なのだった。ドクターは実際《じっさい》の年よりずっと若《わか》く見えた。倒《たお》れたヒマラヤスギの大木をぴょんと飛《と》び越《こ》えたり、枝《えだ》にはさまれてちぎれたきこりの指を引き抜《ぬ》くために木にのぼったり、いつも活動的だったからだ。森の中できこりたちが起こす事故《じこ》に対応《たいおう》するためには、機敏《きびん》さと、どんなすごい光景《こうけい》にも動じない神経《しんけい》が必要《ひつよう》だった。

ドクター・リチャードソンはその両方をそなえていた。ティリーとペンペンが初めてドクターに会ったのは、ティリーが病気になり、ペンペンが半狂乱《はんきょうらん》で町まで車を飛《と》ばしていったときだった。ドクターは奥《おく》さんといっしょにコーヒーを飲んでいるところだったが、すぐに家を出て、ペンペンの車に乗りこみ、助手席にすわった。一キロほど来たところでドクターはペンペンに、運転を交代しよう、と言った。

「今興奮《こうふん》してるせいでこんな運転してるの、それともいつもこうなの？」ドクターはペンペンにたずねた。

「両方よ」ペンペンは正直《しょうじき》に答えた。「ティリーもわたしも、運転をちゃんと教わったことなんかないの。特《とく》にわたしはあんまり練習したことがなくって。わたしよりうまいティリーが、たいていハンドルを握《にぎ》ってるのよ」

屋敷《やしき》につくまでのあいだ、ペンペンとドクターは、ほとんどずっとだまっていた。ただ一度だけ、ドクター・リチャードソンがこう言った。「あのクマたちはいったいなに？」

「ブルーベリーのせいで出てくるんじゃないかしら」ペンペンが言った。

「ああ、あなたたちがブルーベリー・レディーズなのか」ドクター・リチャードソンは、新たな興味《きょうみ》がわいたようにペンペンを見ながら言った。

「わたしたち、その呼《よ》び名は大嫌《だいきら》いよ」とペンペン。「もうひとつ、変《か》わり者のメニュート姉妹というのもあるみたいで、もしどうしても呼《よ》び名が必要《ひつよう》だっていうんなら、そっちで呼ばれるほうがまだいいわ。どうしてこんな森の奥深《おくふか》くにふたりきりで住んでるのか、みんなには理解《りかい》されてないのよね」

「わたしは森が好《す》きだよ」ドクター・リチャードソンは言った。「ボストンにいる医者たちには、どうしてこんなところで仕事をしているのか理解してもらえないんだ。みんなわたしのことを変《か》わり者だと思ってる」

ペンペンはこれを聞いてドクターがとても好きになった。ティリーを診察《しんさつ》するドクターを見たらますます好きになった。

ドクター・リチャードソンはティリーの寝室《しんしつ》に、ちょうどいいだけの時間いた。診察《しんさつ》や治療《ちりょう》をするにはじゅうぶんな時間だったけれど、ここに引《ひ》っ越《こ》してくる気かと心配になるほど長い時間ではなかった。そして、ティリーにやさしく治療してもらっていると感じさせるだけの思いやりは見せたけれど、なれなれしくしたり、うるさがらせたりはぜんぜんしなかった。

診察を終えたドクターは、バッグを手に持って階段《かいだん》をおりてきた。階下ではペンペンがそわそわと歩きまわっていた。

「心臓発作《しんぞうほっさ》を起こしたんだ」ドクターが言った。

「まあ、なんてこと」とペンペン。

「あの年なら、別《べつ》におどろくことじゃないけどね」

「わたしにとってはおどろきなの、ごめんなさい」ペンペンは言った。「そんなこと思ってもみなかった。身近な人が心臓発作《しんぞうほっさ》を起こすなんて、ふつうは考えてもみないでしょう。フィーブルズさんは別《べつ》として」

「あの人？　うーん。あの人はまだ若《わか》いだろう」

「でも太ってるわ」ペンペンは言った。「社会問題のことを話してる最中《さいちゅう》に、顔が真っ赤になることがあるし」

「でもまだ八十歳《さい》ってわけじゃないからね。言いたいことはわかるけど」ドクター・リチャードソンは言った。「まあ、ショックだろうね。一杯《ぱい》飲みなさい」

「いらないわ。ティリーは飲むけど、わたしはあんまり飲まないの」

「そうか、わかった。じゃあ、わたしがもらってもいいかな」

ペンペンは洋酒棚《ようしゅだな》のほうへ行き、鍵《かぎ》をガチャガチャさせて開けると、ドクターにシェリーをついだ。ドクターはそれを見て、「これがきみたちの言うお酒か。ほーう！」と言い、一気に飲み干《ほ》した。

「もう一杯いかが？」ペンペンがたずねた。

「いや、もういい。運転しなきゃならないから」ドクターは意味ありげに言った。

「まあ先生、帰るの？　わたし、今ティリーを置《お》いていきたくないんだけど」

「だいじょうぶ」ドクター・リチャードソンは言った。「妻《つま》に電話して、車で迎《むか》えにきてもらう」

「うちの電話、かけられないのよ」ペンペンは言った。「こっちから発信《はっしん》できない電話なの」

「そんなの聞いたことないな」ドクター・リチャードソンはあきれた。

「でもほんとうにそうなの。昔、わたしたちのお父さんにとっては、そのほうがよかったの。そのときには、ティリーが心臓発作《しんぞうほっさ》を起こすなんて予想《よそう》もしてなかったでしょうから。当時、ティリーはまだ十二歳《さい》だったんだもの」そう言ってからペンペンは、ティリーのもつれた髪《かみ》の毛やしわを思い浮《う》かべて急にはっとした。そして、ティリーはもう若《わか》い娘《むすめ》ではないんだと今初めて気づいたように、涙《なみだ》ぐんだ。老人《ろうじん》になってきて、白髪《しらが》が出たり腰《こし》が曲がったりするのも、最初《さいしょ》のうちはおもしろい変化《へんか》だと思っていたけれど、今ではもう目新しくも楽しくもなかった。若いころにはもどれないのだ。けっしてもどれないのだ。若さは消え去ってしまった。森に囲《かこ》まれて静《しず》かに暮《く》らしているうちに、だれにも見いだされないまま、若さは期限切《きげんぎ》れになっていた。時がすぎてもだれにも気づかれないなら、無駄《むだ》に時をすごしていたのかしら。ペンペンはそう思った。そして、二階《かい》で寝《ね》ているティリーも、今、とつぜんそう思ったんじゃないかと感じた。「先生を送っていくわ。どうせやることもなくてひまだし。さあ、今すぐ出ましょう。帰りが遅《おそ》くなるのはいやなの。ティリーが暗い中、つらい思いをしながらひとりぼっちでいるなんて、いやなのよ」

「もし、またこういうことが起きたら、すぐにアスピリンを与《あた》えるように。わかったね？」

「痛《いた》み止めのために？」

「いや、血栓《けっせん》を溶解《ようかい》させるためだ」

「けっせん？」

「まあ、とにかく飲ませることだけ忘《わす》れずにね」

「発作《ほっさ》を起こしたかどうか、どうやってわかるの？　今回もよくわからなかったけど」

「少しでもあやしいなと思ったら飲ませるように。どうせ害《がい》にはならないから。たしかにあなたの言うとおり、ティリーの心臓《しんぞう》発作は外から見てもわかりにくい。今までにも起こしてるだろうし、これからも起こすだろう。もっと激《はげ》しい発作が起きていても、あなたに言わなかったのかもしれないし。だからあなたが気をつけているしかないんだ」

　ドクター・リチャードソンが運転して、ふたりの乗った車はドクターの家にもどった。帰り道、ひとりになったペンペンは、とてもさびしい気持ちになって家まで運転していった。でも、もし自分たちが元気な家族に囲《かこ》まれて暮《く》らしていても、同じように感じただろう、とペンペンは思った。災難《さいなん》が起こった家に帰っていくときは、だれだってさびしい気持ちになるものだ。

　ティリーはその後二、三年間のうちに、また何度か心臓発作を起こした。そのたびに、ペンペンはティリーにアスピリンを飲ませ、そわそわと部屋《へや》の中を行ったり来たりしてから、ドクター・リチャードソンのところに行った。ドクターはもう、ペンペンの車には乗らず、そのうしろから自分の車でついていくことにしていた。ティリーは、心臓発作を起こすたびに弱っていったが、ペンペンもドクター・リチャードソンも〝入院〟などというばかなことは言いださなかった。ペンペンはドクターが往診《おうしん》に来ることがとてもうれしかった。そしてある日、自分がドクターに片思《かたおも》いの恋《こい》をしていることに気づいた。ティリーがまた心臓発作《しんぞうほっさ》を起こしたおかげで、ドクターが二年ぶりに往診してくれたときには、ほとんど喜《よろこ》んでいた。二十歳《さい》も年下の男性《だんせい》に、しかもこの年になって恋をするとはと、ペンペンはおどろきながらもうきうきしていた。

「わたしのほうも心臓発作を起こさないのは変《へん》だと思わない？」ドクターにシェリーを出しながらペンペンはたずねた。ドクターは、いつものようにグラスの中を見て、ウイスキーでないことをばかにするような顔をした。

「どうして変なんだい？」次の発作が起きるまでは来ないであろうドクター・リチャードソンは、かばんの中身をしまって帰るしたくをした。

「ティリーとわたしはなんでも同じなのよ。双子《ふたご》だから。いつもふたりで同じことをしてるの」

「双子だなんて思いもしなかった。もちろん、一卵性《いちらんせい》じゃないよね」

「ええ。ぜんぜん似《に》てないでしょ、チョークとチーズぐらいちがってる」

「そのとおりだね」

「でもわたしたち、ふたりいっしょに死ぬ予定なの」そう言ってから、（でもわたしよりティリーのほうがずっと早く死にそうだ）と思ったら、ほおの上をつーっと涙《なみだ》が流れてしまい、ペンペンは恥《は》ずかしくなった。「なのに、ティリーのほうがわたしよりずっと具合《ぐあい》が悪そう。わたしより早く年をとってしまったのね」ペンペンはいつも、ティリーよりも自分のほうがずっと若《わか》く見える、とひそかに思っていた。ティリーの死が近づいていることを考えたら、またペンペンのほおを涙《なみだ》が伝《つた》った。ドクター・リチャードソンは、わたしのことをティリーより何歳《さい》ぐらい若《わか》いと思っていたんだろう、と考えながら、ペンペンは涙を拭《ふ》いた。

「いや、わからないよ」ドクターは言った。「あなただって、急な心臓発作《しんぞうほっさ》や動脈硬化《どうみゃくこうか》を起こす可能性《かのうせい》はある。ティリーの場合のように症状《しょうじょう》が少しずつあらわれるのとちがって、そういうのを起こしてばったり倒《たお》れ、そのままおしまいということもあるんだ。ティリーのような発作を起こしたあと何年も生きる例《れい》はたくさんあるけど、問題は、より過酷《かこく》に働《はたら》かなきゃいけなくなった心筋《しんきん》が、少しずつ傷《いた》んでいくことだ。ティリーに浮腫《ふしゅ》が出てないか気をつけて見てほしいな」

「ふしゅ?」とペンペンは言ったが、じつは思いは別《べつ》のところにあった。ひどい心臓発作が起こって明かりが消えるようにとつぜん死んでしまう、ということで頭がいっぱいだったのだ。そんなことを考えたことはなかった。自分がとつぜん、ぽっくり死んでしまうかもなどとはっきり言われて、恋に浮《う》かれた楽しい気分は消えてしまった。ペンペンはうなだれた。

「水分がたまってしまうのが浮腫だ。心臓のポンプ機能《きのう》が弱るとそうなる。すると全身がだめになってしまうんだ」

「気をつけるようにするわ」ペンペンは弱々しく答えて、帰っていくドクターを見送った。

ラチェットは、このときペンペンがドクター・リチャードソンについて長々と語ったことを、あとになって不思議《ふしぎ》に思った。というのは、その日の午後、昼寝《ひるね》していたティリーが目をさましたあと、またドクターの話が出たのだ。ドアをノックする音が聞こえ、ティリーが開けに行ってみると、知らない人がそこに立っていた。ティリーはマディソンに会ったことがなかったし、もうマディソンはカナダに行ってしまったか、向かっている途中《とちゅう》だと思っていた。それで、「急にだれも彼《かれ》もがディンクの先の曲がり角をまちがうようになったのか」と思った。ドアを開けたのがペンペンではなく自分でよかった、とティリーは思った。どの部屋《へや》もお客でいっぱいになってしまっては困《こま》る。

「曲がる道をまちがえたんだよ！　ほらもどって！　もどって！」ティリーは、おどろいているマディソンにそう言った。おそらく、これまでの短い人生でおどろくようなことばかり経験《けいけん》してきたであろうマディソンは、「ハーパーを迎《むか》えにきたんだけど」と言った。

「おや」ティリーが言った。「あなたがハーパーの……あー、保護者《ほごしゃ》だね」

「そう。ハーパーに言ってもらえない？　荷物《にもつ》をまとめて……」

ティリーはうなずいて、マディソンを玄関《げんかん》のベンチにすわらせ、ハーパーをさがしに行った。ペンペンがやってきてマディソンの姿《すがた》を見つけ、「まあ、まあ、もどってきたの」と言った。

「うん、ハーパーを迎えに」

「ああ、よかった、それがいちばんだと思うわ。車を走らせてくうちに、あの子がいないとさびしいってわかったんでしょう？　子どもと離《はな》れるなんてやっぱり簡単《かんたん》なことじゃないわよね」

「うん、そう」マディソンは鼻を拭《ふ》きながら言った。風邪《かぜ》をひいていたのだ。「いや、じつはどこにも行ってないんだけど。ここにハーパーを置《お》いたあと、森を通ってくとこでクマが一匹《ぴき》飛《と》び出して、車の前にドシンとぶつかってヘッドライトを壊《こわ》しちゃって。正直《しょうじき》言って、すごくビビった。それで町に行って、修理屋《しゅうりや》で直してもらってたら、おなかが痛《いた》くなってきちゃって。それでしゃがみこんでたら、修理屋の奥《おく》さんが、町の医者を呼《よ》んでくれて」

「ドクター・リチャードソンね」ペンペンが言った。

「そうそう」

「すてきな人でしょ」

「さあね。その医者があたしを自分のとこに連れ《つ》てって診察《しんさつ》して、血圧《けつあつ》があがってるって言うわけ。これからは一日の半分ぐらいは寝《ね》てろ、って。運転も禁止《きんし》だって。そうじゃないと、カナダに行く途中《とちゅう》で未熟児《みじゅくじ》が生まれちゃうって。だから今、あたしは町の民宿《みんしゅく》に泊《と》まってるの」

「ディンクの？」

「うん」

「民宿ってだれのところかしら」

「それで、どうせこのあたりにいるんだったら、ハーパーといっしょにいてもいいかなと思って」

「ああ」

「宿代《やどだい》、あんまりないんだけどね」

ペンペンがまた思いついて言った。「じゃあ、あなたもここに泊《と》まる？　あなただって戸口の前にあらわれた人なんだからねえ」

「いや、やめとく」マディソンは言った。「言っちゃ悪いけど、ここって、なんだか不気味《ぶきみ》な感じがするんだよね」

ハーパーとティリーがやってきた。ハーパーは自分のスーツケースを持って、ほっとした表《ひょう》情《じょう》をしていた。

「まあ、とにかく、この子をあずかってくれてありがと。ハーパー、なんか言いなさいよ」そう言って、マディソンは片手《かたて》でおなかをおさえながら立ちあがった。

「なんであたしがなんか言わなきゃいけないの？」ハーパーは言った。「あたしがここに来たいって言ったわけじゃないのに」

「なんか言えってば、ハーパー！」

「じゃあね」ハーパーはそう言って、スーツケースを持ちあげた。

ハーパーとマディソンは、だまりこんだまま、ポーチの階段《かいだん》をおりて出ていった。

夕食の席《せき》で、ペンペンはティリーに言った。「ハーパーはまるで〝説明《せつめい》なんか必要《ひつよう》ない〟っていうような顔をしてたわね。マディソンがなにも言わなくてもわかる、っていうような」

「こういうことになるかもしれない、って思ってたんだ」ふた切れ目のチキンを噛《か》みながらティリーが言った。ハーパーが去ったせいか、おおいに食欲《しょくよく》がわいてきたのだった。「結局《けっきょく》、ハーパーの母親だかおばさんだか、なんでもいいけどあの女が引き取ると言ったら、ハーパーはそれにしたがうしかないってことかねえ？　ハーパーにだって、自分で選《えら》ぶ権利《けんり》があるはずなのに。なにも永久《えいきゅう》にうちのお客でいてほしいとは言ってないけど、でも、もう一度言うと、ハーパーには選ぶ権利があるはずだ。あの女があっちこっちで好《す》きなようにハーパーを放り出すなんて、そんなのはだめだ」

「まあね、ここにハーパーを置《お》いていったのは、一時の気の迷《まよ》いだったんでしょう。だれでもそういうまちがいはおかすわ。もうハーパーを放り出すなんてことしないわよ。あの人のレーダーになにかがビビッとひっかかって、あんなことをしただけよ。だれだって、ときどきそういうまちがったことに走ってしまうものよ。それに、あの人は妊娠《にんしん》してるんだもの。妊娠すると多少頭がおかしくなるもんでしょう」

「わたしはまちがったことに走ったりしないね。こんなことはやっぱり許《ゆる》されない」ティリーは断固《だんこ》としてそう言ってから、洋酒棚《ようしゅだな》のほうに行って、クリーム・ミント・リキュールを取った。

「あの女はまたハーパーを捨《す》てるんじゃないかってわたしは心配してるんだよ。今度はケベックに行く途中《とちゅう》の路上《ろじょう》なんかでさ。夜中にそんなことを考えたら、気が気じゃなくなって眠《ねむ》れなくなるよ。頭にくるね」

「わたしだって心配だけど」ペンペンは汚《よご》れた食器《しょっき》をガチャガチャと持って立ちあがった。「でも、わたしたちにはどうしようもないでしょう」

しかし、ふたりが心配する必要《ひつよう》はなかった。二日後にハーパーはもどってきた。車が庭に入ってきた音が聞こえたので、ラチェットが寝室《しんしつ》の窓《まど》から外を見ると、おんぼろのセダンから、マディソンらしい女の人がおりてきた。とても大きなおなかをしていて、ちょっと様子《ようす》がおかしかった。肩《かた》までの長さの髪《かみ》の毛が顔のまわりでもつれていて、しきりと「クマ、クマ、クマ」とつぶやいていた。そしてバタンとトランクを開け、ハーパーがスーツケースを出すのを待っていた。

それから車に乗りこんでバタンとドアを閉《し》め、走り去っていった。ハーパーは屋敷《やしき》を見つめて庭に突《つ》っ立っていた。ティリーは昼寝《ひるね》をしているし、ペンペンは専用《せんよう》の作業服《さぎょうふく》を着てミツバチの世《せ》話《わ》をしにいったなあ、とラチェットは考えた。ミツバチの世話に興味《きょうみ》を持ったラチェットは、巣《す》箱《ばこ》のところに行って手伝《てつだ》わせてもらおうかと思ったのだが、迷惑《めいわく》かもしれないと遠慮《えんりょ》していたのだ。ハーパーはいつ家の中に入るんだろう、と見ていたが、いつまでも庭に突っ立ったまま、ぼんやりしていた。ラチェットはため息をついて一階《かい》におりていき、ポーチに出た。だまっていたけれど、ラチェットは、お母さんとふたりの生活とちがって、自分に注目が集まるここでの生活に慣《な》れつつあったのだ。でも騒々《そうぞう》しいハーパーが来てからというもの、ラチェットの影《かげ》は薄《うす》くなっていた。ラチェットはなんとなくそれが不満《ふまん》だった。

ハーパーは、ラチェットが見ているとは気づかずに、手の甲《こう》で鼻を拭《ふ》いていた。ラチェットは、なにを言おうか考えながら立って見ていた。ハーパーはふと視線《しせん》をあげてラチェットに気づき、大声を出した。「なによ！　そんなとこで見てんの!?」

「ティリーは昼寝《ひるね》してる。ペンペンはハチのところにいる」

「あっそう」とハーパー。「ただいま、みたいな感じかな」ハーパーはスーツケースを引きずって庭を横切り、ポーチにのぼって椅子《いす》にすわった。「飢《う》え死《じ》にしそう。お昼を食べてないんだ。デイリーからずっと車に乗りっぱなしだったし」

「デイリーでなにしてたの？」ラチェットがたずねた。

「ほかの医者にみてもらいにいってた。デイリーにも医者がいるってマディーが聞いてきたから。マディーはもう寝てるのがいやになったんだって。民宿《みんしゅく》にずっといるとお金がものすごくかかるしね。民宿のおばちゃんは〝ぼったくり〟だってマディーが言ってた。部屋《へや》にシャワーやトイレもついてないのに、一日二食つき十五ドルは高すぎるって。それに、おばちゃんは『板張《いたば》りの床《ゆか》の上で破水《はすい》して、水びたしにしたりしないでちょうだい』なんて言ったんだよ」

〝破水〟というのがなにかラチェットにはわからなかったが、危険《きけん》なことなんだろうという感じはした。

「マディーはまたまた『どんなにあたしを愛《あい》してるか』ってずっと言ってた。あんなふうに置《お》いていくのがどんなにつらかったか、とかね。泣《な》いたりもしてたよ。あたしは別《べつ》に、置いていかれてもおどろかなかったんだけどね。ただ、こんなのまちがってる、とは思ってたけど。最初《さいしょ》にここを出てくマディーの車を見ながら、『すごくまちがってる』ってひそかに思ってたんだ」

ラチェットはだまってきいていたけれど、マディソンがハーパーに〝愛《あい》してる〟と言ったときから、ハーパーをこうやってまた〈グレン・ローザ荘《そう》〉に連《つ》れてくるまでのあいだに、いったいなにが起こったんだろうと思った。ハーパーはラチェットを見つめ、まるで心を読んだように言った。「水着がほしいってあたしが言ったのが悪いんだ。マディーは、デイリーまであたしを連れてった。ドクター・リチャードソンがひとりで運転したら危《あぶ》ないって言ってたからね。ふたりで車に乗ってたとき、あたしは『水着を買ってくれないかなあ』って言ったの。小さいときはマディーがまだ工場で働《はたら》いてたから、あたしは水泳教室に行かせてもらってた。でも、マディーが失業《しつぎょう》して、短期のアルバイトしか仕事がなくなったんで、あたしは水泳教室をやめさせられたんだ。学校の水泳部に入ればただなんだけど、水着は必要《ひつよう》なわけ。だから何度も何度もマディーにたのんだのに、マディーは『ぜいたくだ』って言って買ってくれなかった。たかが二十ドルの水着なのに、ダイヤモンドの指輪《ゆびわ》かなにかみたいな言い方しちゃって。だから、あたしはベビーシッターのアルバイトをしてお金をためようとした。でも、行った家の親が、うちの子どもたちはあんたが嫌《きら》いだ、って言うんだよ。鼻くそほじってるしょうもないガキどものくせに。で、そのあと仕事が来なくなっちゃった。まあとにかく、デイリーに行く車の中で、マディーは浮《う》かれてたの。これから診《み》てもらうお医者さんが、高血圧《こうけつあつ》のことでちがう診断《しんだん》をしてくれるんじゃないか、って思ったら興奮《こうふん》しちゃって、上機嫌《じょうきげん》になってたのね。だからあたしは、もし水着があったらあのおばあちゃんたちと泳げたのに、あたしは水着を持ってなかった、って言ってみた。そうしたらマディーは、じゃあ水着を買いに行こう、新しいお医者さんに診《み》てもらったあとは民宿代《みんしゅくだい》を節《せつ》約《やく》できるんだから、その分お金を使える、水着だけじゃなくて自分の産後《さんご》の洋服なんかも買えるかもしれない、って言った。マディーはおさがりのマタニティー服にもううんざりしてたんだよ。それでマディーはあたしに一ドルわたして、スーパーの中のファーストフード屋でアイスクリームかなにか買っていいって言った。あたしがさっそくそこに入っていって、席《せき》にすわってポテトを食べてたら、マディーが飛《と》びこんできて、あたしの前にすわって、いきなり『もう行かなきゃ』って言うわけ。だから『あたしの水着は?』ってきいたらマディーが『水着水着って、もうたくさんだよ』ってどなった。あたしに物をねだられるのがいやになっちゃったんだ。ていうか、あたしがいやになったんだね。それでおしまい。あとはもう、帰り道ではマディーは口もきかなかった。『やっぱり血圧《けつあつ》が高かったんでしょ?』ってあたしがきいてもなかなか返事しなかった。やがて『そうよ、それはね、こういうののせいよ』って言った。血圧があがるから興奮《こうふん》したり怒《おこ》ったりしちゃいけないのに、あたしがマディーを怒らせるから悪いんだって。だから、生まれてくる赤ちゃんの健康《けんこう》のために、あたしはこの屋敷《やしき》にしばらくいなさいってことになった。そのあいだにマディーはこれからどうするかゆっくり考えるんだって。そう言ったあとは、マディーは、クマが飛《と》び出してくるんじゃないか、ってことで頭がいっぱいになって、目を見開いてまばたきもしないで運転してた。まったく、妊婦《にんぷ》って頭おかしいよ。あたしはぜったいに妊娠《にんしん》なんかしたくない」

そう言うと、ハーパーは家の中に入り、この前泊《と》まっていた部屋《へや》にあがっていって、スーツケースをドシンと置《お》いた。それからひざ上で切ったジーンズとTシャツという姿《すがた》でおりてきて、「さあ、このかっこうで泳ごうっと。あんたも来る?」と言った。

ラチェットは首を振《ふ》って、読みかけの本を手に取った。ハーパーにわたしの水着を貸《か》してあげて、わたしはジーンズとTシャツを借《か》りて泳げば、おたがいに大喜《おおよろこ》びだ、と思ったけれど、そんなことをしたら買ってくれたティリーとペンペンに失礼《しつれい》というものだろう。

夕食のあと、ハーパーがさっきと同じ話をもう一度ティリーとペンペンに向かって話した。ふたりは、ハーパーがもどってきたのを見ても、少しもおどろいていない様子《ようす》だった。ペンペンは言った。「当然《とうぜん》、そのデイリーのお医者さんも同じことを言ったんでしょ! ドクター・リチャードソンは名医なんだから」

ティリーはまたか、という顔をして、クリーム・ミント・リキュールを二杯《はい》、すばやく飲み干《ほ》した。そしてラチェットに「今日の午後はなにをしてたの?」ときいた。

「図書室で見つけた『虚栄《きょえい》の市《いち》』っていう本を読んでたの」

ラチェットが話をしようとすると、ペンペンがさえぎった。

「ああ、あの本はわたしも大好《だいす》きよ。そうねえ、三回は読んだかしら、いや、もしかしたらもっと……」

ハーパーがそれをさえぎった。「あたしは、何度も読むなんてばかなことしない。そんなの無《む》駄《だ》じゃないの。どういう終わり方だか知ってんのに読むなんて」

「ペンペンはお父さんのたくさんの蔵書《ぞうしょ》をすべて三回ずつ読んでるんだ」ティリーが言った。

「四回読むこともあるわよ」ペンペンが言った。「五回ってこともある。本棚《ほんだな》の本をぜんぶ読んで、それからまたAのところにもどって読むの。お父さんは本棚の本をアルファベット順《じゅん》にならべてたから、今もそのままのやり方で整理してるのよ。でも二度目に読むときは、なにが起こるか知ってるから、あっという間《ま》に読みおわっちゃうのよね」

「町の図書館に行って、新しい本を借《か》りてくればいいじゃない」とハーパーが言った。「ディリーには図書館があるよ。お医者さんに行くときに前を通ったから知ってる」それからペンペンとティリーのぼうっとした顔を見て、「やだなあ、またインターネットのときみたいに説明《せつめい》しなきゃいけないの？」と嘆《なげ》いてみせた。それから、図書館のしくみをふたりに向かってていねいに説明しはじめた。説明が終わるとペンペンが言った。「あら、そんなことはできないわ。ただで持ち出すだなんて。泥棒《どろぼう》みたいじゃないの」

「楽しいことはなんにもやらないわけね」ハーパーはそうつぶやくと、ラズベリー・ケーキの最《さい》後《ご》のひと口を怒《おこ》ったように口に入れた。

「一カ月に一回ぐらいだったら、ディリーに本を借りにいけるかしらね、ティリー？」ペンペンは自《じ》信《しん》なさそうにたずねた。

「ディリーは遠いから、すごく時間がかかる。特《とく》に冬は。ここのわき道が、長いこと通れなくなってしまうんだ。だから食料品《しょくりょうひん》だって一度にいっぱい買いこんでおかなくちゃならないでしょ」ティリーが言った。

「じゃあ夏に行けばいいわ。あと、秋にも」

「ああ、ペンペン、どうぞお好《す》きなように」

「でも運転するのはあなたでしょ、ティリー」

「あっ、そうだ、運転っていえば、ペンペン、いつこの子たちに運転を教えるの？」ティリーがたずねた。「ラチェットに運転を教えなきゃ、ってずっと言ってたよね。ハーパーがもどってきたんだから、ふたりいっしょに教えたらいい。明日から始めたらどうかな？」

「あらそうね、それがいいわ」ペンペンが自分のカップにお茶のおかわりをつぎながら答えたが、お茶はテーブルクロスの上にどんどんこぼれていった。

「運転なんて、かっこいい！」ハーパーが言った。

ラチェットはなにも言わなかった。運転なんか習いたくない。運転そのものは別《べつ》にいいとして、ほかの人を乗せるなんて、責任《せきにん》が重そうでいやだった。もし溝《みぞ》に落ちてしまって、そこにクマがやってきたら？

それから、みんなはベッドに入った。ラチェットの夢《ゆめ》には、たくさんのクマや、たくさんのお医者さんや、たくさんの赤ちゃんが出てきた。赤ちゃんたちは小さな水着を着て、小さな車を運転していた。

ガーデニングの帽子《ぼうし》

翌朝《よくあさ》、ラチェットはいつもより早く起きた。夜明けとともに目ざめて牛の乳《ちち》しぼりをし、ミルクを分離《ぶんり》させてクリームをとる。この仕事に、ラチェットはすっかり慣《な》れてしまった。最初《さいしょ》のうち早起きはつらかったが、今ではもう、昼間たくさん動いて海の風に吹《ふ》かれれば、夜はすぐに眠《ねむ》れるようになったのでだいじょうぶだ。ひとりでいられる朝の時間が、ラチェットは好《す》きになってきた。ここでの生活でいまだに慣れることができないのは、いつでも人に囲《かこ》まれているということだ。これまでは、お母さんとふたりきりか、または自分ひとりでいることが多かった。ここではまわりにいつも人がいて、食事だっていつもみんなといっしょにする。それがラチェットにはとても疲《つか》れることなのだった。自分ではなにも言わなくても、会話の流れについていかなくてはならないし、みんなのやっていることにも気を配らなければならない。でも朝は、とても静《しず》かだ。やかましくドタバタした一日が始まる前の、宇宙《うちゅう》でたったひとりきりというような静かなひ

とときまるで、世界が少しずつ動く音が聞こえてくるような、まるで、騒音《そうおん》にまみれる前の一日の、そのみなもととなる場所におり立ったような、そんな気がした。

今朝《けさ》、ラチェットが起きたときは、まだ日も出ていなかったし、ペンペンの老《お》いぼれのニワトリもまだときの声をあげていなかった。まだ暗い中、ラチェットはベッドのはしに腰《こし》かけていた。ベッドの横の時計は四時半をさしていた。あと三十分で日がのぼるはずだ。今日はハーパーといっしょにペンペンから運転を習う日だったが、ラチェットはぜんぜんうれしくなかった。運転席《うんてんせき》にすわりたくもなければ、ハーパーの運転する車に乗りたくもなかった。あのハーパーが運転する車には、だれも乗りたがらないだろう。

ラチェットは家から出て、早朝のばら色の光の中を歩いていった。牛の乳《ちち》をしぼり、牛小屋を掃除《そうじ》し、クリームを分離《ぶんり》しおえたころには、ラチェットはすっかりいやな気分になっていた。ティリーの作る朝食のオートミールを食べるのがいやだったのだ。食べないのが正解《せいかい》だ。ティリーは、ラチェットが乳しぼりをするようになって自分の仕事がひとつ減《へ》ったことに負《お》い目《め》を感じていた。ラチェットは早起きも乳しぼりも好《す》きでやっているだけなのに、ティリーはそれを申《もう》し訳《わけ》ないと思っていたのだ。ハーパーが初めてやってきたすぐあとに、ティリーはその埋《う》めあわせとして、毎朝朝食を作ることを担当《たんとう》しはじめた。だが問題は、ティリーがぜんぜん料理《りょうり》なんてできないし、まともな味覚《みかく》も持っていない、ということだった。ティリーの作るオートミールは、ものすごく薄《うす》くて糊《のり》を溶《と》いた水みたいだったり、または、今朝のように、ものすごく濃《こ》くてどろどろのセメントみたいだったりした。そこに、なんとカビの生《は》えたラズベリーが投げこまれている。ティリーは目が悪くてカビが見えていないのだった。ティリーは、そんな朝食はだれも食べたがっていないということに気づきもせず、自分がきちんと朝食作りをつづけているのをとてもすばらしいことのように思っていた。

「こんなラズベリー、食べられないよ、カビが生えてるじゃない」ハーパーは大声でそう言うと、ラズベリーをお皿からつまみ出してテーブルクロスの上にのせた。

「お皿の上にのせてよ、お母さんの大事なテーブルクロスが汚《よご》れちゃうわ」とペンペンが言った。

「お母さんだって、自分のテーブルクロスを自分で汚したんじゃなかったっけ」ハーパーは、むっとして言った。ティリーからその話を聞いていたのだ。

「それはこのテーブルクロスじゃないわ」ペンペンが答えた。

ラチェットはほっとして、自分もカビの生えたラズベリーをお皿の中からつまみ出した。こんなのを食べていると病気になるんじゃないかと、ずっと心配だったのだ。カビのアレルギーでも持っていないかぎり死ぬことはないだろう、わたしにはたぶんアレルギーはないからだいじょうぶだ、と思っていたが、それでも体の中をカビ菌《きん》がかけめぐるなんて、けっしていい気持ちではなかった。結局《けっきょく》、病気にはならなかったけれど、カビの生えたラズベリーをもう口にしなくていいのは、ほんとうに助かった。まったく、ハーパーのおかげだ。ハーパーの言うことは、最初《さいしょ》はものすごく失礼《しつれい》で不愉快《ふゆかい》に感じるが、それは、じつは心の奥《おく》でみんなもひそかに思っていることだったりする。ほんとうのことをそのまま言って、それでおしまいなのだ、ということがわかると、ハーパーの言うこともそれほど不愉快《ふゆかい》に感じなくなってくるのだった。ハーパーは自分の思いを取りつくろったりしないし、ほかの人にもさせない。その性格《せいかく》のおかげで、カビの生えたラズベリーの件《けん》のように、言いだしにくい問題もすっきり解決《かいけつ》することがたびたびあった。

「さてと」お皿に積《つ》みあげたラズベリー・パンケーキを食べながら、ペンペンが言った。ティリーはラズベリーを混《ま》ぜこんだパンケーキも作ったのだが、こっちはカビの生えたラズベリーが入っているかどうかわかりにくかったので、ハーパーとラチェットは手を出さなかった。「今日はわたしと運転を勉強するのよね？」

「もちろん！」ハーパーは台所にオートミールのおかわりを取りにいきながら言った。

「いいわ、じゃあ教えてあげましょう」とペンペン。

「でもどうしてティリーじゃなくてペンペンが教えるの？」ハーパーがたずねた。「運転がうまいのはティリーのほうなのに」

「ティリーはキルトを縫《ぬ》わなきゃいけないから。それに、わたしのほうが辛抱《しんぼう》づよいから教えるのに向いてるのよ。仏教《ぶっきょう》の〝禅《ぜん》〟のような境地《きょうち》で落ち着いて助手席《じょしゅせき》にすわっていられるの。初心者《しょしんしゃ》であってもなくても、運転するときは落ち着きが大事ですものね」ペンペンはそう言って、ひざの上でナプキンをたたみながら、仏《ほとけ》さまのような表情《ひょうじょう》をつくってみせた。

ラチェットはうつむいた。そして、すごく言いにくかったけれど、ついに「わたしは習いたくない」と言った。

「なんで？　運転なら、別《べつ》にカーディガンを脱《ぬ》がなくてもできるよ」ハーパーが口いっぱいにオートミールをほおばりながら言った。

カチャン、とスプーンをテーブルにたたきつけて、ティリーが怒《おこ》った顔でハーパーをにらみつけた。ハーパーは、はちみつをつけたパンふた切れを一度に口に押《お》しこむのに一生けんめいになっていて、それに気づかなかった。もう一回はちみつをつけるために、びんを取ろうと顔をあげたところで、ハーパーはティリーの表《ひょう》情《じょう》に気づいて言った。「えっ、なに？　だって、泳ぐのを習うときは、カーディガンを脱ぐのがいやだったわけでしょ？　だから、もうその言い訳《わけ》はきかないよ、って教えてあげたんだよ。運転を習うのに水着になる必《ひつ》要《よう》はないもんね」

「はっきり言うけど、ハーパー」ティリーが立ちあがって食器《しょっき》をどんどんさげながら言った。

「えっ、なによ？」

「もう少し……その……気配りをしてもらえないかしら」ペンペンが言った。

ラチェットはおろおろして目を泳がせた。顔が真っ赤になってしまった。

「それでも運転を習いたくないって言うんだったら、ほんとうに習いたくないんでしょ。あたしはやるよ」ハーパーはそう言って立ちあがった。

「ハーパー、その前にティリーが食器洗《あら》いするのを手《て》伝《つだ》ってね」ペンペンが言った。「ラチェット、いらっしゃい、ダイムラーを見せてあげる」

ラチェットはもうその車を見たことがあったのに、ペンペンはラチェットを外に連《つ》れ出し、車の運転席《うんてんせき》にすわらせてボタンやレバーがどうなっているか教えた。「ほら、なにも心配することはないでしょ。すごく簡単《かんたん》よ。それにここは練習にちょうどいい場所なのよ。道路にだれもいないんだから。ほんとは、道路に出る必要《ひつよう》だってないの。庭の中をぐるぐるまわってたっていいんだからね」

道路にはクマがいる、とラチェットは考えた。だから運転を交代するために車をおりることなんてできない。一度道に出てしまったら、Uターンできるところまで、ずっと走りつづけなくちゃならないんだ。ラチェットは庭をながめた。でもこの庭をぐるぐるまわっていたら、あっという間《ま》に目がまわってしまうんじゃない？

「わたしが助手席にすわって、もし必要ならブレーキを踏《ふ》んであげるわ」ペンペンは言ったが、ぜんぜ

ん安心できなかった。ペンペンは太っているし、関節炎《かんせつえん》もわずらっているから、いざというときにちゃんと車を止められるかどうかわからない、とラチェットは思った。

「ラチェット」ペンペンは静《しず》かに言った。「運転を習うのは危険《きけん》なことかもしれない。たぶん、すごく危険なことよ。でもね、知っておいてほしいの。ティリーは何度も心臓発作《しんぞうほっさ》を起こしてるし、これからも起こすはずよ。わたしたちは双子《ふたご》だから、死ぬときはふたりいっしょにって決めてる。だから、あなたとハーパーがいざというときにここから出ていけないと、困《こま》ると思うの。わたしがまだ教えられるうちに、ちゃんと運転を教えとかなきゃならないわ。あなたにここにいてもらっても、やましい気持ちにならないためには、こうするしかないの」

ラチェットはうなずいた。「ここにいてもらってもやましい気持ちにならない」とペンペンが言ったとき、胸《むね》がキュッとなったことにおどろいた。そういわれる瞬間《しゅんかん》まで、だれかに「家に帰りたいか」ときかれれば、ラチェットは帰りたいと答えていたはずだ。

「ねえ、もう始める？」ハーパーが家の中からポーチに出てきて、ヒマワリの種《たね》を庭のあちこちにペッペと飛《と》ばした。

「火がついた爆竹《ばくちく》みたいな子ね」ペンペンが、近づいてくるハーパーを見ながら言った。「まわりの人は、いつ爆発するかって気が気じゃなくなる」

「それ、わくわくするってことかも」ラチェットは言った。

「なにがわくわくするの？」と言いながら、ハーパーが後部座席《ざせき》に飛《と》びこんできて、口に残《のこ》っていたヒマワリの種《たね》を窓《まど》の外に吐《は》き出した。

「あなたのまわりには、なにかが起こるんじゃないかって雰囲気《ふんいき》がある、って言ってたの」ペンペンはじょうずにぼかして言った。

「期待、っていうか」ラチェットも、おそるおそる言葉を選《えら》んで言った。

「期待なんてしないで」ハーパーが言った。「期待すると裏切《うらぎ》られるでしょ。あたしは期待なんてしないことにしてる。だから、あたしが人に期待させるとかなんとか言うの、やめてよね」

「さて！」ペンペンは運転マニュアルを出して、明るく言った。「ハーパーのほうが運転したがってるみたいだから、運転席《うんてんせき》にはハーパーがすわって。ラチェットは後ろの席に行ってちょうだい。これはね、免許《めんきょ》を取らなきゃだめだと言われたときに、ティリーとわたしが取り寄《よ》せた運転マニュアルよ。でも、やたらと複雑《ふくざつ》なことが書いてあったから、すぐに、これはやめよう、っていうことになったの。わたしたちの実情《じつじょう》には合わないことばかり書いてあってね。でも、あなたたちは初心者《しょしんしゃ》だから、今回はこれを使ってみてもいいんじゃないかと思ったの。それにひょっとしたら、わたしもひとつかふたつはここから学ぶことがあるんじゃないかと思って。じゃあ、えーと、えーと、ここから始めましょうか」ペンペンはそう言って、すばやくページをめくった。「一時停止《ていし》。一時停止の標識《ひょうしき》を見たらどうするか。うーん、これは簡単《かんたん》ね。でも、このあたりには標識なんかないのよ。わき道に入るところにだってなにもない。でも、止まるべきかそうじゃないかはわかるのよ。フロントガラスにぶつかってくる虫みたいにグシャッとつぶれたくないときは、止まる。まあ、どんなおばかさんでもわかるわね。あとは、あら、これこれ――交《こう》差点《さてん》。これは大事ね。デイリーには交差点があったでしょう。右側《みぎがわ》から来た車が優先《ゆうせん》だって、ここには書いてある。簡単《かんたん》そうね。だけど、一度に四台の車がいたら、どの車にも右側から来た車がいることになっちゃうわね。そうしたらどうするのかしら？　そういう場合のことは書いてない。初めてこの本をめくったときにも、こんな問題にぶつかってばかりだったわ。これ、あまりにもあいまいよね。あ、これはどう、もしもオートバイと車がどちらも時速八十キロで走ってたとして（ほらね、またまたわたしたちにはあてはまらない話よ。わたしたち、ぜったいに時速三十キロ以上《いじょう》では走らないんだから）急に止まらなくちゃならなくなったとき、どちらが先に止まるか？　ばかばかしい、そんなのどうだっていいわよね。ここも飛《と》ばしましょ。これ、運転の規《き》則《そく》のふりしてるけど、ただの物理《ぶつり》の計算だわ。もっとひまなときだったらいいでしょうけど、今みたいに運転の勉強でいそがしいときにはかんべんしてほしいわね。あーあ、この本の中で使えるところなんてある？　ぜんぜんないわね」

ペンペンは愛想《あいそ》をつかして、本を車の窓《まど》から投げ捨《す》て、腕組《うでぐ》みをした。「これを使おうとしたなんてティリーに言わないでね。ティリーは、この本は役立たずだって言ってた。ティリーの言うとおりだってだけでもいやなのに、ティリーに『ほら、言ったとおりだ』って言われるのはもっといやなの」

ラチェットとハーパーは、ティリーには言わないと約束《やくそく》した。

「はい、じゃあ、まず運転用の手袋《てぶくろ》をはめて」ペンペンが言った。

「マディーは手袋なんかはめなかったよ」ハーパーが言った。

「レディーはみんな、運転用手袋をはめるのよ」とペンペン。

「だからマディーははめなかったのか」ハーパーはそう言ってゲラゲラ笑《わら》った。

「えーと、手袋はたぶん、してもしなくてもいいんだわ。じゃあ次。これがクラッチで、これがブレーキ。この大きなペダルがアクセルよ。これで車が動くの」

「ブルーン、ブルーン」ハーパーが言った。

「えっ、なあに、それ？」ペンペンは不思議《ふしぎ》そうにたずねた。

「ブルーン、ブルーンって言ったんだよ」

「それはわかるけど、意味がわからなかったの」ペンペンが言った。

「スポーツカーの音だよ。うわー、信《しん》じられない。ほんとに現代人《げんだいじん》？　で、どうやってエンジンかけるんだっけ？　あ、待って、あたし知ってる。このキーがまわるんだ。ほらね？　で、アクセルを踏《ふ》むんだよね。マディーがやるの千回以上《いじょう》見たからわかってる」

ハーパーはキーをまわし、アクセルを踏み、ペンペンがなにも言わないうちに、もう一度アクセルを踏んだ。車は前方に飛《と》び出した。ところが運悪く、車は断崖絶壁《だんがいぜっぺき》のすぐそばにとめてあったのだ！　ペンペンはブレーキを踏むどころか、両手で目をおおってキャーっと叫《さけ》ぶばかり。後ろにすわっていたラチェットは、崖《がけ》が迫《せま》ってくるのを見て口をぽっかり開けたまま、声も出せない。まるで崖《がけ》の下へ吸《す》いこまれていくようだった。ハーパーは、おどろきと恐怖《きょうふ》の混《ま》じった奇妙《きみょう》な声をもらすと、あわてて足を動かして、幸運にもクラッチではなくブレーキをさぐりあて、踏《ふ》みこんだ。車はがくんと急停車《きゅうていしゃ》し、海に落ちる一メートル半手前で止まった。ラチェットは、ドアを開けて車から転がり出ると、草むらに倒《たお》れこみ、はあはあと荒《あら》い呼吸《こきゅう》をした。ハーパーはなんとかエンジンを止めるところまでやりおえると、涙《なみだ》ぐみながら運転席《うんてんせき》で荒い息をついた。そして……ペンペンは心臓発作《しんぞうほっさ》を起こした。生まれて初めての発作だった。

そのとき、事態《じたい》は深刻《しんこく》だった。ときがたったのちには、「ハーパーがペンペンを死ぬほどおどろかせた」と冗談《じょうだん》まじりに語られるようになるのだが、起きたそのときにはしゃれにならない大《だい》事件《じけん》だった。

「腕《うで》が……」ペンペンは自分の左腕をつかんで言った。「ああ、左腕が……ああ、なんてこと」ペンペンは真っ青になって、胸《むね》をつかんだ。ペンペンのほうを向いたハーパーは、がたがた震《ふる》えながら窓《まど》の外に向かって叫《さけ》んだ。「ラチェット！　ねえ、ペンペンが、その、たぶん、心臓発作を起こしてるの。心臓発作を起こしてる。心臓発作を起こしてる」ハーパーはこの事態をなんとかするため、みんなに行動を起こすよう呼《よ》びかけているつもりだったが、同じ言葉をくりかえすばかりで、ほかになにを言っていいかわからなかった。

ラチェットは、ティリーが心臓発作を起こしたときの話を思い出し、アスピリンを取りに家の中にかけこんだ。するとティリーがそのびんを持って家から走り出てきた。ペンペンのブラウスのボタンをはずし、アスピリンを口に入れてのみこませると、ティリーが言った。「ハーパー、運転席《うんてんせき》からどいて。車からおりるか、後ろに乗るか、どっちかにして。ペンペンを先生のところに連《つ》れていく」

「ティリー、先生をここに呼《よ》んできて」ペンペンが言った。「行くのにたえられるかどうか自信《じしん》がないの。ほんとにだめかもしれない。こんな変《へん》な感じ、初めてよ」

ティリーは今にも泣《な》きだすんじゃないか、という顔をしていたが、泣かずにこう言った。「そうか、よし。そうしよう。わたしがまちがってたよ。ハーパーとラチェット、ペンペンを家の中に運びこんで、ソファーに寝《ね》かせて。わたしは先生を呼びにいってくる」

ハーパーとラチェットは、ペンペンを支《ささ》えてどうにかこうにかソファーまで運んだ。ティリーは車を飛《と》ばした――時速三十キロ以上《いじょう》出していた。「まあ、おねがい、ティリー、スピードを出さないで」エンジンの音が聞こえると、ペンペンは消え入《い》りそうな声でつぶやいた。「ねえ、ティリーの車のあとを追いかけてって、スピードを出さないように言ってくれない？　ティリーが交通事故《こうつうじこ》にあったらたいへんよ」

「ティリーのことは心配しないで、静《しず》かに寝ていてね」ラチェットが言った。

「あたし、行ってどなってくる」ハーパーはそう言って外に走り出ると、「スピード落として！」と大声で叫《さけ》んだ。もちろん、ティリーはもう行ってしまったあとだったけれど、まだ聞こえているようなふりをして、とりあえず叫べば、ペンペンが安心するだろうと思ったのだ。「スピード落として！　そうそうそのぐらい！　ゆっくりね！」

「ああ、よかった。ありがとう、ハーパー」ペンペンはそう言いながら、冷《ひ》や汗《あせ》をかいてソファーに横たわっていた。ラチェットはどうしていいかわからないまま、二階《かい》から枕《まくら》と毛布《もうふ》を取ってきて、それから水を一杯《ぱい》持ってきた。

「水はだめ！」ハーパーが言った。「ショック状態《じょうたい》の人に水をあげちゃいけないんだよ。意識《いしき》を失《うしな》ったまま吐《は》いたら、吐いたものが詰《つ》まって窒息《ちっそく》しちゃうから」

「えっ！」ラチェットはぎょっとして、まるでコップの水が有害物質《ゆうがいぶっしつ》であるかのように、流しに捨《す》てにいった。急いでなにかしなくちゃ、という思いが空《から》まわりして、おろおろとソファーの横を行ったり来たりした。ペンペンが目を開いて言った。「そんなに心配しないで、ラチェット。ティリーだって何回も心臓発作《しんぞうほっさ》を起こしたけれど、まだ元気でしょ」

「でも、元気いっぱいで体力あふれてる、ってわけじゃないよ」ハーパーが言った。「発作を起こす前より健康《けんこう》になるはずないんだから」

「でも、まだ生きて動いてるわ」とペンペンが言うと、おどろいたことにハーパーがとつぜん泣《な》きだした。すわりこんでひざのあいだに頭をうずめ、まわりも気にせず泣きじゃくった。足をつたって涙《なみだ》が流れ落ち、はながたれていたが、ハーパーはティッシュを取って拭《ふ》こうともしなかった。すべての感情《かんじょう》を洗《あら》い流してしまおうとしているんだ、とラチェットは思った。「まあ、まあ」ペンペンはハーパーをなでようと手をのばしたが、三十センチも動かさないうちにぐったりと床《ゆか》におろしてしまった。ラチェットはますますこわくなった。

ティリーがドクター・リチャードソンを連れ《つ》てもどってきたのは、三時間後だった。ドクターは二階《かい》のベッドにペンペンを移《うつ》し、ハーパーを別《べつ》の部屋《へや》に連れていった。

「ねえ、聞いてくれるかな」ドクターはハーパーに言った。「心臓発作《しんぞうほっさ》が起きたのは、けっしてきみのせいじゃないんだよ。あの人はもう九十一歳《さい》なんだ。いつ発作が起こってもおかしくなかった。車でのできごとがもし影響《えいきょう》があったんだとしても、せいぜい、放っておいても起こるはずの発作が一時間ぐらい早まった、っていう程度《ていど》のことだ」

「うん、わかった」ハーパーは壁《かべ》を見つめたまま言った。

「起こるはずのことが起こった、ってだけだ」ドクターはハーパーとなんとか目を合わせようとしたが、ハーパーが目をそらしつづけているのであきらめてしまった。

「わたしに追いついてきただけなんだ」ティリーが言った。「まだ発作二、三回分くらいはわたしが勝ってるけどね」

「それは本人に言わないでほしいな」ドクターはかばんを閉《し》めて、コートを手に取りながら言った。来るとき、ドクターはティリーの車のあとについて、自分の車を走らせてきた。みんなは家から出て、ドクターを車まで送っていった。

「車の運転を教えるなんて、すべきじゃなかったんだろうね。でも、教えるのが得意《とくい》なのはペンペンだからね。わたしはだめだ、心おだやかな禅《ぜん》の境地《きょうち》なんて」

「いやあ、人生には危険《きけん》なことが多いね」ドクター・リチャードソンはぼんやりと言った。

ドクター・リチャードソンが去ったあと、ティリーはペンペンの様子《ようす》を見に二階《かい》に行った。

「ペンペン、あの人はいい医者だね」ティリーが言った。

「先生はかっこいいわ」ペンペンは小声で言うと、眠《ねむ》りに落ちていった。


それから数日間、ペンペンは寝室《しんしつ》でずっと寝《ね》ていた。食事はいつも、ハーパーとラチェットが部屋《へや》に運んであげた――ティリーが作るのを忘《わす》れなかった場合は。でも、ラチェットは「また食事抜《ぬ》きなの？」とは恥《は》ずかしくて言えなかったし、ペンペンの心臓発作《しんぞうほっさ》の二日後ぐらいまではハーパーもしょんぼりしていて、そんなことは口にもしなかった。しかし、三日目から、みんなは落ち着きを取りもどしてきた。昼食が出てこないまま三時になったとき、ハーパーはティリーがミツバチの世話をしているところにドスドス歩いていって言った。「そろそろ食事を作ってくれなきゃ困《こま》るよ」

ティリーは、ミツバチから顔を守るためのベールごしに、ぽかんとしてハーパーを見た。ハーパーにはティリーの表情《ひょうじょう》がよく見えなかったが、どうやらびっくりしているようだった。ハーパーがなにかすると、みんなすぐにびっくりする。「あたし、おなかすいた。ラチェットもだよ」

「ラチェットには言っておいたけど、自分で作ればいいんだよ、いつだって好《す》きな時間に」ティリーが言った。

「あの子はそんなことしない。気が弱いもん」ハーパーが言った。「飢《う》え死《じ》にするつもりなんでしょ。それなのに知らんぷりなの？　なにも作ってくれないの？　あたし、食べ物をさがしに、クマのいる道路になんか出ていきたくないよ」

「道路に出ていく必要《ひつよう》なんかないよ」ティリーはミツバチの作業《さぎょう》にもどりながら、のんびりと言った。ペンペンのことが心配でたまらず、ハーパーの芝居《しばい》がかった抗議《こうぎ》を相手にしている余裕《よゆう》はなかった。「お昼ごはんならもうすぐ作るから」

「そのころには夕食の時間になっちゃうよ」ハーパーが不満《ふまん》そうに言った。「ずーっとずーっと昼ごはんを食べさせてもらってないんだよ。どうにかしてって言ってるんだけど、聞いてないの？」

「じゃあ、あなたがみんなの分を作ればいい」ティリーが言った。

「それは……」とハーパーは不機嫌《ふきげん》そうに言って、家の中に入っていった。自分の料理《りょうり》をほかの人がなんと言うか、ハーパーには自信《じしん》がなかった。ぶつぶつ言いながらこの場を立ち去れば、やると言ったのかやらないと言ったのかティリーには聞こないかもしれない、と思った。

「わたしたちの家には、小さいころからずっと料理人がいた。だから、若《わか》いレディーが自分でお昼ごはんを作るなんてことはありえなかったんだよ。ペンペンだって作ったことはなかった」ティリーは、ハーパーがもうそこにいないことに気づかずにしゃべりつづけた。「でも、もしあなたがお昼ごはんを作れて、今ほかになにもやることがないんだったら、やってくれるかな……わたしは、ミツバチの世話にいそがしくて。これ、ほんとうに時間がかかってしょうがないんだ。ペンペンは、こんなのどうやってたんだろう。あの年でやるような仕事じゃないよ。心臓発作《しんぞうほっさ》を起こしたのも不思議《ふしぎ》じゃないね」そう言ってから、ティリーは少し涙《なみだ》を流した。でもだれもまわりにいなかったし、どっちみちベールをかぶっていたので、その涙をだれかに見られることはなかった。ふりかえったティリーは、ハーパーがいないことに気づいた。

「あっという間《ま》に気が変《か》わる子だね」ティリーはそうひとりごとを言うと、あとはもうハーパーのことも昼食のことも忘《わす》れて、六時半に家にもどるまで二度と思い出さなかった。家にもどった瞬間《しゅんかん》、夕食を作るのにも遅《おそ》いと気づいたティリーは、あの子たちが遅い昼食を食べておいてくれたのはよかった、とひとりつぶやいた。

ハーパーが家に入っていこうとすると、ちょうどラチェットが本を持って庭に出ていくところに出会った。「ねえ、あんた、おなか減《へ》ってないの？　空腹《くうふく》はいっさい感じない人なの？」ハーパーがたずねた。

「おなかはすいてるけど」ラチェットは用心ぶかく言った。

「ティリーばあちゃんが、ぜんぜん昼ごはんを作ろうとしないんだよ」

ラチェットはなにも言わなかった。ティリーは自分の体がもうあまりカロリーを必要《ひつよう》としないものだから食事作りをすぐ忘れるのだ、とハーパーに言えばいいのだが、そんなことを言っても、大量《たいりょう》のカロリーを必要《ひつよう》とするハーパーが「そうだったの」なんて同情《どうじょう》するとも思えないので、だまっていた。

「ティリーが自分で作れって言うから、そうしようと思って」そう言いながらハーパーはキッチンに入っていった。「自分のお昼を作ってみる」

「じゃあ、わたしもなにか作って、ペンペンに持っていってあげるね」ラチェットが言った。ティリーがお昼を作るのをじっとお行儀《ぎょうぎ》よく待っていたのだが、もうなにも出てこないということがわかったし、ペンペンも空腹《くうふく》だろうと思ったのだ。

「あんたはいつもご立派《りっぱ》ね」ハーパーは皮肉《ひにく》を言ったが、キッチンでいっしょに料理《りょうり》してくれる人があらわれたのを明らかに喜《よろこ》んでいる様子《ようす》だった。ひとりで台所にいるところをだれかに見られて「食べ物を盗《ぬす》んでいる」と言われたらどうしよう、と余計《よけい》な心配をしていたのだ。「で、なにが作れるの？」食器棚《しょっきだな》をバンバン開け放って、ハーパーが言った。「ねえ、なんにも食べ物がないじゃない」

「食品貯蔵室《しょくひんちょぞうしつ》にあるのよ」ラチェットがそう言ってドアを開けると、そこは、食品の買い置《お》きが詰《つ》まった棚がたくさんある、小さな部屋《へや》だった。

「あたし、なんかおなかにずっしりくるものが食べたいな。牛のかたまり肉とかね」ハーパーはそう言ってゲラゲラ笑《わら》った。ふたりは卵《たまご》料理を作り、お盆《ぼん》にのせてペンペンのところに運んでいった。ペンペンは上半身を起こして、前よりだいぶ具合《ぐあい》がよさそうにしていた。

「まあ、ありがとう、ふたりとも」ペンペンは、喜《よろこ》んでそう言った。「もうすぐ起きられるわ。そうしたら、運転の勉強をまたやりましょうね」ラチェットは、だまっているハーパーの顔を見た。その表《ひょう》情《じょう》からは、なにも読み取れなかった。

ペンペンが食べおわってしまうと、ふたりはペンペンを窓《まど》ぎわにあるひじかけ椅子《いす》まで連《つ》れていった。ペンペンは助けを借《か》りなくてもひとりで歩けたが、ティリーが言うには、ずっとベッドに横になっていた人が急に歩くとふらふらするので、もしペンペンがちょっとでも歩こうとしたら、ハーパーとラチェットが横についていっしょに歩いてあげるように、ということだった。

「もし、ペンペンがあなたたちの上に倒《たお》れたら、じゅうたんの上でつぶされて、インクのしみみたいになっちゃうだろうね」ティリーがそんな冗談《じょうだん》を言ったので、いつもの調子がもどってきたんだな、とハーパーとラチェットはうれしく思った。

最高《さいこう》にすばらしい夏の一日だった。三人は窓《まど》から美しい庭をながめた。ペンペンが花を植えている畑の一角の上に、ハチドリが飛《と》びながら空中で止まっていた。と、とつぜん、ぎょっとしたようにペンペンが叫《さけ》んだ。「あらまあ、どうなってるの、わたしの菜園《さいえん》！　ティリーは草むしりをぜんぜんしてくれなかったの？」

ラチェットはうなずいた。「ティリーはミツバチの世話でいそがしかったのよ」

「ああ、ミツバチね、そうでしょうとも」とペンペン。「ドクター・リチャードソンが、あと二週間はなにもしちゃいけないって言うのよね。たしかにまだガーデニングの仕事ができるような気分じゃないけど、このままじゃ、わたしの菜園《さいえん》は荒《あ》れはててしまうわ。あの野菜《やさい》がなくちゃ困《こま》るのに！」

「わたし、ガーデニングのことなんかなにも知らない」ラチェットが言った。「雑草《ざっそう》と野菜のちがいもわからないし」

「ああ、いいのよ、気にしないでね」ペンペンは困りはてたようにつぶやいた。ラチェットにたのむつもりなどなかったのだ。ペンペンは長年、家庭菜園にていねいに手を入れて、すばらしい状態《じょうたい》を保《たも》ってきた。専門家《せんもんか》の手を入れなければ、ここはだめになってしまう。「これじゃあ台なし。ティリーにたのむのはもうごめんだわ」

ハーパーが、ついに立ちあがって爆発《ばくはつ》した。「ねえ、あたしのことは無視《むし》なの？　どういうこと！　あたしなんかここにいないみたいにふたりだけでしゃべって！」ハーパーは地団太《じだんだ》を踏《ふ》んで出ていった。

ペンペンとラチェットは、はっとおどろいてハーパーを見送った。しばらく間《ま》があってからようやく、「まあ、おもしろいこと言うわね」とペンペンが言った。「ハーパーがガーデニングをするようには見えないけど」

ところが、じつはハーパーはガーデニングが得意《とくい》で、とてもまじめに取り組むよい働《はたら》き手《て》だったのだ。いい畑にするための細かい作業《さぎょう》を、豊富《ほうふ》な知《ち》識《しき》をいかして慎重《しんちょう》に、雨の日も風の日もこつこつおこなうことができた。ヘロックスの市民農園《のうえん》で農作業をおぼえたのだ。低所得《ていしょとく》の世帯《せたい》は一シーズン十ドルで農園《のうえん》の一区画を借《か》りることができ、畑から畑へと毎日巡回《じゅんかい》している専門家《せんもんか》の指導《しどう》を受けることができた。ハーパーの地域《ちいき》は、背《せ》が低《ひく》くてしわだらけの顔をした、元は仏教《ぶっきょう》のお坊《ぼう》さんだった指導者が担当《たんとう》していた。もしペンペンに話したらこの偶然《ぐうぜん》に大喜《おおよろこ》びしただろうが、ハーパーはこのことは胸《むね》にしまって、話さずにいた。元お坊さんのチャンさんは、最初《さいしょ》はハーパーのことを信用《しんよう》していなかった。どうせ一シーズンはつづかないだろうと思ったのだ。市民農園の一区画を与《あた》えられると、だれでも最初はやたらと壮大《そうだい》な計画を立てるものだが、やがて、いい畑を保《たも》つにはどれだけ手間《てま》がかかるかわかってくる。特《とく》に、地面がかたくて耕《たがや》しにくかったりすると、みんないやになってしまい、春のなかばまでには、ひとり、またひとりと挫《ざ》折《せつ》していく。ハーパーは作物を植える段階《だんかい》まで行かずに、耕す段階で挫折するだろう、とチャンさんは思っていた。しかし、夏のさかりになっても投げ出さず、大量《たいりょう》の豆の手入れをきちんとしているハーパーを見て、チャンさんは興味《きょうみ》を持ちはじめ、熱心《ねっしん》にアドバイスしてくれるようになった。

じつは、市民農園を始める前は、ハーパーはまったく野菜《やさい》を食べたことがなかった。マディソンは、スナック菓子《がし》を買わずに野菜を買う人の気が知れないと思っていた。面倒《めんどう》なことはしたくなかったのだ。マディソンは、洗《あら》ったり、火を通したりという必要《ひつよう》のあるものがなんでも大嫌《だいきら》いだった。ブロッコリーを小株《こかぶ》に分けるとか、泥《どろ》のついたセロリを洗うとか、ニンジンの皮をむくとか、考えただけで気分が悪くなる。マディソンにとって、フライドポテトになっていない生の丸ごとのジャガイモなんて気持ち悪いものだったし、レタスなんて、虫がホイホイ入ってくる、葉っぱでできた虫とり器《き》みたいに思えた。野菜《やさい》の味も嫌《きら》いなら、野菜を料理《りょうり》して家の中が野菜くさくなるのもいやだった。けれども、ハーパーの育ちざかりの体は、なにかが足りないと感じていたのだろう。初めてニンジンを収穫《しゅうかく》したとき、ためしにかじってみたハーパーは、すっかり夢《む》中《ちゅう》になってしまった。ハーパーは野菜が大好《だいす》きになり、以後《いご》、ガーデニングが趣味《しゅみ》になった。それを見たマディソンは、頭がおかしいんじゃないか、と思った。

「ひまさえあれば土いじりなんて、どういうつもり？」マディソンはひじかけ椅子《いす》にだらしなく横すわりになって、ポテトチップスを食べてダイエットソーダを飲み、テレビのトークショーを見ながら、そうたずねた。でもハーパーは、これは質問形《しつもんけい》だけれど質問してるわけじゃないと思って、無視《むし》した。夏の終わりまでにハーパーは、バケツに何杯《ばい》もの野菜を家に持ち帰った。そして、マディソンが泥《どろ》やにおいのことで文句《もんく》を言わないように、自分の部屋《へや》でひとりで食べた。

ハーパーは、自分がガーデニングについてよく知っているのだということ、ペンペンがまちがった方法《ほうほう》で作物を植えていることを説明《せつめい》した。そのあと、ペンペンの菜園に手を入れはじめ、あっという間《ま》に思いどおりにしてしまった。ハーパーは大喜《おおよろこ》びで取り組み、新しく植えたものが太陽の光をいっぱいに浴《あ》びられるようにした。なにのとなりになにが植えてあるか、根腐《ねぐさ》れや虫や、そのほかの害《がい》を防《ふせ》ぐためにペンペンがどんな対策《たいさく》を立てたのかを見抜《みぬ》き、改良《かいりょう》を加《くわ》えた。そして日ごとに菜園ですごす時間が長くなっていった。ペンペンはその様子《ようす》を窓《まど》からながめ、ときどきはハーパーに向かって手を振《ふ》ったりしたが、ほとんどの場合、ハーパーは仕事に熱中《ねっちゅう》していてそれに気づかないのだった。

　そんなふうに二週間がすぎていった。そのあいだ、ティリーとハーパーとラチェットの三人が屋敷《やしき》の中の仕事を分担《ぶんたん》した。ペンペンは、家の中をよろよろと歩けるぐらいよくなると、また食事作りの担当《たんとう》にもどり、みんなを喜《よろこ》ばせた。ミツバチやニワトリや牛やガーデニングは、ペンペンがいなくてもなんとかなったようだったが、料理《りょうり》はまったくだめだった。料理が好《す》きな人も作る才能《さいのう》がある人もいなかったのだ。ティリーが食事を作るといつも、信《しん》じられないようなものがまぎれこんでいた。

　ある日、夕食のあとに、ハーパーは夜の海水浴《かいすいよく》から帰ってきた。その肌《はだ》が、午後じゅう庭で働《はたら》いたせいで真っ赤に日焼《ひや》

けしていたので、ペンペンは自分の部屋《へや》にハーパーを呼《よ》んだ。

「なあに？」

「ちょっとしたプレゼントをあげたいの」ペンペンは立ちあがって、クローゼットまでよろよろ歩いていった。

「へえ、なに？」ハーパーはペンペンのクローゼットを興味《きょうみ》しんしんでながめた。

「これよ」ペンペンは大きくてやわらかい麦わら帽子《ぼうし》を出した。「こんなの、もうなかなかないと思うわ。わたしは六十年以上《いじょう》、ずっとこの帽子をかぶってガーデニングをしてきたの。ほら、手作りなのよ。永遠《えいえん》にもつぐらいじょうぶだと思う。朝、この帽子をかぶって出かけていく瞬間《しゅんかん》がいつだっていちばん幸せだった」

ハーパーには、その幸せの意味がよくわかった。朝、土に手を入れると、太陽にあたためられた部分、ひんやりした夜の温度が残《のこ》る部分、乾《かわ》いてさらさらした部分など、さまざまな感触《かんしょく》が楽しめるし、夜の雨の香《かお》りも感じられる。まるで地球の中心にふれているような感じだ。自分の心臓《ぞう》にふれているような感じでもあった。

「すごく日焼《ひや》けしてしまったわね。帽子をかぶらなくっちゃ」ペンペンが言った。「これをあなたにあげたいの」

「帽子をくれるっていうの？」ハーパーは疑《うたが》わしそうに言った。まるで、自分になにかをくれるという人は信用《しんよう》できない、とでもいうようだった。

「そうよ」

「お願《ねが》いだから、六十年前の帽子《ぼうし》だけはかんべんしてよね」

ハーパーは、他人のフケだらけで汗《あせ》ばんだ頭にのっかっていた帽子のことを考えただけで、身《み》震《ぶる》いするほどいやな気持ちになった。

ハーパーの言葉を聞いてペンペンはぎょっとした。それから、笑《わら》いだした。「まあ、だってほかにあげられる帽子がないんですもの」そう言いおわると、今度はとつぜん、怒《いか》りがこみあげてきた。「それに、ほんとにすてきな帽子なのよ！　六十年間わたしのガーデニングの友だったんだから！」

「だからいやなんだってば！　あたしがほしいのはネットのショッピング・カタログに出てたやつなの。やわらかい麦わらでできてててつばが広くて、二十九ドル、プラス送料《そうりょう》。これだったら、だれかの頭に六十年もかぶせられてたわけじゃないから」

「だけど、そんなカタログをどうやって取り寄《よ》せるのかわからないわ」ペンペンはいらいらしたように、いらないと言われた帽子をクローゼットにもどしながら言った。

「だから、インターネットで検索《けんさく》すればいいの。インターネットで買い物でもなんでもできるんだって、何回言えばわかるの？」

「だって、うちにはコンピューターなんかないもの」

「ああ、ドクター・リチャードソンはきっと持ってるよ。ぜったい持ってると思う。もしよかったら、オンライン・ショッピングであたしの帽子《ぼうし》を注文してよ、ついでに水着も。四日から六日ぐらいで送られてくるから。運がよければ、マディーにカナダに連《つ》れていかれるより前に着くかもしれない」

「そう」ペンペンは心配そうに言った。ハーパーがマディソンに連れられてカナダに行く話になるとペンペンは、そうなったらハーパーはどうなるのかしら、という心配でいっぱいになった。マディソンはまた、道ばたで出会って信用《しんよう》できそうな他人にぽんとハーパーをあずけてしまうかもしれない。しかし、その一見信用できそうな他人というのが、ティリーとペンペンほど信用できるはずがない。でなければ、ティリーが言っているように、マディソンはハーパーをただ道ばたに置《お》き去りにするかもしれないのだ。でなければ、今度こそほんとうのセント・シアズ孤児院《こじいん》に行くかもしれないが、ペンペンは、セント・シアズが十四歳《さい》の少女にふさわしい場所とは思わなかった。また、一方では、これからもペンペンとティリーがずっとハーパーを世話していけるのか、という問題もあった。でも、ふたりが面倒《めんどう》を見なければ、ハーパーはいったいどうなってしまうのか？　この家で唯一《ゆいいつ》の同世代の仲間であるラチェットが、夏の終わりには去っていってしまうのだ。そうなったら、ハーパーはどう思うだろう？「ああ、ハーパー」ペンペンは思わず、口に出してつぶやいてしまった。

「どう？　車でドクターのところに行って、たのんでみない？」

車に乗ってどこかへ行くという気分にはまだなれなかったペンペンだが、ドクター・リチャードソンにならいつでも会いたかった。ドクターは発作《ほっさ》のあと一度しか往診《おうしん》に来ていなかった。たぶん、今の時期はしょっちゅう森に呼《よ》ばれてとてもいそがしくしているのだろう、とペンペンは思っていた。きこりたちは木の下敷《したじ》きになっただの、おのが落ちてきただのといつも言っていたから。

「もうすぐ往診に来てくれるはずだから、そのときにたのんでみましょうか」

「でも、もしドクターがこっちに来ちゃったらパソコンは使わせてもらえないよ」ハーパーが言った。

「もしドクターが持っていれば、の話だけど」

「とにかく、こっちから出かけていくしかないんだって」

「ちょっと待って」とペンペン。「ティリーにも話をしなきゃ。ティリーに運転してもらわなきゃならないんだから」

「じゃあ行くってことね」ハーパーは言った。そして、その晩《ばん》の夕食の席《せき》で、ティリーとラチェットにこの計画を話した。ティリーも、お酒がなくなりかけていたので、町に行って買わなければならなかった。ペンペンが発作を起こしてから、ティリーが毎晩《まいばん》飲むお酒の量《りょう》は前より増《ふ》えていた。ラチェットは、このあいだのことがあったので、また車に乗るのはこわい気がしたが、ティリーは「もし行くなら全員で行かなくちゃ」と言った。そこで次の日、四人はそろって出かけていった。

四人が着いたとき、ドクター・リチャードソンは奥《おく》さんとふたりで、ポーチに出てコーヒーとクッキーを楽しんでいるところだった。ドクターは、すぐにペンペンを家の中に入れて診察《しんさつ》した。よくなってきているとドクターが言ったのもうれしいことだったが、ドクターがちゃんとパソコンを持っているという事実《じじつ》もみんなを喜《よろこ》ばせた。ドクターがティリーとペンペンにパソコンの使い方を説明《せつめい》していると、インターネットをやりたくてずっとうずうずしていたハーパーが割《わ》りこんだ。

「まあね」ドクター・リチャードソンはハーパーに席《せき》をゆずりながら言った。「若《わか》い人たちは、わたしたちみたいに年をとった人間よりずっとくわしいからね。手慣《てな》れたもんさ」

「先生は年なんかとってないわ」ペンペンはくすくす笑《わら》った。

まったくね！　とティリーは心の中でつぶやいた。

ラチェットは、ハーパーがオンライン・ショッピングをするところを、そっと立って見ていた。

「あの子の分も買わなきゃ」ハーパーはラチェットのほうを指さした。「あちこち安全ピンでとめてある、あのダブダブの水着のかわりに、新しいのを買わなきゃね。あっ、でもそうか、あれがあるんだっけ、忘《わす》れてた！」ラチェットは借《か》り物《もの》のカーディガンの前をぎゅっとひっぱって背中《せなか》をまるめ、パソコンに夢中《むちゅう》でなにも聞こえないふりをした。

「ハーパー！」ティリーがきびしく叱《しか》った。

「あった、あった、これだ」ハーパーが言った。「それから、帽子《ぼうし》はこれ。これもカートに入れようっと。はい、あとはクレジットカードの番号と、私書箱《ししょばこ》の番号と、郵便《ゆうびん》番号を入力するだけ」

「クレジットカードなんか持ってないわ」ペンペンが言った。

ハーパーは手を止め、ゆっくりとふりかえってペンペンとティリーを見つめた。「クレジットカードを持ってないの？　カードぐらい、あのマディーでさえ持ってるんだよ。なんで持ってないの？　カードがなくてどうやって暮《く》らしてるの？」

「そういうばかばかしいものなんかいっさいなくたって暮らせるんだよ、このバカ娘《むすめ》が」ティリーが言った。「わたしとペンペンはコンピューターのカタログからものを買ったりしなくていいと思ってるんだ。お金は為替《かわせ》で送ると言ってやりなさい。でなけりゃ小切手とか。小切手ならあったよね、ペンペン？」

「ええ、もちろんあるわよ。電気代はいつも小切手で払《はら》ってるんだもの」

「でも、小切手なんかぐずぐず郵送してたら、とどくころにはもうカナダに行っちゃってるかもしれない！」ハーパーは泣《な》き叫《さけ》んだ。

「ああ、ほら、これを使いなさい」ドクター・リチャードソンが財布《さいふ》からカードをさっと取り出して、怒《おこ》ったように言った。若《わか》い女の子の泣き叫ぶ声を聞きなれていないので、たえられなかったのだ。木の下敷《したじ》きになったきこりの叫び声のほうがまだ静《しず》かだ。「ティリーとペンペンが、現《げん》金《きん》でわたしに返してくれればいい。あーあ、クレジットカードか！」ドクターは首を振《ふ》りながら部屋《へや》を出ていき、奥《おく》さんのいるポーチにもどった。ドクターの奥さんは、ハーパーとちがってとても静《しず》かな人で、クッキーを食べるときだって音ひとつたてなかった。夫婦《ふうふ》のいるポーチにやってきたティリーは、たった一日のうちに最新《さいしん》のテクノロジーにふれすぎて、疲《つか》れていた。

ハーパーが自分のものの注文を終えたので、ペンペンが、ややおずおずと、ラチェットもほしいものがないかとたずねたが、例《れい》によってラチェットがハーパーのようにずうずうしくなにかを買ってくれなどと言えずにもじもじしているのを見て、すぐにその質問《しつもん》をひっこめた。そしてふたりを連《つ》れてポーチに出た。クレジットカードをドクターに返すと、ドクターは、もうこのことは考えたくもない、というような様子《ようす》で財布《さいふ》の中にそそくさとカードをしまった。

奥さんがみんなにクッキーをすすめたが、ハーパー以外《いがい》の三人は、これ以上親切に甘《あま》えることはできないと感じた。ティリーは、追い立てるようにしてみんなを車に乗せた。町を抜《ぬ》けていく途中《とちゅう》でティリーが言った。「ああ、そういえば、あのしょうもないキルトを、マートル・トラウトの家に置《お》いてこなきゃいけないんだった。マートルが家にいなきゃいいけどね。ペンペンはどうだか知らないけど、わたしはもう話す気になれないんだ、会話なんてひと言だって思いつかないよ」ペンペンは自分もそうだとうなずいた。それなのに、ふたりとも会話をせざるをえなくなってしまった。民宿《みんしゅく》の階段《かいだん》をよたよたした足どりでおりてくるマディソンが見えたからだ。ドクターの言いつけにそむいて、タバコを買いに歩いていこうとしていたのだ。ティリーがいつものとおり堂々《どうどう》たるのろのろ運転をしていたので、マディソンはハーパーを見つけて、駆《か》け寄《よ》ってきた。「ハーパー！　ハーパー！」

ティリーは急いでブレーキを踏《ふ》んだ。時速十六キロしか出していなかったので、車はおだやかに止まり、ハーパーは車から飛《と》び出した。マディソンはハーパーを抱《だ》きしめ、言った。「ああ、ハーパー、さびしかった」ハーパーはティリーとペンペンのほうを、ほら言ったとおりでしょう、というような顔をしてふりかえった。

「ねえ、マディー、まだ赤ちゃん生まれないの？」ハーパーはマディソンの大きく突《つ》き出たおなかを見ながら言った。

「まだよ。あのバカ医者は、今にも生まれそうだ、みたいなこと言ってたけど」

ペンペンは、ドクター・リチャードソンをけなすようなこの言葉にむかっとしたが、じっとがまんしてなにも言わなかった。

「とにかく、ハーパー、もう帰っておいでよ」マディソンは言った。「水着のことで怒《おこ》ったりしてごめん」

「いいんだよ」ハーパーが言った。「水着なんかなくたって、別《べつ》に困《こま》らないから」

「あたしもそう言おうと思ってたんだ。あ、でも、あんたの荷物《にもつ》ってあの森の中のなんとかってとこに置《お》きっぱなしなんだよね？　なんていう場所だっけ？」

「〈グレン・ローザ荘《そう》〉」ティリーが冷《つめ》たく言った。

「そうそう」マディソンはティリーとペンペンを、見えにくいものを見るように目を細くしてながめた。「みんな、あたしの体がどういう状態《じょうたい》か見たら、ひまなときにハーパーの荷物《にもつ》をここまで運んでくれようとか思ったりしない？　まあ、一日か二日は同じ服でもだいじょうぶだろうから、別《べつ》に急がないんだけど」

「ちょっと」怒《おこ》った声でティリーが言った。「わたしたちの体だってひどい状態なんだよ」ハンドルを握《にぎ》っているティリーが、まるでハーパーの気持ちが変《か》わったら車ではねてやろうと言わんばかりの様子《ようす》なので、ペンペンがその手首をおさえていた。

「いいわよ、やるわ」ペンペンは言った。「ハーパーが望《のぞ》むことだったら、荷物を運んでくるんでもなんでもしてあげるわ。ねえ、ハーパー、それが望みなの？」

「服が？」ハーパーは混乱《こんらん》していた。ペンペンがほんとうはなにを言おうとしているのか、わかっていなかった。ペンペンは、あとでティリーに説明《せつめい》したところによれば、もうそろそろ「ハーパーのためにはなにがいちばんいいかをだれかが考えなければ」とマディソンに言う時期にきていると思ったのだ。

「そうよ、服よ。取ってきてほしいの？」

「うーん、そうだねえ、あたしだってなにかは着なくちゃね。未開人《みかいじん》みたいに裸《はだか》でいるわけにいかないしね」と言うと、ハーパーはあとも見ずに民宿《みんしゅく》の階段《かいだん》をかけあがり、中に飛《と》びこんでいった。まるで、マディソンの気が変わるのをおそれているようにすばやい動きだった。

「あーあ、入っていっちゃった。あたしのかわりに町にタバコを買いにいってくれないかってたのもうと思ってたのに。じゃあ、中に入って声かけてくる」マディソンがそう言ったときには、もう車は見えなかった。というのは、ティリーもまた、今度もマディソンの気が変《か》わって、ハーパーを放り出されてはたまらないと気づき、あわてて車を出したからだ。

三人は、ダイムラーの中でだまりこくっていた。〈グレン・ローザ荘《そう》〉に入るわき道を曲がると、ティリーが口を開いた。「コンピューターのカタログで注文した品《しな》をキャンセルするなんて、わたしたちには無理《むり》だ。今言いたいのはそれだけだね」

ペンペンはきびしい顔でうなずいた。そのとき、クマが道に飛《と》び出してきた。「まったく、いまいましいクマだわ」

「いまいましいクマめ」ティリーも言った。

ハーパー2

車が屋敷《やしき》の庭に止まったとき、ラチェットの耳に電話の音が聞こえてきた。ラチェットが電話を取ろうと家に走っていくのをよそに、ペンペンとティリーはゆっくりゆっくり車をおりていた。ふたりとも、もうおたがいに手を貸《か》す元気もないような様子《ようす》だった。

「もしもし、ラチェットなの？」電話の向こうでヘンリエッタの声がした。

「お母さん！」ラチェットは叫《さけ》んだ。この前電話で話してから、もう数週間がたっていた。

「どこに行ってたの？　朝から何度も電話してたのよ」

「車で町に行ってた。ペンペンが心臓発作《しんぞうほっさ》を起こしたの。今日起こしたんじゃないんだけど――
――」

「ペンペンが心臓発作を起こした？　どうしてそんなことがわかるの？　心臓発作を起こしたと思っている人の大部分は、ただの消化不良《しょうかふりょう》なんだそうよ」

「ドクター・リチャードソンが心臓発作《しんぞうほっさ》だって言ってた」

「ふーん。で、ペンペンは入院してるの？」

「してない。ペンペンは病院が嫌《きら》いなの。ティリーもだよ」

「じゃあ、そんなの心臓発作じゃなかったのよ」

「えーっ、ドクター・リチャードソンはとってもいいお医者さんだってペンペンが言ってたよ。でもね、ペンペンの具合《ぐあい》がだいぶよくなったんで、ドクターの家に行って、オンライン・ショッピングをしてきたの」

「あの人たち、また、こっちにことわりもなくあなたのものを買ったの？　他人のお金で買い物するのは楽しいでしょうよ。わたしだってそんなことしたいわ」

「わたしのものじゃないの。ハーパーのよ」

「ハーパーってだれ？」

「ハーパーのおばさんがセント・シアズ孤児院《こじいん》にハーパーを連《つ》れていこうとして、迷《まよ》ってこの家に来ちゃったの。だからペンペンとティリーがここであずかってあげたんだけど、おばさんのマディソンは迎《むか》えにきたり、また置《お》いてったり、気が変《か》わってばかりいる。それで、今日町に行ったらマディソンにばったり会ったの。そしたらマディソンはハーパーをまた連れてったんだよ」

「ぜんぜんわからないわ、ラチェット。どうかしてるんじゃないの。下宿人《げしゅくにん》を住ませようっていうんなら、まず、その人のことをよく調べなきゃ。どういうことが起こるかわからないわよ。強《ごう》盗《とう》とか、殺人《さつじん》とか。まあ、とにかく、こんな話がしたくて電話したわけじゃないのよ。言いたかったのはね、わたしとハッチがそっちに遊びにいきますよ、ってこと。ハッチはハントクラブでテニスを教えてるプロなのよ」

ラチェットは口が渇《かわ》くのを感じた。ハッチって人はボーイフレンドなの？　と聞きたくてたまらなかった。たぶんそうなんだろう。でも、お母さんの口からはっきりと言ってほしかった。

「ねえラチェット、ハッチはすごくいい人よ、テニスの腕《うで》はプロなみで。あ、プロなんだけど」

ヘンリエッタが急に爆笑《ばくしょう》したので、ああそうか、ジョークだったんだな、とラチェットは思った。

「ハッチは、わたしがハントクラブの会員になれるように働《はたら》きかけてくれるって。もちろん、会費《かいひ》が払《はら》えるわけじゃないんだけど、でも強く望《のぞ》めば願《ねが》いはかなうって言うじゃない。とにかく、そっちに行くのは再来週《さらいしゅう》がいいの、ハッチが休暇《きゅうか》を取れるから。ハッチはメインの海岸に行ってみたいんですって。ペンペンとティリーが住んでるのが偶然《ぐうぜん》メインだって知って、すごく喜《よろこ》んでたわ。でも、長く泊《と》まるつもりはないの、だって、あの人たちにくだらない話なんかペチャクチャされちゃった日には、たまらないもの。あ、そうそう、ハッチはあなたにも会いたいって言ってたわよ」

ラチェットは声を出さずにこくんとうなずいた。

「なにか言ってよ、ラチェット。まあいいわ、それよりペンペンかティリーか、どっちかに電話をかわってよ。どっちか、今、正気《しょうき》に見えるほうを出して。日にちの約束《やくそく》をしなきゃいけないから。それからね、ラチェット、もうくりかえさなくてもいいとは思うんだけど、ハッチが来てるあいだ、〝あれ〟はぜったいに隠《かく》しておくこと。ぜったいよ。ハッチは健康的《けんこうてき》じゃないものが大嫌《だいきら》いな人なのよ。いぼとか、白髪《しらが》とか、そういうささいなことでも嫌うの。健康を保《たも》つことをとてもとても大事にしてる人なのよ。爪《つめ》もきれいにして、フレンチマニキュアをしてるわ。そこまで気をつかう男の人はめったにいないでしょう？　でもたぶん、ペンペンとティリーにおしゃれさせようとしても無理《むり》ね。まあ、どうせあの人たちはほとんど関係《かんけい》ないんだから、いいけどね」

ティリーが部屋《へや》に入ってきたので、ラチェットは声をかけて、受話器《じゅわき》をわたした。

そのあと、ペンペン、ラチェット、ティリーの三人はキッチンテーブルの席《せき》について、夕食の半熟卵《はんじゅくたまご》を食べた。ラチェットが言った。「お母さんははっきりとは言わなかったけど、ハッチっていう人はボーイフレンドなんだと思う」

「正直《しょうじき》言って、おどろいたよ」ティリーは卵にかぶりつきながら言った。町にドライブに出たせいでティリーはいつになく食欲旺盛《しょくよくおうせい》だった。「ヘンリエッタはもっとお金持ちを狙《ねら》っているのかと思ったんだけどね。テニスの先生なんてさほどもうからないだろうに」

ペンペンはびっくりした顔をしてスプーンを置《お》いた。「まあ、ティリーったら！　そういうことじゃなくて、たぶん、ヘンリエッタは恋《こい》をしたのよ。恋には銀行口座《こうざ》の預金額《よきんがく》なんか関係ないのよ」

「ハッチはお母さんがハントクラブの会員になれるようにしてくれるんだって。それで、ものすごく健康的《けんこうてき》な人なんだって」ラチェットが言った。

「まあ、人はいろんな理由で結婚《けっこん》するからね。わたしの例《れい》を見てもわかるけど」ティリーが言った。「ヘンリエッタにはヘンリエッタなりの理由があるんでしょう」

「結婚するんだって言ってたの？」ペンペンがたずねた。

「はっきりした言い方はしていなかったけど」ティリーは謎《なぞ》めいた言い方をした。

「じゃあ、どんな言い方をしたの？」

「いや、言ってなかったね」ティリーはしぶしぶ認《みと》めた。

「ヘンリエッタたちが来れば、すぐにわかるわね。ところで、来るときはバンゴアまで飛行機《ひこうき》で来て、それからレンタカーを借《か》りるつもりかしら？」ペンペンが言った。

「そう。それでたぶん、ディンクの先でわき道をまちがうと思うよ」ティリーは期待するかのように言った。

「ティリー！」ペンペンがたしなめた。

「みんなまちがうからね」ティリーはなに食《く》わぬ顔でそう言って、次の卵《たまご》の殻《から》を割《わ》った。

「もう、ティリーったら」

でも、ペンペンがティリーをたしなめる必要《ひつよう》はなかった。ラチェットもティリーと同じように考えていたのだ。ハッチに関《かん》するラチェットの気持ちは複雑《ふくざつ》だった。その晩《ばん》、寝室《しんしつ》の窓辺《まどべ》にすわって海を見おろしながら、ラチェットは、ハッチがあらわれてよかったという気持ちもあるな、と思った。これからはハッチも、お母さんを幸せにする責任《せきにん》を引き受けてくれるだろう。ただラチェットは、ハッチとお母さんと自分の三人で、うまくやっていけるのか不安だった。もしハッチが自分を嫌《きら》ったら、うまくいかないだろう。そうしたら、いったいどうなるのだろうか？　また は、ハッチが自分を嫌うあまり、お母さんまで捨《す》ててしまったら？　ラチェットが、お母さんのせっかくの幸せを台なしにしてしまうことになる。なんだかハーパーの気持ちがわかってきたような気がした。自分にこれからなにが起こるのかわからなくて、じっとしていられない気持ちになった。なんにも身が入らない、なにも考えず動きまわっていたい、と思った。

数日後、玄関《げんかん》のベルが鳴り、居間《いま》で本を読んでいたティリーとペンペンははっとして顔を見あわせた。

「ティリー、わたし、いろんな人が訪《たず》ねてくることにだんだん慣《な》れてきたわ。長いあいだ、だれひとりやってこなかったのに、ラチェットが来てから、いきなりうちはターミナル駅みたいになっちゃった」

「ふふん」ちっとも慣れてこないティリーは冷《ひ》ややかだった。自分の一日の計画が訪問客《ほうもんきゃく》に邪魔《じゃま》されて狂《くる》うことが、ティリーは嫌いだった。たとえ計画がなにもなくても、自分の無計画が邪魔されることが嫌いだった。「お父さんは、お母さんの人づきあいを完全にやめさせたかったんなら、着信《ちゃくしん》もできないように電話を改造《かいぞう》すればよかったんだよ。でなきゃ、電話そのものを取りはずしてしまえばよかった……」文句《もんく》を言いはじめたティリーの頭に、ふと、ある考えが浮《う》かんだ。

ペンペンも同時に同じことを考えついた。「ハーパーだ！」ふたりはそう叫《さけ》ぶなり立ちあがって、足を引きずりながらも大急ぎで玄関《げんかん》に走っていった。でも、そこに立っていたのはハーパーではなく、マートル・トラウトだった。マートルは浮《う》かない顔をしていた。

「心臓発作《しんぞうほっさ》を起こしたんですって？」と言ってマートルは部屋《へや》の中にずかずか入ってくると、ペンペンに大きなヒナギクの花束《はなたば》をわたした。ところが、その花束にはハチが入りこんでいて、あとになって家の中をさんざん飛《と》びまわり、ティリーとラチェットが一日じゅう追いまわしたあげく、やっと叩《たた》きつぶしたのだった。ペンペンはティリーに言った。「このヒナギク、ここに来る途中《とちゅう》の道ばたで摘《つ》んだものだと思うわ。茎《くき》を見ればわかる。ハサミで切ったんじゃなくて、手で摘み取ったようにちぎれてるでしょう。でも、クマがいる道なのに、よくまあこわがらずに外に出たわねえ」ティリーがそれに答えた。「そりゃあもちろん、お金をかけたくない気持ちがクマへの恐怖《きょうふ》に勝ったんだよ。欲《よく》とふたり連《づ》れになれば、人間なんでもできるもんだね」

「寝《ね》こんでしまっても不思議《ふしぎ》じゃないわ」マートルは言った。「女の子をふたりも家に泊《と》まらせてるんですもの。しかもひとりはみにくーい子で」マートルはみにくいという言葉をわざと引きのばして言った。まるでみんなはふつうなのに、ラチェットだけがものすごく変《へん》だとでもいうように。キッチンでブルーベリーのびんを洗《あら》っていたラチェットは、これを聞いて震《ふる》えあがった。

「マートル、どういうこと？」ティリーはぴしゃりと言って、足を引きずりながら後ろにさがっていった。そしてビロードのソファーに腰《こし》をおろしながら、どんどん疲《つか》れやすくなってきたな、と考えた。部屋《へや》を横切って歩くだけでも、へとへとに疲《つか》れてしまう。でも疲れてはいられない。夏の終わりにラチェットが行ってしまい、ペンペンが追いついてくるまでは、がんばらなければ。ペンペンはまだ何回も心臓発作《しんぞうほっさ》を起こさないと追いつけないのだ。

「お茶はいかが？」ペンペンはそうたずねたが、内心、マートルが〝いらない〟と言ってくれるのを期待していた。ペンペンもティリーも、今はお茶を出すほどの体力がなかったし、ラチェットにたのむのもどうかと思ったからだ。けれども、マートルが「ええ」と言って、ひざの上で手を組んでちょこんと腰《こし》かけ、クッキーが出てくるのをうれしそうに待っているので、ペンペンはしかたなくラチェットを呼《よ》んだ。そして、お茶をいれて、びんの中からクッキーを何枚《まい》か出して持ってきてくれないかとたのんだ。

お盆《ぼん》にすべてをのせて運んできたラチェットは、クッキーのお皿にお茶をこぼしたりしないように気を配り、重さにたえながらそろりそろりと歩いてきた。そしてコーヒーテーブルの上にお盆を置《お》き、それぞれのティーカップのソーサーの上にクッキーを一枚ずつのせて手わたした。

「まあ、ラチェット、ありがとう」マートルは、作りものの笑顔《えがお》を浮《う》かべてわざとらしく言った。なんて嘘《うそ》くさい、と思ったティリーは、ふん、と鼻を鳴らした。もっと若《わか》くて力があったら、マートルのすねに蹴《け》りを入れてやるのに。

「まあ、それじゃあ」マートルは、ひとり満足《まんぞく》したようにため息をもらした。そのため息は、マートルのたぷたぷしたおなかの中に落ちていったようで、椅子《いす》からはみ出た胴《どう》まわりの脂肪《しぼう》が動いた。マートルが特《とく》に太っているというわけではない、マートルぐらいの年の女性《じょせい》はみんな（ティリー以外《いがい》は）とっくの昔にウエストがなくなっているものだ、とペンペンは思った。マートルの肉はとてもたるんでいて、まるでネットの中にたくさん詰《つ》めこまれたバスケットボールのように、ボヨボヨと移動《いどう》するのだった。ペンペンは、マートルのことをじろじろ見ていたが、ふとまずいと気づいた。マートルのほうは、ラチェットがお茶をつぐところをじろじろ見ている。ラチェットの服ごしにあれが見えないかと思ったのだ。要《よう》するに、それが目的《もくてき》でマートルはこの家に来たのだ。今までの人生でマートルはああいうものを見たことがなかったので、バールになんと説明《せつめい》していいかわからなかった。腫瘍《しゅよう》なのか、あざなのか、それとも骨《ほね》の形が異常《いじょう》なのか？　バールに正確《せいかく》に説明できないのがくやしかったので、ぜひともう一度あれを見たかったのだ。

「というわけで、ニュースは以上、つづいてスポーツです。あなたたちのほうは、どうせなにもニュースはないでしょ。こんな森の中に閉《と》じこもって、町になんか出やしないんだから」

町になら、このあいだ行ってきたばっかりだよ、とラチェットはもう少しで言いそうになった。でも、そんなことを言ってしまって面倒《めんどう》なことになるのはいやだと考えなおして、だまってキッチンに入っていった。

「それで……キルトは？」ついにマートルはたずねた。

「しまった」ティリーははっとした。「車の中に置《お》きっぱなしだ！　この前、渡《わた》しに行こうと思ってたんだ。そこでちょうどマディソンに出くわしたら、ハーパーが一目散《いちもくさん》にマディソンのほうに行ってしまったんだよ。そうだよ、マートル、今回ばかりはすごくタイミングよく来てくれたね。もしよかったら、ハーパーの荷物《にもつ》をマディソンのところに運んでいってくれないかな？　わたしが持っていってあげるって言ってしまったんだけど、あなたはこれから町に帰るんだから、荷物をのせていっても同じことでしょ」

「まあ、なぜそんなことする必要《ひつよう》があるの？　今ごろカナダに向かってるはずなのに」マートルが言った。「その子の服はラチェットのためにとっておけばいいじゃない。ラチェットだって、安全ピンであちこちとめたひどい服より、そっちのほうが好《す》きなはずよ」

「ラチェットの母親がもうすぐここに来る。そのとき、あの子のちゃんとした服を持ってきてくれるよ」ティリーはきびしい調子で言った。ラチェットのために一生けんめい工夫《くふう》した服のことを批判《ひはん》されると腹《はら》がたったし、ヘンリエッタがラチェットのスーツケースを忘《わす》れたことを思い出すと、また怒《いか》りがよみがえった。「だいたい、まるで……墓場泥棒《はかばどろぼう》みたいなまねをしろだなんて、どういうつもり？」

「墓場泥棒だなんて、とんでもない！　猫《ねこ》はどうやって落としても、ちゃんと足から着地するものでしょ、あの子はそういう子よ。二日前に、わたし、店におばさんのタバコを買いにきてるハーパーにばったり会ったの。そんなふうにお金をぽんとわたして子どもにタバコを買いに行かせるなんて恥《は》ずべきことだ、ってわたし言ってやったわ。そうしたらあの子、自分が吸《す》うんだからいいでしょう、って言って、その場でタバコに火をつけて吸いだしたのよ、わたしに見せるためだけにね。ほんとに一本ぜんぶ吸《す》ってた。わたしは真っ正面からにらみつけて、あの子が自慢《じまん》げに最後《さいご》まで吸うのを見とどけてやった。タバコを吸うなんてとんでもない。冗談《じょうだん》じゃないわ！ わたしをからかうのもいいかげんにしてよ、って心の中で叫《さけ》んでたの」

「マートル、あなた、わざと意地悪してハーパーに最後までタバコを吸わせたってこと？ 親のいない十四歳《さい》の少女に？ どうしてそんなことをしたんだよ？ 最初からタバコを取りあげればよかったじゃない？」ティリーがきびしく言った。

「なに言ってるの。十二人も子どもがいるんだから、子どものあつかいぐらい心得《こころえ》てるわ。どっちが正しいと思ってるの、長年の経験《けいけん》の持《も》ち主《ぬし》と……」マートルは〝長年の経験〟の反対《はんたい》がなんなのか思いつかなかったので、思わずこう口走った。「……森に引きこもった、いかれクソばばあとだったら」

「まあ、ひどい！」ペンペンは手をふりまわしながら叫んだ。「なんという……」

「今ごろカナダに向かってる、ってどういうこと？」急に気づいたティリーがたずねた。

「赤ちゃんが生まれたのよ！」マートルが言った。「言うの忘《わす》れてたわね、そう、赤ちゃんが生まれたの。マディソンはね、町じゅうのあらゆる人に、車を運転してる最中に赤ちゃんの頭が出てきちゃった、って話をずーっとしてまわってたわ。だから、たぶん今ごろはハーパーと赤ちゃんを連《つ》れて出発したんだと思う」

「赤ちゃんが生まれたの？」ペンペンは力なくくりかえした。すべて終わってしまい、ハーパーがもう出発してしまったかと思うと、拍子抜《ひょうしぬ》けしたような失望《しつぼう》を感じた。でも、ハーパーが望《のぞ》んだことなんだったらしかたない。

「そうよ」マートルはうれしそうに言った。「おとといの夜の十時十五分のことだったわ。初めての出産《しゅっさん》にしてはすばやく生まれたとわたしたちは思ったんだけど、まあ、こう言ってもあなたたちにはわからないかしら。とにかく、ドクター・リチャードソンが言うには、マディソンは予《よ》想《そう》よりずっと元気で、赤ちゃんも未熟児《みじゅくじ》でもなんでもなく健康《けんこう》だったそうよ。元気な女の子で、ハーパートゥって名づけられた」

「ハーパー2《トゥ》?」ティリーがおどろいてききかえした。

「ハーパー・トゥよ」マートルが答えた。

「ハーパー・トゥー?」ペンペンもおどろいてききかえした。みんな、同じ名前をくりかえした。

「さあ、わたしはもう帰らなきゃ。ここを出る前にキルトをもらっていくわよ」

「ちょっと待って」とティリー。「ハーパーの荷物《にもつ》を出してくる。まだぜったいカナダになんか向かっていないと思うよ。だって、ドクター・リチャードソンが、子どもを生んだばかりのマディソンにそんなにすぐ旅行の許可《きょか》を出すはずがないから」

「ドクターがなにか言うわけないでしょ。あの女、出産のとき——つまり文字どおり赤ちゃんを押《お》し出すときに、口にタバコをくわえてたんですって。助手をしていたドクターの奥《おく》さんが言ってたんだけど、陣痛《じんつう》の波がやってきた瞬間《しゅんかん》に、マディソンは二回、フィルターを歯で噛《か》みちぎったんだそうよ。それでも、タバコがないとマディソンがいきんでくれないから、たえず新しいタバコをくわえさせてあげなきゃならなかったんですって。陣痛《じんつう》もつらいけど、タバコがなかったらもっとたえられない、って言ったそうよ」

「ドクターはなんて言ったの？」ペンペンがたずねた。ペンペンは作り話なんじゃないかと疑《うたが》っていた。人はみな勝手なことを言うもんだ。

「あら、ドクターのことはよく知ってるでしょう」マートルはうんざりしたように言った。「あの人はどんなことが起きてもなんにもしない人よ。倒《たお》れてきた木の下敷《したじ》きになったきこりが、森の中で死んだときだって、ほったらかしだったでしょ」

ティリーもペンペンも、この事件《じけん》がみんなを怒《おこ》らせたことをよく知っていた。ずっと昔、木の下敷きになったきこりが、脚《あし》を切断《せつだん》して助けられるよりそのまま死ぬことを選《えら》んだのだ。ドクターは助けようがなかったと言ったが、みんなはそうは思わなかった。ペンペンはそのとき、「脚を切断しちゃったらきこりはできないんだから、しょうがないわよ」と弁護《べんご》していた。

「とにかく、マディソンとハーパーはもう行ったと思うわ」マートルが言った。

「それでも、あの民宿《みんしゅく》にハーパーのスーツケースを持ってってもらえないかな？」ティリーが二階《かい》からスーツケースをおろしながら言った。「万一ってこともあるから」

「ティリー・メニュート、それはいやよ。どうしてそんなボロのスーツケースなんかを、わたしのきれいな車にのせてやらなきゃならないのよ？　そんなの、たぶんシラミだらけよ」マートル

は気味悪そうな顔でスーツケースをじろじろ見ながら言った。「今度町に来るとき、貧乏《びんぼう》な人たちにでもあげたら？　わたしは持っていきたくないわ。わたしはいや。ああ、でも、ほら貸《か》して。言いあってるだけ時間の無駄《むだ》だわ。バールにやらせようかしら。わたしは、キルトを縫《ぬ》いあわせなきゃいけないから、いそがしいの」

マートルはスーツケースをつかんで石の道の上を車まで引きずっていった。その途中《とちゅう》で、ハイヒールのかかとが石にはさまってよろめいた。

マートルは最後《さいご》にはいつも正しいことをするのだが、本人はそういう自分の性格《せいかく》がいやでたまらないのだった。「ちゃんとしたキルトを作ってくれたんだといいけど。ひどいできばえだったら悲惨《ひさん》よ、ほかの人たちのがみんなすばらしいから、ひとつだけ浮《う》いちゃうわ」

ティリーはマートルをじろりとにらんで、力いっぱい叩《たた》きつけるように乱暴《らんぼう》にドアを閉《し》めた。けれども、思ったほどの音はしなかった。「あ あ、おとろえるっていやだね。年とるのもいやだ。あと、あのクソばばあもいやだ」ティリーは 言った。

「ティリー」ペンペンがたしなめた。

「ペンペン、まったくね、森の中でハイヒールをはいてるなんて、どうかしてるよね？ ばかげた人間の見本だよ」

マートルのせいでティリーが動揺《どうよう》しているのがペンペンにはよくわかった。マートル本人のことはどうでもいいのだが、ハーパーがもう町を出ていってしまったという話を聞いて、ペンペンと同じようにがっかりしたのだ。でも、じつはそんなことをくよくよ考える必要《ひつよう》はなかった。次の朝、ラチェットがまだ乳《ちち》しぼりをしているころ、まだ太陽が完全にのぼりきっていなくて空のはしが桃色《ももいろ》と赤に染《そ》まっているような時間に、マディソンとハーパーとハーパートゥが、暗い顔をして戸口の前にあらわれたのだ。

あれ

「ハーパー!」ティリーは思わず叫《さけ》んだ。この不愉快《ふゆかい》な、しかし不思議《ふしぎ》と人を引きつける少女にまた会えた興奮《こうふん》を、おさえるひまもなかった。その叫び声を聞いてペンペンとラチェットも飛《と》んできた。三人は、なにかを決意したようなきびしい顔をしたマディソンのまわりを、きまり悪そうに取り囲《かこ》んだ。マディソンの横のハーパーはいつになく静《しず》かで、ドアの横に立ち、使い古しのスーツケースの持ち手を、手が白くなるほど強く握《にぎ》りしめていた。

「このスーツケースはあたしがハーパーにあげたの」マディソンは用心ぶかく話しはじめた。「お母さんにもらった、たったひとつのスーツケースなんだけど。あたしのものや赤ちゃんのものは、段《だん》ボール箱に入れたからいいの」マディソンは抱《だ》いていた赤ちゃんを、胸《むね》のあたりまで高く持ちあげた。赤ちゃんは布《ぬの》でぐるぐる巻《ま》きにされていたのでみんなには顔が見えなかった。今までおなかに入っていた赤ちゃんが、今も自分の体の一部だというように、マディソンは赤ちゃ

んを腕《うで》にしっかりと抱《だ》きしめた。たぶんハーパーはこんなふうに抱かれたことはなかっただろう。
「このスーツケースはあげる、ってハーパーに言ったの。要《よう》するに、ハーパーがカナダに来ると
うまくいかないと思ったわけ。この赤ちゃんはピエールの子よ、ピエールっていうのが彼《かれ》の名前
なんだけど。お母さんも、自分の孫《まご》だって言って喜《よろこ》んでくれると思う。もしお母さんに会えたら
だけど。でもね、もしあたしがほかの子もぞろぞろ引き連《つ》れて行ったら、あんまりよく思われな
いだろうって気がついた。悪いことばっかり考えたくないけど、赤ちゃんもハーパーも、ふたり
ともあたしたちの結婚《けっこん》で得《とく》することがなくなっちゃうでしょ。お母さんはたぶん、ハーパーはあ
たしの子じゃないって言っても信《しん》じてくれないだろうし」
だれもなにも言えなかったので、ペンペンはできるだけ心をこめてうなずいてみせた。だれも
ハーパーの顔を見ることができなかった。
「あたし、この子にハーパートゥって名前をつけたんだ。ハーパーのこと、忘《わす》れないように、っ
て」
「すてきね」とあわてててペンペンが言った。ハーパーが、今にも泣《な》きそうだけど泣くもんか、と
いう顔をしているように見えたからだ。「ハーパー、中に入って朝ごはん食べたら？」
「ううん、いい。ここで見送る」ハーパーは、身動きせず、スーツケースを握《にぎ》った手を離《はな》さず、
だれの顔も見ずにそう言った。
「小さいほうのハーパーの顔を見せてもらえないかしら？」ほかになにを言っていいかわからな

かったので、ペンペンはそう言ってみた。マディソンはさっさと行ったほうがいいんじゃないかな、とラチェットは思った。

一瞬《いっしゅん》、マディソンはちょっとうれしそうな顔になって、ハーパートゥの顔をおおっていた布《ぬの》をどけた。「ハーパートゥよ」

「ハーパー・トゥー？」

「そう、ハーパートゥ。この名前、気に入ってるの。外国の名前みたいに聞こえるでしょ。フランス語圏《けん》のカナダに連《つ》れていくにはぴったりの、外国っぽい名前だと思う。さっきも言ったけど、ほんとはハーパーも連れていきたかったんだ、って忘《わす》れないためにつけた名前なんだ。わかってるよね、ハーパー？」

「うん、わかってる」ハーパーが答えた。

「ドクター・リチャードソンは旅行をしていいって言ったの？」ペンペンはたずねた。

「もちろん。ドクターはあたしのこと、たくましい農婦《のうふ》みたいにらくらく子どもを産《う》んだって言ってたよ。こんな軽いお産《さん》は見たことないって。一度に何十人も産めたんじゃないかって。そんなにたくさん産もうとは思わないけど。えーと、もうあたし行かなきゃ。ここにハーパーを置《お》いてってもいいよね？　もし気が変《か》わったら、そのときはセント・シアズ孤児院《こじいん》に連れてってくれてもいいわけだしね」

「そんな必要《ひつよう》はないよ」ティリーがぶっきらぼうに言った。ティリーが口を開くのはそれが初めてだった。マディソンは緊張《きんちょう》した顔になってティリーのほうを見た。

「わかってる、でも、よくないことだってしなきゃならないときはあるからね。ハーパーもそれはわかってる」そう言って、マディソンはみんなに背《せ》を向け、赤ちゃんを抱《だ》きしめてポーチの階《かい》段《だん》をおりていった。ハーパーはマディソンが赤ちゃんをチャイルドシートにていねいにくりつけ、車を出す様子《ようす》を見ていた。マディソンはポーチのほうを二度と見なかった。マディソンの車が去っていったあとも、ハーパーはずっとポーチの階段にすわりこんでいた。かたわらに置《お》いたスーツケースの持ち手を握《にぎ》りしめていたハーパーの手は、ときがたって朝から昼になるうち、だんだんゆるみ、やがて離《はな》れていった。

それから数日は、ペンペンが庭に出ようと誘《さそ》っても、ハーパーは興味《きょうみ》を示《しめ》さなかった。

「まあ、あの子を責《せ》めることはできないね」ティリーはペンペンとラチェットに言った。三人は、すばらしい夏の晴天のもと、ポーチにすわって豆のさやを取っていた。「じつの母親と、母親がわりだった人と、両方に見捨《みす》てられたんだもの。でも最後《さいご》まで、マディソンがまたもどってきてくれるんじゃないかって思っていたんだろうね。今まで何度も何度も気が変《か》わったんだから。ペンペン、豆のさやがポーチじゅうに散《ち》らばってるんだけど」

ペンペンは床《ゆか》を見おろして、ぼんやりした様子のまま、足で蹴《け》ってさやをポーチの下に落とした。「ハーパーは、みんなの目の前で捨てられて、さらし者になった気分なんだと思う。あの子にお母さんの頭を見つけた話をしてあげようかしら」

「ちょっとちょっとペンペン、だれもそんな話、喜《よろこ》ばないよ。気味が悪いだけじゃないの」

「ペンペンがお母さんの頭を見つけたの？」ラチェットがたずねた。

「ペンペン、ほんとにその話はやめなさいよ。気分がよくなるような話じゃないんだから。この子たちに悪い夢《ゆめ》を見せるだけだよ」

「でもね、あの子が孤独《こどく》な気持ちで屋敷《やしき》をうろうろしてるのが、かわいそうでしかたがないの」

「そりゃあわかるけど、お願《ねが》いだからあの話だけはやめて」そう言ってしまうと、ティリーは目を閉《と》じて眠《ねむ》りに落ちた。ティリーは最近《さいきん》、昼寝《ひるね》することが多くなった。長いこと意識《いしき》を保《たも》っているのは疲《つか》れる、というような様子《ようす》だった。

食事の時間になると、ハーパーは無言《むごん》のまま食卓《しょくたく》にやってきた。今やついに、〈グレン・ローザ荘《そう》〉でも規則《きそく》ただしく食事が出るようになったのだ。けれども、ハーパーはもう、ほかの人のデザートまで食べようとしたりはしなかった。ガーデニングもしようとしなかった。会話にもあまり参加《さんか》しなかった。だから、ある晩《ばん》、夕食が終わったときに、ハーパーがいきなり発言したのにはみんなおどろいた。「肩甲骨《けんこうこつ》の上のあれってなんなの？」

テーブルに前かがみになって眠りかけ、シェリーのグラスにもうちょっとで鼻をぶつけそうだったティリーは、目をあげて「ハーパー！」とおざなりに言った。

「生まれつきなの」ラチェットが答えた。

「余計《よけい》なお世話だよ、ハーパー」ティリーが言った。

「生まれたとき、お医者さんが悲鳴をあげたってお母さんが言ってた。だけど、自然《しぜん》に消えますよ、って言われたんだって。赤ちゃんのときにはひどいあざがあったりすることがよくあって、そういうのはだんだん薄《うす》くなっていくんだって。小児科《しょうにか》の先生が、消えるまで隠《かく》しておきなさい、って言ったの」

「お母さん、どうして取っちゃおうと思わなかったんだろう？」ラズベリー・ケーキの残《のこ》りを噛《か》みながら、ハーパーが言った。「あたしだったらそうするな。たいしたことじゃないでしょ？あざぐらい手術《しゅじゅつ》で取ればいいだけなのに、どういうバカ医者が隠せなんて言うの？」

ティリーが起きていたなら、なにか反論《はんろん》したかもしれない。でも、ティリーは今テーブルに突《つ》っ伏《ぷ》して眠《ねむ》っていた。

「シーッ、静《しず》かに」ペンペンはティリーを指さして言った。「眠ってるんだから」

「ていうか、酔《よ》いつぶれたんでしょ」ハーパーはうんざりしたようにそう言いながら、シェリーの入ったびんを洋酒棚《ようしゅだな》にしまった。「こんなおばあちゃんのくせに、ずいぶん酔っ払《ぱら》ってばかりだよね」

ペンペンはチッと舌《した》を鳴らしただけだった。ハーパーの観察《かんさつ》は事実《じじつ》なので、反論すべきかどうかわからなくなってしまったのだ。

「ドクター・リチャードソンに取ってもらえばいいじゃない。ドクターはそういう手術もできるんでしょ？」ハーパーが言った。

「そうねえ、ガイ・ディオンの脚《あし》を切断《せつだん》したことがあったけど」ペンペンは慎重《しんちょう》に言った。

「それならだいじょうぶだよ」以前《いぜん》と同じように元気な声になってハーパーは言った。

「あとは、カスパー・ヴェンデッティの右手の指も切断したわ」

「指を切り取るよりはあれいを取るほうがずっと簡単《かんたん》だよね」

「お母さんをびっくりさせるために、やってみようかな。お母さんが来る前に」ラチェットが言った。

「本気で取ってもらうつもりなの？」ラチェットとハーパーが食器《しょっき》をさげおわって洗《あら》いはじめたときに、ペンペンがそっとたずねた。

そのとき、ラチェットは白昼夢《はくちゅうむ》を見ていた。ラチェットとハッチとヘンリエッタがハントクラブでお昼ごはんを食べたり、プールで泳いだりしている。ラチェットの肩甲骨《けんこうこつ》の上には、小さな蝶《ちょう》の形の傷《きず》が残《のこ》っているだけだ。「費用《ひよう》はいつか返すから。ちゃんと借用証書《しゃくようしょうしょ》を書くから」

「いいえ、いいえ」ペンペンがあわてて言った。「そういうことを言うつもりじゃなかったの」

ペンペンはなぜか心配だった。それがどうしてなのか気づいたのは、ベッドに入ってからだった。翌朝《よくあさ》、起きてから、ペンペンはハンモックの上にすわり、ガーデニングをまた始めたハーパーをうれしい気持ちでながめた。たとえどんなことがあっても、ハーパーがガーデニングをせずにいるなんて、長くつづくわけはなかったのだ。ラチェットはまだ牛小屋からもどってきていなかった。「ねえ、ラチェットにあれいを取る手術《しゅじゅつ》をすすめてよかったのかしら」ペンペンは言った。

「お金払《はら》うのはそっちだから」ハーパーは、自分がいないあいだにはびこってしまった雑草《ざっそう》と格《かく》闘《とう》しながら言った。

「わたしがお母さんの首を見つけたあずまやは、この近くにあったのよ」

ハーパーは、ぎょっとして手を止めた。

「そうなのよ、ほんとうに」ハーパーが信《しん》じられないという顔をしているので、ペンペンは一生けんめいうなずいてみせた。「胴《どう》体《たい》や頭だけ見つけるのと、両方いっしょに――いっしょとは言えないわね、切り離《はな》されているんだから――とにかくもうくっつきはしないけど、近くで両方とも見つけるのと、どっちがひどいことかしらね？　まあわたしの場合は、胴体なしの頭だけっていう、すごいものを見つけちゃったわけだけど。いや、考えてみたら、横に胴体があったほうが納《なっ》得《とく》できたかもしれない。でも、実《じっ》際《さい》はそうじゃなかった。頭だけだったの。わたし、庭でスキップしてたのよ。まあ、スキップするほど幼《おさな》くはなかったんだけど、使用人しかいないところに暮《く》らしてたから、平気でしょっちゅうスキップしてたわ、庭じゅうをぐるぐるぐるぐる、庭の道を行ったり来たりして。昔はもっとすてきな庭だったのよ、ハーパー。もっと花《か》壇《だん》がたくさんあったわ。あなたが見たらきっと気に入ったと思う。もちろん、庭《にわ》師《し》たちがいたからそんなにきれいだったのよ。あんな広《こう》大《だい》な庭、庭師がいなくちゃ手入れできないわ」

「ふうん」とハーパー。

「それで、わたしは『なにかおもしろいことないかなあ』と思いながらスキップしてたの。そうしたら、髪《かみ》の毛を発見した。血まみれになってもつれてたわ。首を切り落としたら、当然《とうぜん》、髪の毛が血でびっしょりになるわよね」

「最後《さいご》のシャンプーだね」ハーパーが言った。

「そうね」ペンペンは言った。ハーパーはガーデニングをしているときは、性格《せいかく》がぜんぜんちがう、とペンペンは考えていた。ふだんよりやさしい。「そうよね。で、もちろん、それを見てわたしは立ちすくんだ」

「そりゃそうだよ。あたしだって生首なんか見たら動けなくなるよ」とハーパー。

「その瞬間《しゅんかん》に思ったことは、いまだに忘《わす》れられないわ。『あら、お母さんの頭、庭でなにやってるのかしら?』って」

「ショックを受けたせいだね」

「そのとおり。で、次に思ったのは、こんなばかみたいなことを冷静《れいせい》に考えてるなんておかしいな、ってこと。ほんとだったら、わけのわからないこと叫《さけ》んだりしてるはずでしょう。なるほど、たいへんなことに出くわすと、思いがけない行動をとるものね」

「マディーがクロゴケグモを見つけたことがあったんだよね、うちのお風呂場《ふろば》で。マディーはフライパンでクモを叩《たた》きつぶして、タイルを四枚割《まいわ》っちゃった。大家《おおや》にタイル代を払《はら》わされたマディーは、猛毒《もうどく》のクモを建物《たてもの》の中で飼《か》ってた大家を訴《うった》えてやる！　ってどなってた。でもあたしが忘れられないのは、マディーがボコボコに叩きつづけて、クモがとっくに死んだあともまだ叩いていた姿《すがた》だな。クモがそこにいること自体に腹《はら》をたてて、怒《いか》り狂《くる》ってたみたいだった。あとであたしが『もう虫がとっくに死んでるのに、それでも叩《たた》きつづけてたよ』って言ったら、マディーはこう説明《せつめい》してた――クモがそこにいることに腹がたって、それから、いつもこんな目にあうってことに腹がたって、あと、こんな安っぽいタイルを貼《は》った薄汚《うすぎたな》いボロ家《や》に住んでるってことにも腹がたってきたんだ、って。それに、いてほしいときに男の人がいないっていうことにも腹がたったんだって。あんなふうに怒《おこ》ったマディーはあとにも先にも見たことないけど、あんなに腹をたてた相手があたしじゃなくてクモでよかった、って思ったのをおぼえてる。ところで、お母さんは自分の首を切るのになにを使ったの？」

「滑車《かっしゃ》をたくさん吊《つ》ったの。それで、庭用の石のベンチを、ひざまずいて首をのせる台にした。あと、おのの取《と》っ手《て》をはずして、刃《は》だけをロープに結《むす》びつけた。間《ま》にあわせのギロチンみたいなものね。なかなか凝《こ》ったものだったわよ。きっと、前から時間をかけて準備《じゅんび》してたのね」

「銃《じゅう》を使えば簡単《かんたん》なのに、どうして？」

「わからない。わたしもそのことをずっと考えていたの。銃なら、うちにいくつもあったのよ。なのにどうして、あんな複雑《ふくざつ》でおそろしい、それに不確《ふたし》かな方法《ほうほう》を選《えら》んで自殺《じさつ》したのかしら？

〝不確か〟だったっていうのが引っかかるのよね。検死官《けんしかん》がのちにお父さんに話したところによれば、お母さんは何度か失敗《しっぱい》していたらしいの。ベンチについたおのの跡《あと》を見るとわかるんですって。何度も落とされた形跡《けいせき》があってね。どういうことかわかる？　失敗に終わったってわかったときに、またもう一度覚悟《かくご》を決めて、やりなおさなきゃならなかったのよ。今度こそしりごみしちゃうかしら？　って思いながら。お母さんは、たぶん逃《に》げたかったんでしょうね。逃げる余《よ》地《ち》がある装置《そうち》にしたかったのよ。ほんとうにこれでいいのかしら、と考えたかったのよ」

「そうかもね」

「そう、わたしはそうだと思うの」

「いつも、庭をスキップしてまわってるってこと、お母さんは知ってたの？　だから見つけてくれるだろうって思ったのかな？」

「お母さんの姿《すがた》は数週間前から見かけてなかった。引きこもってしまっていたのね。わたしは深く考えていなかったけど。まだティーンエイジャーだったから、お母さんは食事の席《せき》に出てこないだけで、そのうちすれちがってわたしの頭をなでてくれるだろう、と思ってた。もちろん、なんだか変《へん》だな、とは感じてたわ。ただ、ティリーとわたしはそんなことを考えないようにしていたのよ。だから、あえてスキップなんかしてみたんだと思うの。もちろん、そんな話はしなかった、ティリーとも、ほかのだれとも。で、結局《けっきょく》、庭にあったお母さんの頭を見つけたの。長らく夢《ゆめ》に出てきたわ、あの頭を拾いあげて、胴体《どうたい》の上にもとどおりのせる、って場面が。現実《げんじつ》には拾いあげる勇気《ゆうき》なんかなかなかったんだけどね」

ポーチにいたティリーがみんなを呼《よ》んだ。「十二時になったよ！」

ペンペンは昼食を作りに家の中に入っていった。昼食のあと、四人は車でディンクに向かい、ドクター・リチャードソンの家に行った。ポーチにいたドクターは、まずペンペンを診察室《しんさつしつ》に連《つ》れていった。ペンペンの心の中では、ラチェットのあれを取りのぞくことだけでなく、さまざまな心配がからみあっていた。

「元気ないね。顔色がよくない」ドクター・リチャードソンが言った。

「それは……」

「ちゃんと寝《ね》てる？」ドクターは大声で言った。

「寝てるけど……でも……」ペンペンはドクター・リチャードソンに、ラチェットが受けたがっている手術《しゅじゅつ》のことを心配そうに話した。

「じゃあ、見てみよう」ドクターは言った。「ところで、ちゃんと寝てるんだったら、どうしてそんなに疲《つか》れた顔をしてるの？　子どもたちが負担《ふたん》になってるのかな？」

「負担になんかなっていないわ」ペンペンは疲れた声で言った。「心配なのは今後のことなの。ティリーの様子《ようす》を見たでしょう？」

ドクター・リチャードソンは憂鬱《ゆううつ》そうにうなずいた。

「わたしだって、長くはないのよね？」

「あなたについては、予言《よげん》のしようがない。まだ何年も生きるかもしれないし、そうじゃないかもしれない。ただ、ティリーについては、残《のこ》り時間がかぎられていることは認《みと》める」

「わかってるわ、ちょっと前に先生が言ってたとおりになってきてるもの。ティリーはどんどんやせて疲《つか》れやすくなって、脚《あし》や足首がむくんできている。あれが浮腫《ふしゅ》なのね。それともうひとつの心配は、ハーパーの母親がわりをなんとかさがさなきゃってことなのよ」

「母親。ばかばかしい！　あのハーパーの母親っていうのは強情《ごうじょう》な女だ。ハーパーはあなたがたといっしょにここにいるほうがいい。でなきゃセント・シアズ孤児院《こじいん》にいるほうがいい。でなきゃクマといっしょにいるほうがまだましだ」

「まあ、そんな。孤児院にいるほうがいい子なんていないわ、まさか。問題は、わたしたちがハーパーをどうしていいかわからないってことなの」

「取《と》り越《こ》し苦労《ぐろう》はしなくていいよ。とにかく、あの子を見知らぬ場所に放りこもうなんて思っちゃだめだ。あの子は少しゆっくりさせてやったほうがいい。安定した環境《かんきょう》に置《お》いてやるんだ」

「ええ、わかってるんだけど、もしあの子が冬もここにいるんだとしたら、どこの学校に行かせればいいの？」

「家で勉強させるんだ。あなたたちもそうしたでしょう」

「わたしたちには家庭教師《きょうし》がいたのよ」

「家庭教師がいなくても家で勉強させている人はいくらもいる。パソコンを買いなさい。あと、あのひどい電話をちゃんと直すんだな」

「ああ、それは無理《むり》よ。ティリーがいやがるの。電話がかかってくることも、ほんとうはいやみたい。ティリーはなにもかもを、お母さんが亡《な》くなったときのままにしておきたいの。このごろ、ティリーが飲むお酒の量《りょう》がどんどん増《ふ》えてる。この前、町に来たときなんか、ケースで買ってたわ。隠《かく》さなきゃだめかしらって思ってるの。体にいいわけないでしょ？」

「よくないね」ドクターが言った。

「取りあげたほうがいいわよね？」

ドクターは髪《かみ》の毛をちょっとかきあげてから、やさしく言った。「もう今となっては、なんでも好《す》きにさせてあげていいと思うよ、ペンペン」

ペンペンは泣《な》きくずれてしまい、なんとか気持ちを落ち着けるまで時間がかかった。ペンペンにティッシュペーパーをわたしながら、ドクター・リチャードソンは渋《しぶ》い顔をしていた。医者という仕事も楽じゃない。ようやくペンペンが泣きやみ、ぐしゃぐしゃの顔をぬれたティッシュで拭《ふ》いてしまうと、ドクターは言った。「ラチェットをここに連《つ》れてきて。どうすればいいのか見てみよう」

ラチェットは〝あれ〟がついに取れると思うとわくわくしていたが、どういうふうに取るのか考えるとてもこわい気持ちだった。ドクター・リチャードソンは何本も麻酔《ますい》を打って痛《いた》みを感じないようにしてくれたが、なにをしているかという感触《かんしょく》だけはあった。でも、ドクターがいろいろ話しかけてくれたので気がまぎれて助かった。もしも肉や骨《ほね》をメスで切る動きに意識《いしき》が集中してしまったら、きっと吐《は》いてしまうか失神《しっしん》してしまうか、またはその両方をやってしまうか、というところだった。

「フロリダ州《しゅう》から来たんだって？」まるでケーキ作りのような楽しげな様子《ようす》で手を動かしながら、ドクターは明るくたずねた。

「そう」とだけラチェットは答えた。あまりしゃべると、体が動いて内臓《ないぞう》まで切れてしまうんじゃないか、と心配だったのだ。

「フロリダのどこ？」

「ペンサコラ」

「ペンサコラか……ペンサコラ……なにも知らないなあ、ペンサコラのことは。どんな町なのか知りたいね。ペンサコラのことを話してくれない？」

「わたしもよく知らないんです」少し気分が悪くなってきたラチェットは、浅い呼吸《こきゅう》をしながら言った。今のラチェットの頭の中には、ペンサコラのことがほとんどなにも残《のこ》っていなかった。

「わたしは、引退《いんたい》したら妻《つま》とふたりでフロリダに行きたいんだ。昔からの夢《ゆめ》でね」

「先生は森が大好《だいす》きなのかと思ってた！」おどろいたラチェットは思わずそう言った。ドクター・リチャードソンは、ラチェットがそんなことをちゃんと知っていたからか、それとも自分からしゃべったからかわからないが、おどろいているようだった。

「好きだよ」ドクターは言った。ラチェットをやさしいまなざしで見ながらも仕事をどんどん進めていった。「わたしは好きなんだけど、妻は森が嫌《きら》いなんだ。ただ、結婚《けっこん》すると夫《おっと》の仕事の都合《つごう》で住む場所が決められてしまうこともある。結婚とはそういうものだと思って、妻は森の中に

住むことをがまんしてくれてる。文句《もんく》を言ったことは一度もないんだよ。でも、寒さというのは妻《つま》のバーサにとってよくないんだ、関節《かんせつ》を冷《ひ》やすからね。わたしは、引退《いんたい》したら妻をどこかあたたかいところに連《つ》れて行きたいんだ。で、夏のあいだだけここに帰ってくればいいんだから」

「そう」肉がひっぱられたり切られたりしているのを感じながら、ラチェットは答えた。

「フロリダ州《しゅう》は、夏のあいだはだいぶ暑《あつ》いんだって？」

「そう」とまた言ったラチェットは、肉をつままれて、チョキチョキ切られるのを感じていた。ラチェットは、ハントクラブのすてきなブルーのプールのことを思い浮《う》かべた。（すばらしいハントクラブ！）とラチェットは心の中で唱《とな》えた。チョキチョキ。ドクター・リチャードソンはまたなにかこすっている。（そう、ハントクラブ！　なんてすばらしい！）針《はり》でつつかれた。ドクターはいったいなにをしているんだろう？　（そう！　ハントクラブがなければどこに行く？）

糸が肉を縫《ぬ》いあわせているのを感じた。（行く場所なんてどこにもない）なにかぬれたものがペタペタと押《お》し当てられた。（ほんとうにすばらしいところ！）またハサミでチョキチョキやられた。（そのとおり！）目の前がぼやけてきた。

「はい、ちょっとがんばってね。もうすぐ横になれるよ」ドクター・リチャードソンは、気を失《うしな》いそうになっている人のあつかいに慣《な》れていた。といっても、ふだんは自分の足が切断《せつだん》されるのを見ているきこりの男たちが相手だったが。それでも失神《しっしん》は失神だ、とドクターは思った。あまり楽しい仕事じゃないけれど。

「そう」ドクターは大急ぎで、快活《かいかつ》に言葉をつないだ。「フロリダこそ、いつの日か行きたいと思っていたところなんだ。ただ、その前にここでの仕事を引き継《つ》いでくれる医者をさがさなきゃいけない。ここの人たちみんなに、自分で傷《きず》を縫《ぬ》えとか、自分で赤ちゃんを産《う》めとか、自分で処《しょ》方箋《ほうせん》を書けとかって言うことはできないからさ。まあ、ほんとうはみんなできるのかもしれないけど。毎年、春になると、わたしは卒業間近《そつぎょうまぢか》の医学生にあてた誘《さそ》いの手紙を書いてるし、しかも毎年毎年あて先を増《ふ》やしているんだが、だれも応募《おうぼ》してこないんだ」

「どうして?」ラチェットはたずねた。この会話にそれほど注意を払《はら》ってはいなかったのだが、とにかく話しつづけてほしい一心だった。失神《しっしん》するな、失神するな、失神するな、とラチェットは呪文《じゅもん》のように何度も何度も、心の中で唱《とな》えつづけた。

「お金があまりもうからないからさ。たいていの人は、生きていくためにはお金をもうけることが大事だと思っているようだ。おかしなことだね、わたしはここに来るときそんなことぜんぜん考えなかったよ。〝自分らしい人生を生きる〟ってことしか考えなかった。わたしは、医学っていうのはひとつの技術《ぎじゅつ》だと思ってる。学べば学ぶほど、よくわかってくるんだ。病気のことも、患者《かんじゃ》の気持ちも……毎日、一生学びつづけるものなんだよ。わたしは今も学んでいるし、まだ学びたい。きみはどうかな?」ラチェットが返事をしなかったので、ドクターはもう一度大声で言った。「ねえ、どうかな?」

「ええ」ラチェットは唇《くちびる》を動かさずに答えようとした。今は微動《びどう》だにしたくなかったのだ。まるで自分の背中《せなか》がぱっくり開かれているように感じていた。ちょっと動くと大事な内臓《ないぞう》が飛《と》び出してしまうのではないかとラチェットはびくびくしていた。

「わたしが医者になったのは、まさしく医療《いりょう》をやりたかったからであって、お金をもうけて豪華《ごうか》な家を買ってそこに豪華な家具をならべたいから、なんていう理由ではなかった。そう、わたしはここに来たかったからここに来た。ほかの人がほかの理由でここに来るのはいやだった。きみのおばさんもそうだろ。自分のやりたいことをやって生きている。おばさんも、森の中に暮《く》らしてるのが好《す》きなんだよ。そうだろ？」

「ティリーのこと？」ラチェットは言った。

「ティリーじゃなくて、ペンペンのことだ。ペンペンはミツバチや牛を飼《か》って、自分の庭を持っている。ペンペンは自分の生まれたこの場所が大好《だいす》きなんだ」

「そうね」ラチェットは言った。今はどんなことにも、はいとしか言う気になれなかった。早く縫《ぬ》いあわせて、早く縫いあわせて、とパニック状態《じょうたい》になっていたが、でも、そのさなかにも、ペンペンとわたしはそこが似《に》ているな、というあたたかい思いが、川のように流れこんできた。かすんだ朝の光の中、静《しず》けさに満《み》ちた牛小屋やミツバチの巣《す》で動きまわっていると、なにかの中心にいるような特別《とくべつ》な気分になるのだ。

「そう。みんなはペンペンとティリーのふたりを、頭のおかしい変《か》わり者だと思っている。でも、ふたりはたぶん、自分たちに合うことをやっているだけなんだよ。まあ、とにかく、わたしとバーサは、わたしと同じように森の生活と医学の勉強が両方好《す》きな人がだれか来てくれないかと待っているんだ。さあ、できたぞ。ちょっと待って、動かないで。失神《しっしん》しなかったごほうびに、ペロペロキャンディーをあげよう。子どもあつかいされてばかにされた、なんて思わないでね、きこりたちにもいつもあげてるんだから。大《だい》の大人《おとな》でも『いらない』ってことわった人は今までひとりもいないよ」ドクターがキャンディーを取りにいこうとしてあっちを向いたとたん、ラチェットは失神した。でも、意識《いしき》を取りもどしたときに、ドクターはペロペロキャンディーをくれた。意識を取りもどしたごほうびだよ、とドクターは言った。

ラチェットの背中《せなか》はひりひり痛《いた》んでいた。〝あれ〟を取りのぞくのは、思ったほど簡単《かんたん》なことではなかった。ラチェットは化膿《かのう》止めと痛《いた》み止めを飲んで、ベッドに寝《ね》ていた。ハーパーは、注文した帽子《ぼうし》と水着が来たので大喜《おおよろこ》びだった。ティリーとハーパーは海岸におりていった。崖《がけ》の道をあがってもどるときは、ハーパーがティリーを手押《てお》し車にのせて運んだ。ある日、そうやってティリーを運んでいる最中《さいちゅう》に、金切《かなき》り声が聞こえてきたので見あげると、女の人と、頭がはげあがっているが女の人よりは若《わか》そうな男の人が、車からおり立ったのが見えた。「見て！」女の人は、まるでおもしろい見世物《みせもの》でも見つけたように、愉快《ゆかい》そうに言った。「手押し車に乗ってる、あれがティリーよ！」もしもハーパーが、ラチェットのお母さんが来るということをおぼえていたなら、あの人がそれだとわかって好奇心《こうきしん》たっぷりに見ていたかもしれない。でも、そんなことは忘《わす》れていたので、女の人をちらりと見た瞬間《しゅんかん》に、こういう人は避《さ》けたほうがいい、と思って、ペンペンをさがしに屋敷《やしき》の裏《うら》に向かった。

ティリーは手押《てお》し車からおり、目を細くしてそのふたりを見た。海岸に行ったあとのティリーはいつも疲《つか》れはてていたし、自分たちの敷地《しきち》に他人が踏《ふ》みこむのも気に入らなかった。ティリーがヘンリエッタに最後《さいご》に会ったのは、まだ子どものころだったので、その女の人がヘンリエッタなのだとわからなかった。それに、ハーパーが帰ってきたり、ペンペンが心臓発作《しんぞうほっさ》を起こしたり、ラチェットが手術《しゅじゅつ》をしたり（手術はじつはヘンリエッタのためだったのだが）、いろんなことが起こりすぎて、ヘンリエッタがもうすぐやってくるなどということはティリーの記憶《きおく》からすっとんでいた。だから、ティリーはふたりに突進《とっしん》していって（亀《かめ》のようにのろかったけれど、本人は突進していったつもりだった）やせ細った指を突《つ》きつけ、「いったい、あんたたち、だれ？」と言った。ヘンリエッタは、ああやっぱりティリーは頭がおかしくなってしまったんだ、と思った。そして、ハッチにそのようなことを警告《けいこく》しておいてよかった、とも思った。

ハッチは、テニスをするときのように軽《かろ》やかに前に飛《と》び出した。まるで、いつでもバックハンドでラケットを振《ふ》ってやろうとでもいうようだった。「はじえまして、はじえまして」ハッチは、緊張《きんちょう》すると話し方がはっきりしなくなる癖《くせ》があった。今の言葉も、まるで口いっぱいにビー玉を詰《つ》めたまま水の中でしゃべっているような、変《へん》な音に聞こえた。

「さわらないで」と吐《は》き捨《す》てるように言って、ティリーはタオルでハッチの手をバシバシ叩《たた》いた。

「ティリーおばさん、わたしヘンリエッタよ」ヘンリエッタは、タオルのぶつからない距離《きょり》までさがりながら、ゆっくりと注意ぶかくそう言った。「また来たのよ。おぼえてるでしょ」

ティリーはじいっとヘンリエッタを見つめた。とつぜんヘンリエッタのことを思い出したが、できれば思い出したくなかった。毎年夏にヘンリエッタがやってくることがティリーはいやだったので、もう来ないような年ごろになったとき、ああよかったと思ったのだった。ヘンリエッタに唾《つば》を吐《は》きかけたいぐらいだったが、ラチェットのことが大好《だいす》きだったので、その母親なのだからと思いとどまった。「ああ、ヘンリエッタ」ティリーはそっけなく言った。そしてハッチのほうを向いた。「で、あなたはボーイフレンド？」

ハッチは、またもや聞きとりにくいしゃべり方で言った。「ハッチれす、ハッチていいます」

「まあ、用があるんなら家の中に入れば」ティリーが言った。「ラチェットはそこらにいるよ。あなたたち、泊《と》まってくんでしょ？」

「それはご迷惑《めいわく》かと思いまして」とハッチは言ったつもりだったが、「うわめーっかとーますと」としか聞こえなかった。ティリーが「口の中になにか入ってるんだったら吐き出したらどう？」と今にも言おうとしたそのとき、わーっという喜《よろこ》びの叫《さけ》びが聞こえ、ラチェットが階段《かいだん》をかけおりて、ヘンリエッタめがけて走ってきた。一、二メートル手前まで来ると、ラチェットは立ち止まって恥《は》ずかしそうにほほえんだ。

「ラチェット」ヘンリエッタが言った。「まあ、タイミングがよかったわね。この人がハッチよ」

「はじぇーあして」握手《あくしゅ》をしようとピョコンと飛《と》び出したハッチは、モゴモゴとそう言った。

「すっごいいーとこすね。クマもすごいあれで。テニスやるんすか？」ハッチは勇敢《ゆうかん》にも、意味をわからせようとしてしゃべったのだったが、それは無理《むり》だった。

「入ってお茶をおあがりなさい。ペンペンがいれてくれると思うから」ティリーはそう言って、よたよたと家の中に入っていった。水着のままでお茶を飲んでやろう、とティリーは心に決めていた。このふたりの客が九十一歳《さい》の老女《ろうじょ》の水着姿《すがた》を見たがらないとわかっていたからだ。ハッチはティリーのことをじっとながめていたが、その表情《ひょうじょう》からはいったいぜんたい、うっとりしているのか不愉快《ふゆかい》なのかわからなかった。

ペンペンはハーパーといっしょに家の中に入ってきた。ふたりとも畑仕事のあとなので汚《よご》れたかっこうをしていた。ハーパーは土をひっくりかえしてミミズがぞろぞろ出てきたのに大喜《おおよろこ》びし、ペンペンに見せようとつかみあげたりしたのだった。ペンペンは、ガーデニングを再開《さいかい》していた。もうこれ以上《いじょう》ガーデニングをせずに暮《く》らしていられなくなったのだ。

「あ、すごい、これ見て！」ハーパーはそう叫《さけ》んで、自分の指のあいだでのたくっているミミズを持ちあげた。ふたりはうれしくなって大声で笑《わら》った。ミミズってすごい、とハーパーは思った。疲《つか》れ知らずでひと晩《ばん》じゅう土を耕《たがや》してやわらかくしてくれる、庭師《にわし》の軍団《ぐんだん》みたい。ミミズの感触《かんしょく》とにおいは、イーストが働《はたら》きはじめたパン生地《きじ》のように豊《ゆた》かで、軽《かろ》やかで、生命感にあふれていた。ハーパーはそのときは知らなかったが、妊娠《にんしん》した女の人のにおいにも似《に》てるんだ、と、のちにドクター・フィールディングは言った。

ペンペンと家に入ったハーパーは、ふたりともそういうにおいをさせていることに気づいた。土の洗礼《せんれい》を受けると身につく庭師《にわし》の香《かお》りだ。ふたりはその香りにまみれていた。まるで永遠《えいえん》の幸せを身につけているように、土の香りと結《むす》びついていたのだ。ペンペンもそのにおいと、ハーパーの畑仕事へのエネルギーを分けてもらって、元気になったように感じていた。ふたりは興奮《こうふん》にわきかえって部屋《へや》に入ってきたので、ダイニングルームのテーブルのまわりにつまらなそうな顔をしてすわっている三人を、もう少しで見落とすところだった。

「ラチェットはキッチンでお茶をいれてる」ティリーはそう言いながらも、シェリーに手をのばしたくてうずうずしていた。

ペンペンは、ティリーがお茶の盛装《せいそう》としては異常《いじょう》なかっこうをしているのに気がついた。男の人が疲《つか》れてどんよりした顔をしていることや、女の人が明らかに、したくもない会話を無理《むり》にはずませていることもわかった。ペンペンは思わず「あらまあ、あなたが来ることなんかすっかり忘《わす》れてたわ」と言った。

どんどんぼけてきてる、とヘンリエッタは思った。「ペンペンおばさん、お久《ひさ》しぶり」ヘンリエッタは立ちあがって、ペンペンに手をさしだした。ハッチも立ちあがったが、またタオルが飛《と》んでくるのをおそれてか、手はひっこめたままだった。

「ああ！」ハッチが言った。「あ、ちゃーす」

一瞬《いっしゅん》、ペンペンはハッチが外国語をしゃべっているのかと思った。ヘンリエッタは思わずハッチを平手《ひらて》打ちしそうになった。飛行機《ひこうき》に乗ったあと、レンタカーで長くくねったでこぼこ道をクマにぶつかりそうになりながら走ってきて、いいかげん疲《つか》れきっていたのだ。ハッチだって、もっとリラックスしてくればまともなことをしゃべれるようになるのだけれど、この家にいるかぎりは無理《むり》そうだった。とにかく、どうしてわたしが、みんなはハッチをどう思っているかなんて心配しなくちゃいけないの？　とヘンリエッタは思った。ハッチはどう思っているかしら、とみんなが心配すべきじゃないの？　特にラチェットが心配すべきだわ。気をひきしめてもらわなくちゃ。

ラチェットがお茶を運んできたとき、みんなはようやく、ハーパーを紹介《しょうかい》していないことを思い出した。ハーパーはふたりには関係《かんけい》ないのだからと、ティリーはごく短く紹介した。ヘンリエッタにこれ以上《いじょう》子どもを近づけてはいけない。ティリーはヘンリエッタに、じろじろ見るひまさえ与《あた》えなかった。もう少しでハーパーに、「お茶を持ってこの部屋《へや》から逃《に》げ出しなさい」と言ってしまうところだった。ハーパーは、ハッチとヘンリエッタのことを、まるで危険《きけん》な爬虫類《はちゅうるい》をながめるかのように、用心ぶかく、しかし熱心《ねっしん》にながめていた。ヘンリエッタはひとりでしゃべりつづけていた。ハントクラブについての長ったらしい話で、わき道にそれてばかり、しかも話に出てくる人物のことなどだれも知らないし、本題には関係《かんけい》ない人ばかりなのだった。ペンペンはおもしろがっているように見えるよう、せいいっぱいがんばって笑顔《えがお》を作っていた。ティリーは、洋酒棚《ようしゅだな》のほうに行きたいという気持ちと戦《たたか》いながら、またテーブルの上で寝《ね》てしまいたいという気持ちと戦いながら、目を細くして努力していた。それに気づかなかったのは、別《べつ》のことを考えているような様子《ようす》でそわそわしていたハッチと、ほかの人のことを意識《いしき》せずにぺらぺらしゃべりつづけていたヘンリエッタだけだった。

ラチェットはハッチにクッキーのお皿をわたした。ハッチが三度目にクッキーを取らずにお皿をとなりへまわしたとき、ティリーがヘンリエッタの長話をさえぎって立ちあがり、「これは、すごくおいしいクッキーなんだよ！」と叫《さけ》んだ。

そのクッキーは、ペンペンが心臓発作《しんぞうほっさ》を起こす前に作って、冷凍《れいとう》しておいたものだった。もう食事は作るようになったものの、ペンペンはお菓子作《かしづく》りはやめていた。ティリーにとって、ペンペンがお菓子を焼《や》く元気もないほど具合《ぐあい》が悪いということは、とてもつらいことだったのだ。ティリーは、この最後《さいご》のクッキーをとても大切に思うと同時に、こんないいものを取ろうとしない人間に死ぬほど腹《はら》がたった。まるで、最後の晩餐《ばんさん》で、まわってきたワインを前に、「わたしはお酒は飲まないんで、けっこうです」と言うようなものだ。

「ハッチはクッキーなんか食べないのよ、ティリーおばさん」ヘンリエッタが言った。「穀物《こくもつ》と果物《くだもの》と野菜《やさい》しか食べないの」

「そりゃまた、ずいぶんばかばかしい食事法《しょくじほう》だね！」とティリー。

「トレーニングしてるんです」ハッチは言った。さっきよりは聞き取れるしゃべり方になっていた。

「え、なにしてるって？」ティリーはまだクッキーのことで怒《おこ》っていたので、とげとげしく聞きかえした。

「トレーニングしてるのよ」ヘンリエッタが言った。「ハッチは男性《だんせい》エアロビック・ダンスの世界チャンピオンなの」

「男性……なに？」ティリーは聞きかえした。森や海に囲《かこ》まれた中で、長年にわたってなにごともなく淡々《たんたん》と暮《く》らしてきて、たまに町のニュースを聞かされるぐらいだったのに、とつぜん、次から次へと人がやってきて、次から次へと新しいことを話すのだから、たまらない。処理《しょり》しきれないほど、理解《りかい》できないほど次々と吹《ふ》きこまれる情報《じょうほう》に、みんなどうやってついていくのだろう？　とティリーは思った。ぐちゃぐちゃの情報に邪魔《じゃま》されて、まともに暮らせないじゃないか。

「スポーツの一種《いっしゅ》なの」ヘンリエッタは言った。「すごく才能《さいのう》がないとできないの。それに、きびしくトレーニングしなくちゃいけないのよね、ハッチ？」

ハッチは熱心《ねっしん》にうなずいて、紅茶《こうちゃ》をひと口すすった。ふだんはお茶なんか飲まないのだが、これ以上《いじょう》いやなやつだと思われたくなかったのだ。ほんとうは水をくださいと言いたいところだったが、ティリーが紅茶に対《たい》してもなにか特別《とくべつ》な思い入れがあったらいけない、とハッチはおびえていた。

「エアロビック・ダンスには、ダンスの能力《のうりょく》と、体力と、柔軟性《じゅうなんせい》が必要《ひつよう》なんです。国内の決勝まで行くと、ふつうはプロの指導《しどう》を受けるんですけど、ぼくはいつも自分の演目《えんもく》を自分で考えてるんです！　ぼくは過去《かこ》五年間、国内の決勝をめざしてがんばってきました。そしてついに出場することになった二カ月前に、母が亡《な》くなったんです」

「まあ！」とみんなが同情《どうじょう》したが、ヘンリエッタだけがふくれっつらをしていた。自分が話をしていないと気がすまなかったし、ハッチのお母さんの話題にはいらいらさせられるのだ。

「でも、ぼくはトレーニングをつづけて、優勝《ゆうしょう》したんです。ぼくはその勝利《しょうり》を母にささげました。生きていたらきっと喜《よろこ》んでくれたでしょう」

ハッチはスポーツの話になったとたんに生き生きして、さっきのビー玉が口に詰《つ》まったようなしゃべり方はどこかに消えてしまった。言っていることが聞き取れるようになると、ものすごく変《へん》な人という感じはなくなった。

「どういうことをするの？　まだよくわからないよ」ティリーは怒《いか》りをやわらげて、たずねた。

「えーと、じゃあやってみましょうか。なにか音楽はありませんか？」

ペンペンは首を横に振《ふ》った。

「ああ、じゃあ、なしでいいですよ」ハッチはリビングルームの真ん中に進み出た。そして、そこで飛《と》び跳《は》ね、床《ゆか》に倒《たお》れたかと思うと、信《しん》じられないようなポーズを決めた。そしてまた跳ねあがった。

ティリーは夢中《むちゅう》になって見ていた。こんなものを見るのは初めてだった。ティリーが知っているダンスとはぜんぜんちがう。優雅《ゆうが》でもしとやかでもない。でも、ハッチが、ひかえめながらも自信《じしん》を持っているのがわかった。ハッチが演技《えんぎ》を終えてすわると、ペンペンが「すごい！」と言った。

「なにかの世界チャンピオンになんて、今まで会ったことがない」ティリーが言った。じつはティリーは、これはスポーツだとしてもだいぶ変《へん》なスポーツなんじゃないかと思ったのだが、それでもハッチを認《みと》めざるをえない気持ちになっていた。

「いや、ぼくたちみんな、だれでも才能《さいのう》を持ってますよ」ハッチは謙虚《けんきょ》に言った。「あなたはガーデニングの世界チャンピオンだと思いますし」

「ガーデニングをしてるのはわたしじゃなくてペンペンだよ」

「どちらでもいいじゃありませんか」ハッチはゆったりと言った。「だれもがみんな、秘《ひ》められた才能を持っているんです。ぼくの母はいつも、『自分がなれる最高《さいこう》のものになりなさい』と言っていました」

「サインください」ハーパーが言った。ハーパーはずっと、サインをもらう価値《かち》があるような人に一度会ってみたいと思っていたのだ。

ハッチはほほえんでから、急に「もっといいものをあげよう」と言った。「ふたりとも、おいで」ハーパーとラチェットに手招《てまね》きすると、ハッチはふたりを引き連《つ》れて、気取った歩き方で部屋《へや》を出ていった。もどってくると、ふたりはペンペンとティリーに、ハッチからもらったものを見せた。ハッチはふたりにそれぞれ、自分のポスターをプレゼントしたのだ。ポスターの写真は、レオタードを着たハッチが、エアロビック・ダンス世界チャンピオンのトロフィーを受け取っているところだった。その写真の上に、へたくそな字で「自分がなれる最高《さいこう》のものになれ」と書きなぐってあった。ティリーとペンペンは、とりあえず「ほう」というような声を出してみせた。ハッチは感きわまったような表《ひょうじょう》情になって、二、三回まばたきした。「母が亡《な》くなる前にぼくに言った言葉です。母はいつもぼくを信《しん》じてくれていたんです」

ヘンリエッタは紅茶《こうちゃ》のカップをガチャンと置《お》いて、言った。「ハッチとわたしは婚約《こんやく》しようかと思ってるの」ハッチはおどろいて口をぽっかり開けた。

ハーパーは、サイン入りポスターをもらってからそわそわしたような様子《ようす》になって、またクッキーをぼりぼり食べていた。あたしはまだ最高のものになっていないな、と思っていたのだ。いい庭師《にわし》になりたい。でも、なにかほかのものが自分を呼《よ》んでいるような気がした。

「ミミズだ！」ハーパーは口に出して叫《さけ》んだ。

みんながハーパーのほうを見た。ヘンリエッタは、自分の発言がかすんでしまって怒《おこ》っていたが、これればかりはしかたがなかった。みんな、ヘンリエッタよりハーパーのほうが好《す》きなのだ。

「なあに、ハーパー？」ペンペンがやさしくたずねた。「ミミズ？」

「いい畑はミミズでいっぱいでしょ」今日の午後、つかんでもつかんでも、まだまだ出てくる大《たい》量《りょう》のミミズを見つけた興奮《こうふん》が、ハーパーの中に残《のこ》っていた。ミミズが、ハーパーの心に火をつけてくれたのだ。亡《な》くなったハッチのお母さんも、ハッチにくっついてフロリダ州《しゅう》からわざわざここまでやってきて、ポスターの上からハーパーに呼《よ》びかけ、心を燃《も》えあがらせてくれた。

「わたしたちの菜園《さいえん》にはたしかにミミズがたくさんいるわね」ペンペンが言った。

「だけど、あたしたち、ミミズについてなにを知ってる？」ハーパーが問《と》いかけた。「ミミズは土の中にいるもんだ、としかみんな思ってないんじゃない？」

「どういう意味？」

「いい土を作るために、大事な役割《やくわり》をはたしてるのよ——だけど、どんなことをしてるか知ってる？　あたしたちの菜園のミミズたちは、〝自分がなれる最高《さいこう》のもの〟になってるんじゃない？　たぶん、いい畑には、その作物や土にいちばん合うミミズがちゃんといてくれるんだと思うよ」

ペンペンはうなずいた。ハーパーが〝あたしたちの菜園〟と言ったことが気にかかっていた。ペンペンは、ティリーの健康《けんこう》がおとろえてきていること、そして自分自身も同じだということへの、漠然《ばくぜん》とした不安を感じた。

「だれかがこのことを研究すべきじゃない？　この問題をなんとかしなきゃならないでしょ？」

「そうねえ、それなら、あなたがやったら？」ペンペンが言った。

「そうだよね！」ハーパーは熱狂的《ねっきょうてき》に叫《さけ》んだ。自分の考えていたことをペンペンが口に出して言ってくれたので、とても興奮していた。「あたしがやったらいいのよね。自分の一生の仕事をやっと見つけた。記念《きねん》すべき瞬間《しゅんかん》だよ！　クッキーを取ってくれない？」この発見でおなかがすいたとでもいうように、ハーパーは口にクッキーを押《お》しこみ、それからティリーのほうを向いて言った。「もしこの家にパソコンがあったら、今すぐ調べはじめることができたのに。ほんと、買ったほうがいいと思うよ」そして二枚目《まい》のクッキーを口に押しこんだ。

ヘンリエッタは椅子《いす》にもたれかかって不機嫌《ふきげん》な顔をしていた。自分たちの婚約《こんやく》の話について、だれもなにも言ってくれなかったからだ。ラチェットはおびえたような顔をしていた。ハッチは、いささか仰天《ぎょうてん》したような顔をしていた。ティリーはヘンリエッタの宣言《せんげん》を無視《むし》していたし、ハーパーはミミズのことで頭がいっぱいだった。声をかけてあげたのは、やさしいペンペンだけだった。ペンペンはヘンリエッタのほうをふりかえって言った。「ごめんなさい、婚約がいったいなんですって？」

「婚約しようかと思ってる、って言ったの」ヘンリエッタは冷《つめ》たく言った。

「ふたりともそう思ってるの？」ペンペンがおどろいてたずねた。

ヘンリエッタは、だまってペンペンを見た。もうちょっとで怒《おこ》りだしそうだった。ふだんのヘンリエッタなら今ごろは怒りだしていたはずだが、ハッチがいるのでおさえているのだろう、とラチェットは思った。

「うーん」と言ってティリーが立ちあがり、テーブルを片付《かたづ》けはじめた。

「あら、片付けはいいのよ、ティリー」ヘンリエッタは言った。おばさんと親しげに呼《よ》ぶのはやめてしまっていた。もう親しいふりをするのはうんざりだった。「ラチェットが片付《かたづ》けるわ。ねえ、ラチェット！」

ラチェットはあわてて飛《と》びあがり、カップをさげた。ふだんはハーパーも手伝《てつだ》ってくれるところだが、今はミミズに関《かん》する疑問《ぎもん》をまとめて、次にドクター・リチャードソンのところに行ったときにパソコンで調べられるように書きとめておこうと、ペンと紙をさがしにいってしまった。

ヘンリエッタは立ちあがって言った。「さあ、ハッチとわたしは泳ぎにいこうかしら。ラチェット！　急いで片付けて、わたしたちが泳ぐのを見にきなさい！」

ハッチとヘンリエッタは、着替《きが》えをしに二階《かい》にあがっていった。ラチェットがリビングルームを通ったとき、ティリーがささやいた。「見にきなさい、なんて冗談《じょうだん》じゃない。海に入っちゃいなさい！」百科事典《ひゃっかじてん》の〝ミ〟の巻《かん》を夢中《むちゅう》で読んでいたハーパーは、顔をあげずにガッツポーズをしてみせた。ペンペンは心配そうな顔をしていた。

ハッチとヘンリエッタがおりてきた。ヘンリエッタはつま先でコツコツとポーチをけりつづけていたが、ラチェットがやってくるとかみつくように言った。「どうしてタオルなんか持ってるの？　どうせ泳がないのに」

「水の中を歩こうと思っただけ」ラチェットがぎこちなく言った。

「ぼくがラチェットに泳ぎを教えてあげよう」ハッチが言った。

「そんなことしなくていいの」ヘンリエッタがきつい調子で言った。「休暇《きゅうか》にまで人に教えることなないわ。ラチェットは泳ぎをおぼえたいなんて思ってないし。それに、一日で泳げるようになる人なんていないわ」三人はとぼとぼと崖《がけ》をおりていった。

三人が崖の向こうに消えていったのを見て、やれやれとティリーは思った。さあ、これで一杯《ぱい》飲める。

崖の下まで来ると、ハッチとヘンリエッタは上にはおっていた服を脱《ぬ》ぎ捨《す》てて、海に向かって走っていった。ひざを高くあげて走るその様子《ようす》は、馬小屋から放《はな》たれた子馬たちのようだった。ラチェットは、カーディガンとTシャツをゆっくりと脱いだ。〝あれ〟があった場所には、縫《ぬ》い目があって、そこにガーゼがあててあった。ここに塩水がかかったらきっと痛《いた》いだろう。まだ手術《じゅつ》して一週間たっていないのだ。でもいいや、がまんしよう、とラチェットは決心した。早くお母さんに見せたくてうずうずしていたが、なかなかこちらのほうをふりかえってくれない。水着姿《すがた》で浜《はま》に立ったラチェットは、ハッチとヘンリエッタが波くぐりをする様子を見ていた。それから、ゆっくりと水の中を歩いて、ヘンリエッタに近づいていった。水に潜《もぐ》っていたヘンリエッタの頭がぴょこんと飛《と》び出し、ラチェットのほうを向いた。はっと息をのんだヘンリエッタは、浜《はま》辺《べ》のほうに大あわてで走ってきた。

「ちょっと、なにしてるの?」ヘンリエッタはひそひそ声で言って、置《お》いてあったタオルをつかむと、ラチェットの肩《かた》に投げつけた。「いったいぜんたい、なにをしてるのよ?」それからガーゼを目にして、あんぐりと口を開けた。

ラチェットは背中《せなか》に手をのばして、ガーゼをはがした。「手術《しゅじゅつ》で取ってもらったの」

お茶の食器類《しょっきるい》がぜんぶ片付《かたづ》くと、ティリーとペンペンはポーチに出た。ハーパーがポーチの階段《かいだん》にすわって、夕食用の豆のさやを取っていた。太陽の、ぼんやりした桃色《ももいろ》の丸い姿《すがた》が、松《まつ》の木のてっぺんから透《す》けて見えていた。空気の中には、夜のあいだストーブで焚《た》いていたまきの煙《けむり》の残《のこ》り香《が》や、太陽に焼《や》かれている松の葉の香《かお》り、風にのってやってくる海の香りなどがただよっていた。三人はしばらくだまっていた。ティリーはシェリーをテーブルの上の小さなグラスについだ。もしハッチとヘンリエッタがもどってきたら、すぐにびんを隠《かく》せるように、かたわらにクッションを用意していた。しばらくしてラチェットとハッチとヘンリエッタがもどってきて、二階に着替《きが》えに行った。ハッチとヘンリエッタはそのまま二階で昼寝《ひるね》をしたが、ラチェットはおりてきて、豆のさやを取るのを手伝《てつだ》った。

ペンペンはハンモックに乗ってゆらゆら揺《ゆ》れていたが、やがて不思議《ふしぎ》そうにつぶやいた。「どうして、あのふたりが婚約《こんやく》するって言ってるのに、だれも反応《はんのう》しなかったのかしら?」

ラチェットはなにも言わなかった。

「そうだね、ペンペン」ティリーが言った。「わたしはあのとき、思わず『そりゃ嘘《うそ》だよ』って言いそうになったよ。でも、どうしてそう言いたくなったかはわからない。ヘンリエッタのことを今はあまり知らないっていうのにね」

「そうね」ペンペンが言った。「それでも、なんだかあのふたりは婚約《こんやく》しないような気がするの。いっしょにいるだけでもおどろきなのよね。なぜ変《へん》に思うのか、自分でもわからない。おかしいわよね。ラチェットはどう思う?」

「わからない」ラチェットは言った。「おたがい大好《だいす》きなんじゃないの。だって、こんなところまでわざわざいっしょに来たんだから」

「だけど、わたしたちの言っている意味もわかるでしょ、ラチェット」とペンペン。「意地悪で言ってるつもりはないのよ。でもなぜだか、ほんとうだとは思えないのよね。どうしてなのか自分でもわからないんだけど」

「どうしてだか、わかんないの?」ハーパーは怒《おこ》って言った。

その瞬間《しゅんかん》、みんな、はっきりとわかった。

ブルーベリー・ソースの季節《きせつ》

その週は、家の中の雰囲気《ふんいき》を変《か》えるできごとがふたつあった。ひとつはハッチがいてくれるということだった。長いあいだ身近に男の人がいなかったので、筋肉《きんにく》りゅうりゅうの助《すけ》っ人《と》がいるだけでたいそうなぜいたくに感じられた。ハッチは自分からすすんで、ペンペンを手押《てお》し車に乗せて海への送り迎《むか》えをしてくれた。おかげでペンペンが心臓発作《しんぞうほっさ》を起こして以来《いらい》初めて、ティリーとペンペンはふたりいっしょに海水浴《かいすいよく》を楽しむことができた。かわるがわる波間《なみま》に行っては、はげ頭の巨大《きょだい》な防波堤《ぼうはてい》みたいなハッチにしがみついた。ハッチは車で町に行って、ふたりの郵便《ゆうびん》物《ぶつ》まで取ってきてくれた。郵便物の中には、注文していたびん詰《づ》め用のびんも入っていた。

「びんは、もう今年は使わないつもりだったのよね」ペンペンが言った。「郵便局に置《お》きっぱなしでもいいと思ってたの」

ハーパーは菜園《さいえん》でとれた小さなベビー野菜をびん詰めにしてみたいと思っていた。ある晩《ばん》の夕

食の席《せき》で、みんなはびんの使い道について話しあった。ペンペンはハーパーの申《もう》し出《で》を喜《よろこ》んで許可《きょか》した。

「今年はブルーベリーのためにはびんを使わないいんだものね」ペンペンは言った。

「どうして？」ラチェットがたずねた。ハッチがお母さんをデイリーまで食事に連《つ》れていってくれたので、ラチェットはのびのびしていた。

「たぶん、今年はブルーベリーのびん詰《づ》めは無理《むり》じゃないかしら」ペンペンは言った。「去年だって、もう、かなりつらかったんだから」

「でもハーパーとわたしがいるよ」とラチェット。

「ちょっと待ってよ、ハーパー本人に

きいてから言ってよ。ハーパーは畑仕事でいつもいそがしいんだから」ニンジンをフォークで突《つ》き刺《さ》しながら、ハーパーがいらいらしたように言った。ニンジンは、夕食前にハーパーが抜《ぬ》いてきてさっと蒸《む》しただけのもので、新鮮《しんせん》な自然《しぜん》の味がした。

「やるとなったら、どちらかひとりが、ブルーベリー摘《つ》みをしなくちゃならないのよ」ペンペンが言った。

「もうひとりは猟銃《りょうじゅう》を持たなきゃならない」ティリーが言った。「しかも、ちゃんと撃《う》てなきゃだめなんだよ」

ハーパーは食べる手を止めて考えた。「あたし、習ってもいいよ、銃の撃ち方」

「猟銃を持つほうはほんとにつらいんだよ。暑《あつ》いし……退屈《たいくつ》だし……」ティリーが言った。

「ただ立ってるだけでねえ」とペンペンも言った。

「あたしはだいじょうぶ。ハチも撃ってやる」ハーパーが言った。

「それでもさ」とティリー。

「ラチェットに賛成《さんせい》。ブルーベリー・ソースのびん詰《づ》めを作ろうよ」ハーパーは急に百八十度意見を変《か》えた。「それに、びん詰めを売ってお金がもうかったら、パソコンが買えるでしょ。そしたら、すぐにミミズの研究が始められるよ」

「パソコンだって！　わたしの目の黒いうちは、そんなのだめだ」ティリーがきびしい調子で言った。

週のなかばに、心を決めるときがやってきた。ペンペンは、長年の習慣《しゅうかん》からか、あるいはまだ現役《げんえき》でいたいと思っているせいか、沼地《ぬまち》に行ってはブルーベリーの熟《う》れ具合《ぐあい》をずっとチェックしていた。その日、ペンペンは興奮《こうふん》してキッチンのドアから入ってきて、「熟れてるわ！」と叫《さけ》んだ。そこで、みんなは即座《そくざ》に決意をしなければならなかった。こうして、ブルーベリー・ソースの季節《きせつ》が始まった。

その瞬間《しゅんかん》から、ラチェットとハーパー、そしてふたりに教える役目のペンペンは、ヘンリエッタとハッチにかまっているひまがなくなった。ヘンリエッタとハッチは礼儀《れいぎ》として食事どきにはかならずやってきたが、テーブルの上に食べ物が乱雑《らんざつ》に投げ出されているのを発見しておどろいた。ペンペンとハーパーとラチェットは沼地に出ているか、キッチンで青い果汁《かじゅう》や砂糖《さとう》にまみれて働《はたら》いているかのどちらかで、話しかけられても、短くひと言でしか答えられなかった。ティリーはソファに横になっていた。このごろは、もう一日じゅうそうやって寝《ね》ていたのだ。ヘンリエッタとハッチをおもてなしするならティリーの役目だっただろうが、そんなことをしたくはなかったので、ふたりが通りすぎるたびに目をつぶった。ティリーもみんなもハッチは好《す》きで、ヘンリエッタなんかといっしょではなく、ハッチひとりとだけつきあいたかった。でも、そんなことを思っても無駄《むだ》で、ふたりはいつもいっしょにいた。まるでヘンリエッタがハッチに首輪《くびわ》をつけて束縛《そくばく》しているようだった。

狂《くる》ったようにいそがしいびん詰《づ》め作りを始めて三日たったときに、ヘンリエッタは「もう帰るわ」と冷《つめ》たく言った。ペンペンがびん詰《づ》め作りをいっしょにやらないかと誘《さそ》ったのに、ヘンリエッタは「そんなべたべたして手が汚《よご》れる、狂《くる》ったようなことはしたくない」とことわったのだ。ラチェットは、その狂ったようなエネルギーこそがおもしろいところなのに、と思った。夜明けからたそがれまで、みんなそのいそがしさにのみこまれたように、ブルーベリー摘《つ》み、加工《かこう》、びんに詰める作業《さぎょう》、なべをかき混《ま》ぜる作業、足りない砂糖《さとう》を買いに大急ぎで町に行くこと、などなどを電光石火《でんこうせっか》でやりつづけた。動きを止めるのは眠《ねむ》っている時間だけだった。まるで怒濤《どとう》のようだった。けれども、ヘンリエッタがとつぜんに別《わか》れを告《つ》げたときは、ラチェットはがっくりきた様子《ようす》になり、ブルーベリーを煮《に》ているなべをそのままに、さよならを言いにポーチまで走っていった。

「海岸沿《ぞ》いを少しドライブして、それから飛行機《ひこうき》に乗るよ」ハッチが言った。

「あなたたち、いそがしすぎるみたい」ヘンリエッタが言った。「あっちこっちとばたばた走りまわって……」ヘンリエッタが自分の意見を述《の》べようとしたちょうどそのとき、片耳《かたみみ》でなべの音を聞いていたラチェットは「シュッシュッ」という不吉《ふきつ》な音に気づいた。早く行かないと焦《こ》げてしまう。「ちょっと待って、すぐもどるから……」と言ってラチェットはキッチンに走ったが、またポーチにもどってきたころにはふたりは影《かげ》も形もなかった。

あたたかな夕方には、四人はポーチに出てピクニックのように食事をした。疲《つか》れた足をのばして、キッチンや沼地《ぬまち》の熱《ねつ》から逃《のが》れる、唯一《ゆいいつ》の休憩《きゅうけい》時間だ。ハッチとヘンリエッタが去った数日後のそんなときに、ハーパーがラチェットのほうを向いてたずねた。「ねえ、あれがなくなったのを見てお母さんがなんて言ったか、まだ聞いてなかったよね」

「へたな医者が手術《しゅじゅつ》をしたからきっと汚《きた》ならしい跡《あと》が残《のこ》るわ、って言ってた」ラチェットは答えた。「だからハッチに見せちゃだめだ、って」

「ドクター・リチャードソンより腕《うで》のいいお医者さんはいないのに！」ペンペンが怒《おこ》って言った。

「もう、ほんとに」ハーパーが言った。「あんたのお母さんって……」

「ねえ、ハーパーとラチェット」ペンペンがさえぎった。「悪いけど、キッチンに行って、ティリーのチーズをもう少し切ってきてくれない？　あと、わたしにもなにか少し持ってきて」

「なにがいい？」ハーパーがたずねた。

「なんでもいいのよ。ブルーベリーが入っていないものだったらね」

「賛成《さんせい》」ハーパーは言った。そしてふたりの少女はキッチンに行った。

ものすごい勢《いきお》いで働《はたら》いたあとだったので、ペンペンは、ちょっと夜風《よかぜ》に吹《ふ》かれて休もうと思い、椅子《いす》にもたれかかって目を閉《と》じた。そのとき、ティリーが弱々しい声をもらした。ペンペンはおどろいてびくっとした。ティリーは椅子の上でぐったりしていた。ペンペンはなにも言葉を出せないまま、立ちあがって、ティリーのほうにかがみこんだ。

「ペンペン、聞いて」ティリーはペンペンを見あげて、せっぱつまったように言った。「わたしたちがいつも言ってたこと、実現《じつげん》しないんだね」

ペンペンは何度も何度もうなずいた。今、もうそのときが来ていると信《しん》じられなかったが、同時に、時間が止まったような、何キロも先まで、あたり一面がこの瞬間《しゅんかん》に満《み》たされているような、そんな気持ちにもなった。「あと、あとね……」ティリーが、言いたいことを最後《さいご》まで言えないんじゃないかというおそれに声を震《ふる》わせて言った。「ペンペン、電話線を取り替《か》えなさい」ペンペンはまた激《はげ》しくうなずいて、つらい思いでティリーを見つめた。その後何年間も、ペンペンは真夜中に目をさましては、このときにどうしてなにも言ってあげられなかったんだろう、と悔《く》やむ気持ちでいっぱいになった。あまりにもショックで、あまりにもおそろしく、こういう場合に言いたかったはずのことをひとつも言えなかったのだ。そして、あたり一面に広がっていた長い長い一瞬は、ついに終わった。

ラチェットとハーパーがもどってきてみると、ペンペンはとても静《しず》かにすわっていた。ふたりはまずペンペンの顔を見て、そしてティリーを見て、だまってすわりこんだ。それから長いこと、だれも、ひと言も口をきかなかった。

ドクター・リチャードソンと奥《おく》さん、マートル・トラウトとバールがやってきた。あとはもちろんペンペンと、それからラチェットとハーパーがそろった。七十七年前にお父さんがティリーのために彫《ほ》った墓石《はかいし》の下に、みんなはティリーを寝《ね》かせた。お母さんのとなりだった。埋葬《まいそう》の朝、ほかの人たちがやってくるのを待っているとき、ペンペンはラチェットに昔話をした。三人はその日はびん詰《づ》めの作業《さぎょう》を休みにしたので、ハーパーは雑草《ざっそう》とりをしに庭に出ていた。

「お母さんを埋《う》めたときのことをおぼえてるわ。やっぱりびん詰《づ》め作りの季節《きせつ》だったの。あのころはまだ、ブルーベリー・ソースじゃなく、料理人《りょうりにん》が野菜《やさい》をびん詰めにしてた。今よりずっと大きな菜園に自宅用《じたくよう》野菜を植えてて、わたしも手伝《てつだ》ってたわ。わたしは昔からガーデニングもびん詰めも大好《だいす》きだったの。わたしはハーパーみたいな子だった。素手《すで》で土の感触《かんしょく》を味わっていれば、たいていのことは乗り越《こ》えられた。お母さんの死でつらい思いをしたのは、わたしよりティリーのほうだったわね。ティリーに乗り越える力をくれるのはお母さんだったから。そのお母さんが自殺《じさつ》してしまったときには、どうしてそんなふうに自分を置《お》いていってしまったのか、ティリーにはぜんぜん理解《りかい》できなかった。お母さんの助けがないとだめなのに、どうしてそれに気づかず、さっさと死んでしまったのか、って悩《なや》んだの。なにがなんだかわからなかった。ティリーはお母さんのほかの面は考えず、ただ自分のお母さんとしてしか見ようとしなかった。だからお母さんに対《たい》して、すごく怒《おこ》っていた。あんな死に方をしてほしくなかったのね。だけど、じつはあの夏、お母さんはだれのお母さんでもなかったんだと思うの。いつも思うんだけど、真実《しんじつ》というのは、いいとか悪いとかいうものではない、それが真実なんだというだけのことよ。ティリーはお母さんを、ものすごく大きな存在《そんざい》として受け止めていたんだとわたしは思う。わたしはお母さんに対して怒ったりしなかったもの。もちろん、悲しかったわよ。ふたりともほんとうに悲しんだ。悲しいだけじゃなくて、ほんとにおそろしかったわ、お母さんの頭につまずくなんて」

「ほんとうにつまずいたの？」

「そうよ。この靴《くつ》のつま先に血がついたのよ」ペンペンは、まるでまだそこに血がついているかのように右足を持ちあげてみせた。「ティリーは、自分がお母さんの重荷《おもに》になってしまったと思っているみたいだったの。だから、この森の中にずっといて、だれの重荷にもならないように暮《く》らそうと思ったのね。ものすごく傷《きず》ついたとき、人は前へ進むことをやめてしまうものなの。だから、ティリーは結婚式《けっこんしき》にエミリー・ディキンソンの詩を選《えら》んだんだと思う。バールがあのばかしい誓《ちか》いの言葉を言いはじめる前に、ティリーは彼《かれ》に、自分の世界に入りこまないで、って警告《けいこく》してたのよ。ティリーをお母さんのとなりに埋《う》めてあげられるのはよかったと思う。ティリーはお母さんのとなりにいられれば安らげると思うの。でもね、ラチェット、ほんとうは、自分自身の中に安らぎを見つけるべきなのよ。ティリーは心のどこかで、お母さんがあんなふうに自分を置《お》き去りにしたということは、自分はだれからも愛《あい》されない人間なんじゃないか、とおびえていたんだと思う。もちろん、そんなはずはないのに」ペンペンは一瞬《いっしゅん》、顔をゆがめた。「わたしはティリーを愛していたわ」ペンペンは泣《な》かなかったが、その悲しそうな顔を見ていると、いっそ泣いてしまえばいいのに、とラチェットには思えた。

お墓《はか》のそばに立って、ペンペンは言った。「ティリーは、森の中で静《しず》かに暮らすという、自分の選んだ生き方をつらぬきました。そして人はみな、相手に理想《りそう》を押《お》しつけたりせず、あるがままの相手を愛すべきだと教えてくれました」それからペンペンは、ティリーがかつて自分で選んだ詩を暗誦《あんしょう》した。

　このベッドを広々と
　おそれの気持ちをもって作りなさい
　その中に入って　正しくすばらしい
　審判《しんぱん》がくだるまで待ちなさい

　マットレスを整えて
　枕《まくら》をふくらませて
　日の出の黄色い騒音《そうおん》を　けっして
　この土地に入れないようにしなさい

みんな静《しず》かに立っていた。ティリーのお墓《はか》を見たマートルが、「あと十センチぐらい右に移動《いどう》したほうがいいわ」と言った。

それから、一同はびん詰《づ》め作りにもどっていった。

ペンペンは外に電話がかけられるように電話線を直してもらった。そこで、ヘンリエッタとハッチがペンサコラに帰っただろうというころ、ラチェットは家に電話してみた。ティリーの死のことを聞いたヘンリエッタは、「まあ、〝おどろくようなできごと〟ってそんなことなの？」と言った。

「あと、ペンペンが電話を直して、外に電話がかけられるようになったの」

「それだって、やっと今ごろ、って感じよ」ヘンリエッタは鼻で笑《わら》った。その様子《ようす》が、異常《いじょう》に不《ふ》機嫌《きげん》そうなので、ラチェットは「どうかしたの？」とたずねた。「ああ、あなたは知っといてもいいかもしれないわね、あのね、わたし、ハッチとはもう別《わか》れたの」

「えっ」ラチェットはおどろいて言った。「そんな」

「たえられなくなってきて。いつもあんなふうに跳《と》んだりはねたりしてることとか。トレーニングとか。玄米食《げんまいしょく》とか」

「別れたから、家にいて電話に出たのね」

「とにかくね、ラチェット、もう仕事に行かなきゃ。ペンペンはたぶん、予定より早く帰れって言うんじゃないかしら」

「そんなことぜんぜん言ってないよ。だって、ハーパーはずっとここにいて、家で勉強することになってるんだよ」

「ばかばかしい！　ペンペンが勉強を教えられるはずないでしょうが。ぼけてるのよ。ああ、ほんとに遅《おく》れちゃうわ」

次の日、ラチェットはまたヘンリエッタに電話した。ひとりで家にいてさびしいんじゃないかと心配になったからだ。

「もしもし、お母さん」

「またあなたなの！　きのうかけてきたばっかりじゃない？」

ラチェットはすぐに電話を切り、キッチンに入っていった。キッチンではペンペンとハーパーが砂糖《さとう》を煮立《にた》てたり、びんに詰《つ》めたりしていた。「ねえ、ペンペン、わたしも、冬もずっとここにいていい？」

ペンペンはラチェットを見て言った。「まあ、もちろんよ、ラチェット。あら、だれかそのおなべをなんとかして。ふきこぼれる前に火からおろすのよ、ハーパー！」そして、その後二度とその話題は出なかった。ヘンリエッタだけが、何度か「いいかげんにしなさい」という電話をかけてきた。みんながいつでも庭にいたり、ミツバチの世話をしたり、最後《さいご》のブルーベリー摘《つ》みをしたりしていてなかなか電話が取れないため、ハーパーはペンペンに留守番《るすばん》電話を買わせていた。その留守電に、ヘンリエッタのそういうメッセージが何度も入っていたけれど、ラチェットはもうぜったいにかけなおさなかった。

「いつまでここにいるつもりなの？」ある日、庭でハーパーがたずねた。

「それをきかれなければいいなあと思ってたんだけど」ラチェットが答えた。

「あたしもだよ」ハーパーが言った。

三人はブルーベリーの収穫《しゅうかく》を終えた。ペンペンはティリーのお墓《はか》の上に種《たね》をまいた。それから、ブルーベリー・ソースの季節《きせつ》が終わったあと、ペンペンはラチェットとハーパーに車の運転を教えた。

エピローグ

ペンペンはその後、ラチェットとハーパーが十八歳《さい》と十九歳になるまで生きた。その夏、ほかの家族と同じように、ブルーベリー・ソースの季節《きせつ》にペンペンは亡《な》くなった。ふたりの少女と、ドクター・リチャードソンが埋葬《まいそう》をした。ドクターは、そのころにはパーキンソン病になっていて、お墓《はか》の前にふたりとならんで立ち、体をぶるぶる震《ふる》わせていた。

ペンペンは屋敷《やしき》と全財産《ぜんざいさん》を、最後《さいご》の五年間いっしょに暮《く》らし、家で勉強していたふたりの少女に残《のこ》した。夏になると毎年ハッチがやってきた。ペンペンが死んだと聞くと、ハッチは家庭用のトレーニング機器《きき》を持ってきてくれた。ハッチはハントクラブのテニスの先生はもうやめていて、自分のいちばん好《す》きなエアロビック・ダンスの道にもどり、世界チャンピオンになれるような選《せん》手《しゅ》を育てていた。

「でも、女性《じょせい》とのつきあいはうまくいかないんだ」ハッチは悲しげに言った。

「つきあう時間がないんでしょう？」ふたりの少女はそろって抗議《こうぎ》した。ハッチはもう若《わか》くない体をきびしくきたえあげて、最高《さいこう》の自分を保《たも》つのに専念《せんねん》していたからだ。

「きみのお母さんを町でときどき見かけるよ」ハッチが言った。

「あ、そうなの」ラチェットは言った。ラチェットが森にずっと住むと決めてからというもの、お母さんは一度もここに来たことはなかった。

「だれかとまた恋《こい》をしているようだった。なんというか、ぼくよりもう少しふさわしい相手と、ね。だからよかったな、と思ったんだ。ぼくは心から喜《よろこ》んでいたんだ。だけど、ついこのあいだ会ったら、その人も捨《す》ててしまったって言うんだよ。『もうそういうことはやめなきゃ、ヘンリエッタ！』ってぼくは言った」

「うーん、お母さんは変化《へんか》することが嫌《きら》いなのよ」ラチェットが言った。

「きみは大学に行くんだってね！」ハッチは、秋からボードン大学に行くことになっているハーパーに言った。「そうしたら、ラチェット、きみはひとりぼっちで森の中に残《のこ》るの？　きみもいっしょに行けばいいんだ」

「ううん、わたしは森が好《す》きなの」ラチェットは言った。ずっとそう思っていたのは事実《じじつ》だったが、ただ、大学に行く気持ちになれないのは、自分がヘンリエッタと同じように〝変化することを嫌っている〟せいだからなのだろうか、とラチェットは悩《なや》んでいた。

「あたしだってずっと、いっしょに行こうって言ってんのよ」ハーパーが言った。「今まで三人でいたのに、急にひとりになっちゃうなんて。今までみたいなわけにはいかないんだよ。ずっとひとりぼっちでいたら、変《へん》な人になっちゃうわよ」

この言葉は、ハーパーが大学のあるブランズウィックに行ってしまってからも、たびたびくりかえされた。週末に時間がとれると、ハーパーはかならず家に帰ってきて、そのたびに「変な人になっちゃうわよ」と言った。

「もう変な人になってると思う？」ラチェットはハーパーにたずねた。

「まだ始まったばかりでしょ」ハーパーは意地悪く言った。「森の中にいたら、だれにも出会えないのよ。赤ちゃんを産《う》みたいと思わないの？　結婚《けっこん》したいと思わないの？」

「わたしはこの農園《のうえん》が好《す》きなの」ラチェットがきっぱりと言った。今では、ブルーベリー・ソースのびん詰《づ》めのほかに、チーズやはちみつ、はちみつを使った製品《せいひん》も試《ため》しに売り出していた。

「それに、もしわたしがだれかに出会う運命なら、ほかのどこでもない、森の中で出会うのよ」

「そんなおとぎ話！」ハーパーはあざ笑《わら》った。「森の中にこもってる人なんかだれも見つけてくれないわよ。男の人がいるところに自分から出ていかなきゃ。ねえ、ボードン大に一週間ぐらい来てみない？　どんなところだか見てみてよ。男の子たちにも紹介《しょうかい》してあげるわよ」ハーパーはデートばかりしていた。ハーパーはそういう子だったらしい。毎週毎週、恋《こい》が生まれてはまた消えていった。ハーパーの言葉に対《たい》して、ラチェットが首を横に振《ふ》ったとき、ハーパーは爆発寸前《ばくはつすんぜん》になって言った。「二、三年ここを離《はな》れたっていいじゃないの。家はなくならないんだから。ぜったいに売らないって決めたでしょ」ペンペンが死んだとき、ふたりはそう約束《やくそく》していた。ふたりのどちらかにどんなことがあっても、どんな人生になろうとも、ぜったいに家は売らない、と。

「わたしが、いったいなんのために大学に行くの?」ラチェットは言った。「自分の好《す》きなものだったら、もう見つけたのよ。わたしはミツバチの世話や牛の世話や、ブルーベリーのびん詰《づ》め作りをしていたいの」そう言いながらも、ハーパーの意見が正しいのかもしれない、自分が森にとどまっているのはまちがっているのかもしれないな、とラチェットはふと思った。

ある日、墓地《ぼち》のあたりをぶらついていると、電話の音が聞こえてきたので、ラチェットは急いで家の中に飛《と》びこんだ。ハッチからだっ

た。ハッチは定期的《ていきてき》に電話をくれて、ラチェットがどうしているか、たしかめてくれるのだった。「春になって花が咲《さ》いたらきれいだろうなと思ったの」

「ペンペンのお墓《はか》の上になにを植えたらいいか考えてたんだけど」とラチェットは言った。

「ティリーのお墓の上にペンペンが植えたのと同じものがいいんじゃないかな？」

「えーと、あの変《へん》な草はなにかしら？」残《のこ》り物のトーストをむしゃむしゃ食べながら、ラチェットは窓《まど》からお墓をながめた。

「今はきみが庭師《にわし》なんだからね」ハッチが言った。

「雑草《ざっそう》にしか見えないけど」

「マスタードだよ。ペンペンはマスタードの種《たね》が好《す》きだったんだ。ひどく荒《あ》れはてた土地にまいても、ちゃんと育つ、ってペンペンはよく言ってた」

「ああ、ペンペンは植物が大好《だいす》きだったのよねえ」ラチェットがしみじみ言った。

「うん、植物が大好きだった」ハッチも同意した。

ハーパーは大学を卒業《そつぎょう》して、ミミズの研究家として有名になった。また、虫を使った有機農法《ゆうきのうほう》も専門《せんもん》にしていた。ハーパーはニューイングランド地方の数多くの畑を改良《かいりょう》した。そして結婚《けっこん》し、六人の子どもを産《う》んだ。子どもたちを小説家《しょうせつか》の夫《おっと》にまかせて、あちこち旅をしては他人の畑の土にいつもふれていた。土にふれるといつも、まるで家に帰ったような、地球の中心にふれたような、自分の心やみんなの心にふれたような、すばらしい気持ちになった。ハーパーは、子どもたちをラチェットのところに連《つ》れてきては、十五年前からずっと言っているせりふ、「ひとりぼっちでいると変《へん》な人になっちゃうわよ」というのをまた言うのだった。

ハーパーの言うことはほんとうかもしれないと、さすがのラチェットも心配しはじめていたある日、だれかがドアをノックした。ラチェットが開けると、ひとりの男の人が、妊娠《にんしん》した女の人を連れて立っていた。またたわ、〈グレン・ローザ荘《そう》〉の百年の歴史《れきし》で二度目の、ディンクから来て曲がるわき道をまちがえてしまった訪問者《ほうもんしゃ》だ――ラチェットはすぐにそう思った。だから、一生けんめいに孤児院《こじいん》への正しい行き方を説明《せつめい》してあげたが、説明しながらふと、その男の人の、上向きにカールした前髪《まえがみ》がすごく魅力的《みりょくてき》だと思っている自分に気づいた。でも、すぐにその考えを追い払《はら》おうとした。だって、この人はもう、妊婦《にんぷ》を連れていて、これからセント・シアズ孤児院に行くところなのだから。こんなのは出会いでもなんでもない、とラチェットは思った。たぶん、もう変な人になっていたのかもしれない。その晩《ばん》、男の人はもう一度やってきたが、今度は妊婦は連れていなかった。じつはその妊婦は妹なのだと言っていた。そして、その人が今回やってきたのは、道に迷《まよ》ったからではなかった。その人の名前はリチャード・フィールディングで、結局《けっきょく》、マスタードの花の下で永遠《えいえん》の眠《ねむ》りにつくまで、五十数年間ここで暮《く》らすことになった。リチャード・フィールディングは医者で、しかも森を愛《あい》していた。つまり、ディンクじゅうの妊婦や病人やきこりたちが、また診《み》てもらえることになったのだ。ドクター・リチャードソンの奥《おく》さんはフロリダ州《しゅう》に移住《いじゅう》することなく亡《な》くなってしまったが、ドクター・リチャードソンはついにゆっくりできることになった。ドクター・フィールディングがドクター・リチャードソンも診《み》てあげることになった。

ハーパーは毎年、ブルーベリー・ソースの季節《きせつ》になると帰ってきて手伝《てつだ》ってくれた。そして、作業《さぎょう》が終わると、子どもをラチェット夫妻《ふさい》にあずけて、夫《おっと》とふたりで旅行に出かけた。

ハーパーがまた旅行に出かけたある夏、ラチェットは赤ちゃんのトゥトゥをひざにのせていた。ハーパーのほかの娘《むすめ》たち――エミリー、ラモーナ、テレサ、ティリー、ペネロペ――は、テーブルの前にすわって、ラチェットおばさんが買ってくれたウサギのお皿にのった、ブルーベリー・マフィンを食べていた。そのとき電話が鳴った。ヘンリエッタだった。ラチェットとヘンリエッタは、今でも一年に一度か二度、電話だけはしあっていた。ラチェットはいつものようにひと言ふた言いって電話を切った。

すると、十二歳《さい》のエミリーが言った。「今のはヘンリエッタ？」ラチェットはうなずいた。

「もしおばさんがほんとうのおばさんなら、ヘンリエッタは大おばさんなのよね？」

「ラチェットおばさんはほんとうのおばさんよ」ラチェットはおおらかにそう言って、もうひとつマフィンを取った。

「じゃあ、どうしてヘンリエッタはここに来ないの？　あたしたちが来てるのに」ハーパーからヘンリエッタの話は聞いているはずだが、ラチェットがどう説明《せつめい》するか知りたいのだろう。そう思ったラチェットはしばらくのあいだ考えてから、こう答えた。「あのね、ヘンリエッタは旅行が嫌《きら》いなのよ。変化《へんか》することを嫌っている人なの」

「ママは、ヘンリエッタはラチェットおばさんのことが嫌いなんだって言ってたよ」

ラチェットはまたしばらく考えてから言った。「じゃあ、ヘンリエッタが好《す》きなものってなんだかわかる？　ハントクラブなのよ」

「おばさんが教えてくれたお祈《いの》りの、あのハントクラブ？」

「そうよ」

「ハントクラブってなあに？」ラモーナがたずねた。

「テニスや水泳や乗馬ができる、すてきな場所よ。プールは青くて、出てくる飲み物にはみんな、小さな傘《かさ》の飾《かざ》りがくっついてるの」

「どうして『ハントクラブがなければ行く場所なんかない』って言うの？」

「それはね、ヘンリエッタがずーっと行きたがっていた場所だからだと思うの。ヘンリエッタはウェイトレスをしたりほかの人の家のお掃除《そうじ》をしたりしながら、いつもそのことばかり考えてたのね。いつかハントクラブの会員になりたい、って」

「ヘンリエッタは、ラチェットおばさんのせいで自分がハントクラブに入れないんだって思ってたんでしょ。それでおばさんは怒《おこ》って、何年もヘンリエッタと口をきかなかったんでしょ。ママがそう言ってたよ」エミリーが言った。

ラチェットの表情《ひょうじょう》が一瞬《いっしゅん》かたくなったが、次の瞬間、ラチェットの心の中にペンペンとティリーとハーパー、そしてヘンリエッタへの感謝《かんしゃ》がわきあがった。みんながしめしあわせて、それぞれの個性《こせい》をラチェットの人生に持ってきてくれたようなものなんだ、と思った。まるで、時や、場所や、心の動きなどの偶然《ぐうぜん》が重なって、絶妙《ぜつみょう》なバランスでひとつの人生を作りあげたかのようだった。そして、いつの日かラチェットがそれを少しずつ拾い集めて理解《りかい》できるようにしてくれたようだった。ラチェットは、ペンペンのことを考えた。ペンペンは、自分が愛《あい》されて満足《まんぞく》するのではなく、愛という気持ちに自然《しぜん》と身をまかせて、愛することで元気になる人だった。それがペンペンのすばらしい才能《さいのう》だった。「ヘンリエッタはね、わたしといっしょにハントクラブに入りたいって思いつめていたの。でもわたしは、ハントクラブのことしか頭にないヘンリエッタから逃《に》げなきゃと思った。そのことでふたりともとても悲しい思いをしたわ。悲しむよりは怒《おこ》るほうがまだ楽だったりするわね。そのあともわたしは、ヘンリエッタがハントクラブに入れないことを心配していた。そういう心配の日々をずっとつづけてきたあと、ある年のブルーベリー・ソースの季節《きせつ》に、あなたのママが言うように、わたしはびんにブルーベリーを詰《つ》めるという自分の運命に出会ったの。そして、あなたでもヘンリエッタでも、だれでもメンバーになれるわよって言われた。ここにはなんの苦労《くろう》もせずに入れるんだって。だからわたしはもう心配しなくてよくなったの」

よく晴れたあたたかい日だった。ラチェットの夫《おっと》は、きこりたちの足の化膿《かのう》したまめや、水虫を診《み》るため、きこりのキャンプへ巡回《じゅんかい》に行っていた。きっと時間がかかるだろうと、ラチェットにはわかっていた。きこりたちは靴《くつ》ずれやまめや、恥《は》ずかしい水虫を人に見せるなんてことをいやがって、なかなかブーツを脱《ぬ》ぎたがらないからだ。リチャードはきこりたちに、なにも恥ずかしいことなんかない、足はただの足であって〝いい足〟も〝悪い足〟もないのだ、ということを時間をかけて説得《せっとく》しなければならなかった。この説得を、きこりひとりひとりに向けていちいちしなければならないのだから、リチャードはたいへんな一日をすごすだろう。そう思ったラチェットは、遅《おそ》めの夕食に、ロブスターを出そうと決めた。そして、昼食のあとに子どもたちを海に連《つ》れていった。

ほんとうにすばらしい夏の日だった――空気はやわらかく、水しぶきの青さに彩《いろど》られて、きらめいていた。子どもたちはみんな、いつまでも泳いでいた。あちこちで跳《と》びはねる子どもたちの上で波が砕《くだ》け、白いしぶきが水の上に粉砂糖《こなざとう》のように散《ち》っていた。エミリーは、妹のラモーナに威勢《いせい》よくばしゃばしゃ水をはねかけながら、波の音に負《ま》けじと叫《さけ》んだ。「すばらしいハントクラブ！」

「そう、ハントクラブ！」ラモーナも叫んだ。

「なんてすばらしい！」ティリーが、恐竜《きょうりゅう》の形の浮《う》き袋《ぶくろ》につかまって、楽しげに波に乗りながら言った。

「そう！」ペネロペが波打ちぎわをじゃぶじゃぶ歩きながら言った。

「ハントクラブがなければどこに行く？」とエミリー。

「行く場所なんてどこにもない」とラモーナ。

「ほんとうにすばらしいところ」エミリーがしめた。「そのとおり！」ラチェットの上に波が襲《おそ》いかかった。ラチェットはびしょぬれになった。目や口や、むき出しの肩《かた》の上を海水が流れた。「そのとおり！」とラチェットは叫《さけ》んだ。

そのあとずっと、みんなは思いきり海水浴《かいすいよく》を楽しんだ。それから家に帰って、ドクター・フィールディングといっしょに夕食を取った。食後、ラチェットはミツバチの世話をするために、桃《もも》色《いろ》の空の下へ出ていった。そして、かすかな夏のもやの中を、牛小屋から鶏《とり》小屋、そして庭へと、幸せな気持ちで歩いていった。

特別《とくべつ》な特別な、ブルーベリーの秘密《ひみつ》――訳者《やくしゃ》あとがきにかえて

北アメリカから、全米図書賞をはじめ数多くの賞に輝《かがや》いた、とびきりの児童《じどう》文学がやってきました。こんなすぐれた作品を日本の読者におとどけできることをとてもうれしく思っています。

アメリカといえばすぐに「ニューヨーク」「摩天楼《まてんろう》」などと連想《れんそう》する人も多いかと思いますが、そういう都会は広い国土の中のごく一部です。鬱蒼《うっそう》とした森や、広々とした平原などがアメリカにはたくさんあって、その「大自然《だいしぜん》」ときたら半端《はんぱ》なものではありません。この本に出てくる森などは、たくさんのクマがいるのですから、ふつうに歩いてしまったら命の危険《きけん》さえあります。そんな場所に、夏休みにひとりでとつぜん行かなければならなくなったら、あなたはどう思いますか？

子どもを豪華《ごうか》なサマーキャンプに行かせるほどお金持ちではないラチェットのお母さんは、夏のあいだ、ただで泊《と》めてもらえる親戚《しんせき》の家に娘《むすめ》を送りこむことにします。それも、ラチェットが今までそんな人がいると知りもしなかった遠い遠い親戚のところなのですから、だいぶ乱暴《らんぼう》な話です。そうい

うことになったらだれでも「そんな～！」と抗議《こうぎ》したくなるはず。でも、ラチェットはなにか言う間《ま》もないまま、気がついたらもう列車に乗って旅をし、森の中に住むペンペンとティリーという風変《ふうが》わりなおばあさんたちに出会ってしまいます。そして息つく間もなく、その双子《ふたご》の老婆《ろうば》たちからとてつもない思い出話を聞かされ、屋敷《やしき》にやってきたもうひとりの子どものハーパーと仲よくなり、ブルーベリー・ソース作りに巻《ま》きこまれていき……ひとつのできごとにあっとおどろいた瞬間《しゅんかん》、次の場面にいきなり飛《と》びこんでいくような切れ味のいい展開《てんかい》に、思わずひきこまれてしまいます。

　作者は、子どもの本だからといってシロップで薄《うす》めたような甘口《あまくち》の物語は書かず、むしろぴりっと辛口《からくち》のタッチで、ぎょっとするようなブラックユーモアもまじえながら、世界のどこでも変わらない人生の真実《しんじつ》を描《えが》きだしています。この本を読むことは、丸ごとのフランスパンで作った大きなサンドイッチにかぶりつくのに似《に》ている、と思いました。噛《か》みごたえあり！　だれにでも食べやすいふわふわな食べ物なんかじゃないし、余計《よけい》な飾《かざ》りもないけれど、食べてみるといろんな具がいっぱいにつまっていてほんとうにおいしい！　そして、夢中《むちゅう》で一本食べつくしてしまうと、外から見ただけでは予《よ》想《そう》もつかなかった意外な栄養《えいよう》がたっぷりで、じつはとても体にいい特製《とくせい》サンドイッチだったことがわかる……。

　ほんとうに、この本は読んで心に残《のこ》る「栄養」に満《み》ちています。まずはそのすばらしい価値観《かちかん》。ラチェットのお母さんは、お金持ちしか入れない「ハントクラブ」という会員制《せい》の高級社交《しゃこう》クラブに入ることを人生の目標《もくひょう》にして生きていますが、ティリーやペンペンとの森での生活をとおしてラチェットは、お母さんとはちがう考え方にふれます。大切なのはお金持ちになることじゃないんだ、自分の好《す》きな場所に住んで、自分の好きなことをして一生をすごす、それがいちばん幸せな人生だ——双子《ふたご》のおばあさんたちも、お医者さまのリチャードソン先生もそう思って生きているのです。たとえ、森の中に閉《と》じこもって暮らしている「変《か》わり者」だとみんなに言われても、自分自身が納得《なっとく》のいく豊《ゆた》かな生き方をしたほうがいい。ともすれば「みんなと同じ」であることを重視《じゅうし》しがちな日本の社会にいるわたしたちも、このことから自分らしく楽しく生きるヒントを得《え》られるのではないでしょうか。

また、人生の楽しみの中身について、ティリーがヨーロッパ風《ふう》のお酒やチーズをたしなんだり、ペンペンが牛の世話や畑仕事をしたりという、それぞれの大好きな時間のすごし方が紹介《しょうかい》されます。さらに、マルセル・プルーストやジェーン・オースティンといった作家の小説《しょうせつ》に夢中《むちゅう》になる話や、エミリー・ディキンソンの詩も出てきて、大人《おとな》の文学の世界をかいま見ることができます。エミリー・ディキンソンとは、十九世紀に実在《じつざい》したアメリカの女性《じょせい》詩人だということを、ここに書き添《そ》えておきましょう。ディキンソンは、生まれた町の自分の家に閉じこもって、だれに会うこともなくひとりで詩を書きつづけた人です。その詩のほとんどは、生きているうちに出版《しゅっぱん》されることもなく、亡《な》くなってだいぶたってからようやく評価《ひょうか》されました。ディキンソンは、周囲《しゅうい》から言われていたような「孤独《こどく》な変わり者」などではなく、自由で豊《ゆた》かな心を持ったすばらしい芸術家《げいじゅつか》だったことがわかったのです。この本に出てくるティリーやペンペンの生き方の中に、エミリー・ディキンソンの影《かげ》を見ることができるかもしれません。

この本のすばらしいところは、もうひとつ、お年寄《としよ》りの世界がとても身近に感じられるようになることです。おじいさん、おばあさんと離《はな》れて暮《く》らす家庭が増《ふ》えている今の世の中では、お年寄りの気持ちがよくわからない、ということも少なくないかもしれません（訳者《やくしゃ》もそういう家庭のそういう子どもでした）。もしもお年寄りに対《たい》して「年をとってヨボヨボになってる人たち」というぐらいにしか思っていないとしたら、この本に出てくる強烈《きょうれつ》な皮肉屋《ひにくや》ティリーや少女のような心を持つペンペンにびっくりすることになります。そして、思い出話の中では、おばあさんたちも魔法《まほう》のように若《わか》い女の子に変身《へんしん》するということに、なんだかおどろいてしまいます。当たり前ですが、お年寄りにも子どものころがあり、青春《せいしゅん》時代がありました。わたしたちはみんな、いつか老人《ろうじん》になります。この本を読むと、その時間の流れがとても自然《しぜん》なことに思えてきて、老《お》いや死というものがこわくなくなっている自分に気づくことでしょう。

「自分がなれる最高《さいこう》のものになれ」というハッチのお母さんの言葉にも、ハッとさせられます。訳者も思わず、「自分がなれる最高のものに、わたしはなっているだろうか？」と自分に問《と》いかけてしまいました。この言葉は、紙に書いて机の前に貼《は》っておきたくなるほどすばらしいと思います。子どもだけでなく、大人《おとな》も大切に心に持っていたくなる言葉ですね。

作者のポリー・ホーヴァートさんは、アメリカのミシガン州《しゅう》カラマズー生まれ。小さいころから書くことが大好《だいす》きで、九歳《さい》から大学入学前までずっと、原稿《げんこう》を書いては出版社《しゅっぱんしゃ》に送るという生活をつづけていたそうです。カナダのトロントの大学では一転してダンスを専攻《せんこう》、さらにニューヨークの、モダン・ダンスで有名なマーサ・グラハムの学校にも通って本格的《ほんかくてき》に学びました。その後、書くことに専念《せんねん》するようになり、数々の楽しい児童《じどう》文学で高く評価《ひょうか》されました。日本でも二〇〇一年の作品『みんなワッフルにのせて』（代田亜香子訳《やく》、白水社刊《かん》）が翻訳出版《ほんやくしゅっぱん》されています。ホーヴァートさんは現在《げんざい》、カナダはブリティッシュ・コロンビア州《しゅう》のバンクーバー島に、夫《おっと》のアーニーと、エミリー、レベッカという二人の娘《むすめ》と、馬や犬とともに住んでいます。そして、その家はなんと、クマのいる森に囲《かこ》まれているのだそうです！

訳者には、この物語によってブルーベリーが自分にとっての特別《とくべつ》な果実《かじつ》になったように思えます。お店でブルーベリーを見かけたりすると、思わず「あっ！」と叫《さけ》んでしまい、いっしょにいた人に「なあに？」ときかれると「ううん、別に。フフフ……」と言うような――そんな感じです。この本を読んだみなさんとブルーベリーの秘密《ひみつ》を共有《きょうゆう》していると思うと、とてもうれしい気持ちです。これからは、ブルーベリーを見るたびに、森の中の心豊《ゆた》かな暮《く》らしのことを思い出し、「自分がなれる最《さい》高《こう》のものに、わたしはなっているかな？」と自分に問《と》いかけることでしょう。ポリー・ホーヴァートさんがわたしたちに贈《おく》ってくれた、宝石《ほうせき》のようなブルーベリーを、わたしたちは心の中に一生持ちつづけることができるのですね。

最後《さいご》に、この作品と出会う機会《きかい》を与《あた》えてくださり、またさまざまな助言《じょげん》をくださった、早川書房《しょぼう》の大黒かおりさんにお礼を申し上げたいと思います。ありがとうございました。

二〇〇五年四月

早川書房の児童書〈ハリネズミの本箱〉

ブルーベリー・ソースの季節《きせつ》

二〇〇五年五月 二十日 初版印刷
二〇〇五年五月三十一日 初版発行

著　者　ポリー・ホーヴァート
訳　者　目黒《めぐろ》 条《じょう》
発行者　早川　浩
発行所　株式会社早川書房
東京都千代田区神田多町二—二
電話　〇三-三二五二-三一一一(大代表)
振替　〇〇一六〇-三-四七七九九
http://www.hayakawa-online.co.jp
印刷所　三松堂印刷株式会社
製本所　大口製本印刷株式会社

Printed and bound in Japan
ISBN4-15-250032-8　C8097

早川書房の児童書〈ハリネズミの本箱〉

ドールの庭

パウル・ビーヘル
野坂悦子訳
46判上製

命の消えた町に希望《きぼう》の花が開くまで

なにもかも枯《か》れはてた町ドールへ、ひとりの女の子がやってきました。魔法《まほう》で花にされた男の子を救《すく》うため、秘密《ひみつ》の庭をさがすお姫《ひめ》さまです。この町で庭は見つかるのでしょうか？　そして男の子を取りもどせるのでしょうか？

早川書房の児童書〈ハリネズミの本箱〉

おしゃべりな手紙たち

ポーラ・ダンジガー&アン・M・マーティン
宇佐川晶子訳
46判上製

遠く離《はな》れても、手紙が心をつなぐ

内気なエリザベスとしっかりもののタラ・スターは大親友。ところがタラが引《ひ》っ越《こ》してしまい、手紙を交わすことに。なんでもおしゃべりして心を通わせるが、やがてそれぞれ問題にぶつかり……手紙の形でつづられた友情《ゆうじょう》物語

早川書房の児童書〈ハリネズミの本箱〉

サーカス・ホテルへようこそ!

ベッツィー・ハウイー
目黒　条訳
46判上製

臆病《おくびょう》な少女が勇気《ゆうき》をふるう

高所恐怖症《こうしょきょうふしょう》の少女が、つぶされようとしているサーカス団《だん》を救《すく》おうと、空中《くうちゅう》ブランコの達人《たつじん》であるおじいさんの相《あい》手役《てやく》に挑戦《ちょうせん》することに!　サーカスのおかしな仲間たちとの楽しい暮《く》らしの中で、本当の家族愛《かぞくあい》を知るまでの物語